KB253156

글쓰기 실전 지침서2

진실과 비전 담은 칼럼 136

생각 나눔 공감 그리고 행복

글쓰기 실전 지침서2

진실과 비전 담은 칼럼 136

생각 나눔 공감 그리고 행복

권오문 지음

북치는마을

생각의 힘을 길러주는 글쓰기

21세기 지식정보화 시대는 '생각의 힘'이 강한 나라를 만든다. 그래서 각국은 창조적 상상력과 비판적 지성을 지닌 엘리트 양성에 국력을 쏟아 붓고 있다. 어느 특정 한 분야만을 공부해서는 창의력이 뛰어난 인재가 나올 수 없다는 점에서 미국의 유명 대학들은 다양한 인접 학문을 수강할 수 있는 프로그램을 운영하고 있다.

우리나라 젊은이들은 입학시험에 얽매이면서 철학과 역사 교육 등을 통해 체계적으로 생각하는 방법을 터득하는 기회가 별로 없다. 프랑스에서는 대학에 입학하려면 종합적 사고력을 측정하는 바칼로레아를 치러야 한다. 바칼로레아는 철학이나 역사 등을 깊이 있게 다루고 있다. 프랑스 학생들은 초등학교부터 사고하는 능력을 키우고, 자신의 생각을 가장 적절하게 표현하는 방법을 훈련받고 있다.

우리 젊은이들도 대학 입시에서 논술 비중이 커지하면서 글 쓰는 훈련을 받고 있지만 아직도 깊이 있고 논리성을 갖춘 글을 쓰는 데는 서투르다. 이는 폭넓은 지식과 비판적 사고를 기를 수 있는 교육과정이 제대로 갖춰져 있지 않기 때문이다.

우리는 언론을 통해 하루에도 수많은 사건을 접하고 있다. 그 사건 가운데는 눈살을 찌푸리게 하는 것도 있지만, 어떤 사건은 우리에게 상당한 교훈을 주고 생각의 힘을 키우는데 도움을 준다. 평소에 신문을 읽어야 하는 이유도 여기에 있다. 특히 논설문은 짧지만 한 사건을 놓고 다양한 배경 지식을 동원해 논지를 펴나가고 있다는 점에서 모범적인 글로 평가받고 있다.

글은 이처럼 자신의 주장을 뒷받침할 근거를 제시하면서 논리적으로 전개해야 한다. 그래서 논술 교육에서 배경 지식을 동원하고, 논리적 사고력을 기르기 위한 훈련을 하는 것이다.

이 책은 오랫동안 언론 현장에 몸담아온 저자가 신문과 잡지 등에 쓴 논설문과 칼럼을 모아 엮은 것이다. 암기 위주의 주입식 교육에 길들여진 우리 청소년들이 글 쓰는 요령을 익히고, 종합적 사고력을 키우는 데 도움이 되리라 생각한다.

논술 교육은 단순히 글쓰기에 목표를 두는 것은 아니다. 청소년들에게 생각의 힘을 길러주는 데 본래의 취지가 있다. 인간이 어떤 생각을 하느냐에 따라 미래가 결정된다는 점에서 큰 꿈을 놓고 현재 자신의 생각을 뒤집어볼 필요도 있다. 톨스토이는 "모든 사람들이 세상을 바꾸겠다고 생각하지만 어느 누구도 자신을 바꿀 생각은 하지 않는다."고 말했다. 스스로 생각을 바꾸면 모든 것이 달라진다는 것이다.

그리고 인생을 성공적으로 경영하기 위해서는 생각의 기술을 터득해야 한다. 작은 것에서도 큰 그림을 볼 줄 아는 큰 사고의 지혜를 익히는 것은 물론 집중적 사고, 창의적 사고, 전략적 사고, 이타적 사고 등을 기르는 것이 무엇보다 중요하다. 그리고 사유의 날개를 펼치기 위해서는 언론을 통해 사건·사고를 접하면서 깊이 사색할 수 있는 기회를 자주 갖는 것이 필요하다.

이 책은 저자의 글을 모은 것이지만 이 시대를 살아가는 모든 이들의 고민을 어느 정도 담아냈다고 볼 수 있다. 그리고 하나의 사건은 흘러가지만 사회현상을 통해 그 여운은 남아있게 마련이다. 그래서 이 책에서 사례로 든 사건을 통해 삶의 지혜를 익히고, 교훈으로 삼는다면 더 바랄 나위가 없다. 독자 여러분에게 행운이 함께 하길 기원한다. 이 책이 나올 수 있도록 애쓴 모든 분들에게도 감사드린다.

2009년 8월

권 오 문

제2부 아름다운 공동체를 위해

제1부

달라지는 삶과 문화 풍경

1.

아름다운 문화가
숨쉬는 세상

프리터

경기 불황으로 젊은이들의 시름은 점점 깊어져가고 있다. 타 대학에 비해 취업률이 높았던 서울대가 2003년 처음으로 재학생의 취업지도를 위해 '취업지도센터'를 설치한 이후에도 졸업자의 순수 취업률(취업자수를 내국인 졸업생에서 진학자와 입대자 등을 뺀 수로 나눈 비율)은 60.2%(2008년 기준)에 머무는 등 청년 실업 문제가 해결될 기미가 보이지 않자 각 대학이 취업률을 높이기 위해 발 벗고 나섰다.

취업난을 비집고 등장한 것이 '프리터족(族)'이다. 프리터는 '프리(Free)'라는 영어와 '아르바이터(Arbeiter)'라는 독일어를 합성한 일본식 외래어이다. 처음에는 직장생활 대신 아르바이트를 하면서 자신의 생활을 즐기며 속편하게 사는 젊은이들을 가리켰지만 요즘은 취업난 때문에 프리터족들이 늘어나고 있다.

현대경제연구원이 2009년 5월 17일 내놓은 '최근 국내 고용의 특징과 시사점'이란 보고서에도 "국내 프리터는 2003년 8월 381만명에서 지난해 8월 478만명으로 97만명(25.5%) 급증했다."고 밝혔다. 연구원은 비정규직 취업자와 실업자, 취업준비자를 더하는 방식으로 국내 프리터 수를 계산했다.

특히 같은 기간 40대 프리터는 79만3000명에서 104만4000명으로 25만1000명(31.7%) 급증한 것으로 나타났다. 연구원은 비정규직으로 취업한 청년층이 30,40대까지 안정적인 직장을 구하지 못하면서 장년층 프리터가 크게 늘고 있는 것으로 분석했다.

국내 실업자는 2009년 3월 통계청 발표에서 100만 명을 향해 치솟다 4월에 다소 주춤했다. 6개월짜리 임시직인 공공부문 인턴이 늘어나 고용 악화를 일시적으로 완충했지만 민간 부문의 고용 창출력이 약화하면서 신규 취업자 수가 2008년 12월부터 연속 5개월째 감소세를 지속했다.

세계 경제위기가 깊어지면서 고용 환경이 급속도로 악화하고 있다. 2010년에는 선진국의 실업률이 대부분 두 자릿수를 돌파하리라는 전망이 많다.

이처럼 프리터가 장년층으로 확산되는 것은 세계적 금융위기로 불황이 심화되고 노동 집약적 산업의 비중이 줄면서 취업 기회 자체가 줄었기 때문이다. 전문가들은 그 대안으로 고부가 서비스업종을 집중적으로 육성해 전체 일자리의 질을 높여야 한다고 강조하고 있다.

사실상 고용대책은 일자리 창출과 직접적 관련이 있다. 일본 기업들이 모처럼 호황을 누리던 2006년 대졸 신입사원 채용계획을 전년보다 20% 넘게 늘려 잡은 것도 양질의 일자리는 기업 활동 활성화와 경기회복으로 만들어진다는 것을 확인시켜 주고 있다. 일본이 당시 구인난을 겪을 정도로 반전된 것은 두말할 필요도 없이 경제가 호조를 보였기 때문이다.

결국 프리터의 문제를 근본적으로 해결하기 위해서는 노동조합이나 정치권 모두 제몫을 찾는데 혈안이 되거나 정치적 타협으로 현안을 해결하기 보다는 서로 한 발짝 물러서서 경제 활성화를 통한 일자리 창출이라는 큰 흐름을 놓쳐서는 안 될 것이다. (2003. 5. 15~2009. 5. 18)

해리포터 열풍

어릴 땐 누구나 환상에 빠지게 된다. 그리고 자신이 원하는 것을 위해 마법을 동원하고 싶어질 때도 있다. 각국어로 번역돼 수억 부가 팔려나간 판타지소설 <해리포터> 시리즈의 주인공도 마찬가지다. 마법사 볼드모트에게 부모를 잃은 해리포터는 11세에 자신이 마법능력을 지녔음을 알고 마법사 양성 학교에 입학해 마법을 배우면서 악의 세력 볼드모트와 대항한다. <해리포터> 시리즈는 옆집의 평범한 아이가 혹시 마법사일지도 모른다는 생각을 할 정도로 환상과 현실을 넘나들면서 독자들을 사로잡고 있다.

출간 수개월 전부터 숱한 화제를 뿌리면서 <해리포터> 시리즈 제6편 <해리 포터와 혼혈왕자>가 선보이자 전 세계는 또 한 번 해리 포터의 마법 속으로 빠져들었다. 특히 제6편은 63개 언어로 번역돼 발매 첫날 미국에서 690만부가 팔리는 등 각종 출판기록을 갈아치웠다.

한 주에 70파운드를 받는 생활보호대상자로 생활을 꾸려온 이혼자 조앤 K. 롤링은 "어린이 책으로는 돈을 벌 수 없다."는 출판사의 거절로 여러 번 좌절하게 되지만, 1997년 블룸즈베리출판사와 단돈 2500파운드에 계약하고 <해리 포터와 마법사의 돌>을 처녀작으로 상재한다. <해리포터>는 책 출간 직전까지 사전홍보를 절제해 독자의 호기심을 자극하는 디마케팅 전략과 독자·관람객의 입을 통해 소문이 확산되도록 하는 구전마케팅 전략을 구사하면서 매번 성공을 거둘 수 있었다. 결국 이 소설은 책 외에도 영화와 캐릭터상품으로 제작되면서 그에게 엄청난 행운을 가져다주었다. 롤링은 미국 경제지 포브스가 선정하는 2006년의 세계 부호 746위에 오를 만큼 돈도 거머쥐었다.

<해리포터>는 현실과 환상, 종이책과 컴퓨터 게임을 효과적으로 혼합함으로써 새로운 개념의 문학 양식을 창출해냈다. 포스트모던시대의 이분법적 구분과 서열의 해체를 통해 새로운 패러다임을 선보였다. 작가는 선과 악, 정상과 비정상, 현실과 환상, 인간과 마법사, 정통과 이단, 공식사회와 지하세계의 경계를 해체하고 나선 것이다.

물론 기독교에서는 <해리포터>는 악마주의에 빠지는 지름길이라면서 부정적으로 보고 있다. 교황 베네딕트도 "이는 알게 모르게 기독교 정신을 왜곡시키는 매우 교활한 유혹이기 때문에 <해리포터>에 대해 사람들을 일깨우는 게 중요하다."고 비판했다.

<해리포터>는 재미를 앞세우는 장르문학이다. 그래서 장르소설에 대해 대중은 열광하지만 문학비평가는 외면한다. 국내 아동문학 평론가인 손향숙씨는 <창작과비평>에서 "<해리포터>의 인기는 세상에 대한 깊이 있는 통찰과 새로운 가능성의 탐색에 기원한다기보다는 기술과 소비에 익숙한 독자들의 감성을 파악하고 자극한 데서 얻어진 것"이라고 혹평했다.

그러나 침체에 빠진 한국문학계도 어차피 판타지나 추리소설, 인터넷 소설 등에 승부를 걸 수밖에 없다. 장르소설이 대중의 취향에 편승하다보니 순수문학과는 달리 작가들의 수명이 짧다는 한계도 있지만, <해리포터>나 <다빈치코드>와 같은 '대박'은 새로운 문화코드를 읽는 발 빠른 감성과 순수문학의 버팀목이라고 할 수 있는 탄탄한 스토리가 결합될 때 기대할 수 있을 것이다. (2003. 6. 23~2006. 4. 10)

피아노 치는 여자

"원이로다 원이로다 지금 죽어 환생하여// 남자 몸이 되어 나서 부모봉양 원이로다// 허사로다 허사로다 부모봉양 허사로다."(사친가 · 거창군 북상면)

시집 간 딸이 어머니를 생각하며 부른 노래다. 인간은 최초로 어머니와 애착관계를 갖는다. 그래서 모녀간의 정서는 각별하다. 특히 이 사친가(思親歌)가 불리던 조선후기는 '출가외인'의 이념이 지배적인 사회여서 예외없이 딸은 가부장 사회 법도에 맞는 교육을 거친 뒤 십오륙 세가 되면 남의 집에 보내졌다. 그래서 부모 봉양도 제대로 하지 못한 채 시집살이하는 자신의 운명이 고통스럽고, 현실이 원망스러운 것이다. 차라리 여자를 반납, 남자로 태어나고 싶다는 이러한 절규는 현대 여성들 가슴에서도 적잖이 찾아볼 수 있다.

기존 남녀 간의 성 체계에 대한 도발적 글쓰기로 이번에 노벨문학상을 받은 엘리네크의 소설 <피아노치는 여자>는 탁월한 피아니스트로 만들려고 스파르타식 교육을 하면서 자신을 정신적으로 결속한 어머니에 대한 딸의 반항을 통해 남성 중심의 가부장사회를 고발하고 있다. 소설의 주인공 에리카 코홋은 자신의 어머니에 의해 피아니스트로 어려서부터 키워진, 자신의 정체성을 찾지 못하는 30대 후반의 빈 음악아카데미의 피아노 전공교수다. 결벽증에 가깝게 남성을 기피하던 에리

카는 제자인 발터 클레머러의 구애에 성적 일탈을 일삼는다. 변태 성행위를 강요하거나 자신의 성기를 훼손해 오르가슴을 느끼는 등 사도마조히즘(가학과 피학주의)적 쾌락만을 추구하는 것이다.

작가는 날카롭고 분석적 시각을 통해 남녀 간의 사랑이라는 낭만성 속에 숨겨진 계급적 구조, 그리고 심지어 같은 여성들 관계 속에 숨겨진 계급적 관계를 조명하고 글쓰기를 통해 이를 뒤엎는 시도를 한다. 그는 기존의 '낭만적 이성간의 사랑'이라는 신화를 해체하고, 이어 어머니가 딸을 지배하고 소유하는 '모성신화'를 철저히 파괴한다. 이 작품을 원작으로 하여 미하엘 하네케 감독의 <피아니스트>는 칸 국제영화제의 황금종려상, 여우주연·남우주연상 등 3개 부문을 휩쓸었다.

우리의 현실은 어떤가. 딸의 반란은 이제 우리 사회 곳곳에서 나타나고 있다. 양성평등의 바람으로 여성들의 사회진출은 눈부시다. 그리고 그 속도도 너무 빨라 여성이 남성을 압도할 날도 멀지 않았다.

그러나 비정상적 계급구조가 낳은 출세지향주의 잔재는 사라지지 않고 있다. 부모의 비뚤어진 교육이 대표적 사례다. 우리 아이들은 '최고'만을 강조하는 부모의 빗나간 교육열 때문에 방과 후에도 이 학원 저 학원을 전전한다. 밤에 혼자 섹스숍에서 포르노를 보며 성적 욕구를 해소하는 에리카처럼, 부모의 극성에 반발하며 일탈하는 아이들이 없지 않다. 아직도 부모의 일방적 지배와 종속 속에 과잉보호를 받으며 우리 아이들은 자라나고 있다.

양성평등은 제도적인 남녀 차별의 철폐라는 단순한 접근보다는 기존의 남성들이 만들어놓은 여러 신화들을 파괴할 때 가능하다. 그러기 위해서는 독립적 개체로서의 남녀의 고유성을 살리고 동반자 관계를 형성할 때 극복될 수 있다는 것을 <피아노 치는 여자>는 시사하고 있다. (2004. 10. 8)

돈키호테

스페인 시골 마을 라 만차에 살고 있는 알론소 키하노라는 노신사. 그는 밤낮 기사도 이야기에 몰두하다가 정신이상을 일으켜 스스로 이야기의 주인공이 된다. 그는 자기 이름을 '돈키호테'라고 고친 뒤 이 세상의 부정을 바로잡고 학대받는 자들을 돕기 위한 편력에 나선다.

산초 판사라는 농민을 종자로 거느린 돈키호테는 모든 것을 기사도 이야기식으로 해석하고 그 이상에 따라 살아가려 한다. 그러나 산초는 주인과는 반대로 어떤 경우에도 현실과의 타협을 잊지 않으며, 게으르지만 주인에게 충실한 종자다. 돈키호테는 가는 곳마다 현실세계와 충돌하며 비통한 실패와 좌절을 맛본다. 이러한 가혹한 패배를 겪어도 그의 용기와 고귀한 뜻은 조금도 꺾이지 않는다.

2005년은 세르반테스의 소설 <돈키호테>의 발간 400주년이 되는 해다. 한국스페인어문학회는 이를 기념해 국제학술대회를 개최했다. 돈키호테의 본고장 스페인에서도 1999년부터 소설 속 주인공들을 만날 수 있는 세르반테스 열차를 운행했다. 그리고 <돈키호테>에 나오는 659명의 등장인물을 상징해 초등학생부터 칠십 노인에 이르기까지 각계각층이 참여한 가운데 '<돈키호테> 줄이어 읽기' 행사를 개최했다.

2002년 노벨연구소가 세계 최고의 작가 100인을 대상으로 실시한 설문조사에서 <돈키호테>가 '문학 역사상 가장 위대한 소설'로 선정됐다. 노벨연구소는 돈키호테라는 인물을 통해 인류가 본받을 만한 인간상을 만들었기 때문이라고 선정이유를 들었다.

우리는 흔히 좌충우돌식 인간형을 두고 '돈키호테'라고 한다. 물불을 못 가리고 나서지 않아야 할 자리에 나서는 사람을 일컫는다. 그러나 '모험적인 방랑 기사'를 다룬 이전의 '기사 소설'과는 달리 <돈키호테>는 우선 귀족이 아니라 힘없는 자들을 위한 기사도를 보여주고 있다.

돈키호테가 분명 비정상적이고 이상한 사람이라고는 하지만 언제나 이상을 향해 끊임없이 도전하는 용기를 가졌고, 때로는 현실적인 벽을 생각하지 않는 무모함을 보이지만 결코 꿈을 버리지 않는 강인함을 갖고 있다. 이루어질 수 없는 사랑에 빠지는 순수함을 갖고 있고, 강력한 적과 싸우며 물러서지 않는 삶의 태도를 보이며, 잡을 수 없는 하늘의 별을 좇는 이상적인 삶을 살았다.

우리 현대인에게 그가 보여주는 것은 꿈과 비전, 목표와 도전, 순수함과 용기다. 특히 삶에 대한 아무런 고민도 없이 현실에 안주하고자 하는 현대인, 안정적인 현실을 위해 자신이 원하지 않는 직장을 선택하는 나약한 젊은이들에게 돈키호테가 던지는 교훈은 너무나 크다. 이상주의자 돈키호테와 현실주의자 산초에 의해 그려지는 평행선은 바로 우리 인간이 삶 속에서 겪는 끊임없는 투쟁을 상징하고 있다. 돈키호테가 '현실감각이 없는 정신나간 기사'로 잘못 알려진 것도 이번 기회에 바로잡아야 할 것이다.

<돈키호테>는 판타지 문학의 최고봉이며 고전 중의 고전이다. 사실 인류사회에 지대한 공헌을 한 위대한 발명가, 철학자들은 모두 그가 살던 시대에 돈키호테라고 할 수 있다. 강렬한 호기심으로 발상의 전환을 통해 새로운 가치를 창출했기 때문이다. (2004. 11. 16~2006. 4. 23)

강릉 단오제

　강릉단오제(중요무형문화재 13호)는 해마다 단옷날(음력 5월 5일)을 전후해 열리는 전통 민속 축제이다. 농업과 어업의 풍요를 빌고 활발한 물자 교류를 위한 행로의 안전을 기원하는 생업형 축제라는 점에서 지역민의 사랑을 받아왔다. 특히 가면극과 농악 등 민속예술 기량을 한껏 뽐내고, 씨름과 그네 등 각종 놀이와 게임을 통해 주민이 신명풀이를 하는 연행·오락 축제라는 점에서 세계가 주목해 왔다.

　1000년 역사를 거치면서 풍부한 전통문화 자원을 간직해온 강릉단오제가 유네스코의 ‘인류 구전 및 무형 유산 걸작’으로 선정된 것은 너무도 당연하다. 더구나 강릉단오제가 숱한 난관을 딛고 선정됐다는 점에서 더욱 값진 평가를 받고 있다.

　특히 중국이 “단오절은 동아시아 공동의 문화유산이기 때문에 중국과 공동으로 신청해야 한다.”고 주장하면서 진통을 겪었다. 2005년 고구려사를 중국사의 일부로 주장해 고구려 유적을 공동 등재한 상황을 또다시 맞았던 것이다. 게다가 전통 문화와 신앙을 구분하지 못하는 기독교의 몰이해도 한몫 했다.

　강릉시는 유네스코 등재를 위해 국제 세미나를 여는 등 많은 공을 들여왔지만, 2005년 6월 강릉기독교협의회가 강릉시청 앞에 천막을 치고 “강릉시장이 단오 행사의 제주가 되는 행위를 중단할 것”을 요구하며 금식기도를 하는 등 시 차원의 단오제 개최를 막아왔다.

1960년대 이후 산업화 과정에서 사라져가는 전통문화의 보호·육성을 위해 국가 및 시도 지정 중요무형문화재 제도가 도입됐다. 1964년 종묘제례악이 제1호로 지정된 이후 기독교 일각에서 꺼리는 굿이나 제의, 민요 등 무속적 분야가 상당수 무형문화재로 지정됐다. 그러나 전통문화에 민간신앙인 무속적 요소가 들어 있다고 해서 송두리째 없애버린다면 우리에게 남아질 것은 거의 없다.

설날, 추석과 함께 3대 명절의 하나였던 단오제가 일제 강점기를 거치면서 거의 사라졌지만, 이를 재현해 보존해온 강릉지역 주민과 수많은 어려움에도 불구하고 세계문화유산으로 선정되기까지 애쓴 강릉시 당국에 박수를 보낸다. (2005.11.27)

두루마기

분홍색 회장저고리/ 남 끝동 자주 고름/ 긴 치맛자락을/ 살며시 치켜들고/ 치마 밑으로 하얀/ 외씨버선이 고와라/ 멋들어진 어여머리/ 화관 몽두리/ 화관족두리에/ 황금 용잠 고와라/ 은은한 장지 그리메/ 새 치장하고 다소곳이/ 아침 난간에 섰다.

시인 신석초는 한복 입은 여인의 아름다움을 이렇게 표현했다. 한복은 쭉 뻗은 직선과 부드러운 곡선이 조화를 이루는 우리나라의 전통의상이다. 한복은 그 우아함에서 우리 선조들의 뛰어난 미적 감각을 발견할 수 있을 뿐만 아니라, 다리를 조여 오히려 스트레스를 주는 서양의 청바지와는 달리 전혀 몸을 구속하지 않아 건강에도 좋다.

부산 APEC에 참석한 정상들은 세계문화유산 석굴암을 본뜬 누리마루 APEC하우스에 모여 무병장수를 기원하는 십장생(十長生)의 두루마기를 입고 공식 일정의 하이라이트인 기념촬영을 했다. 부시 대통령이 두루마기 제작 총책임자인 이영희씨를 직접 불러 "옷이 너무 아름답다."고 칭찬했을 정도로 정상들은 한복에 매료됐다.

공식만찬도 감미로운 음악과 화려하면서도 장엄한 전통 국악공연이 분위기를 돋궜다. 특히 1등급 횡성 한우로 만든 궁중음식 너비아니 등 한국의 전통음식이 정상들의 입맛을 사로잡았다.

　최근 세계 곳곳에서 불고 있는 '한류 열풍'에서 보듯이 문화의 힘은 실로 막강하다. 그래서 백범 김구는 "우리의 부력(富力)은 우리의 생활을 풍족히 할 만하고, 우리의 강력(强力)은 남의 침략을 막을 만하면 족하다. 오직 한없이 가지고 싶은 것은 높은 문화의 힘이다. 문화의 힘은 우리 자신을 행복되게 하고, 나아가서 남에게 행복을 주겠기 때문이다."라고 말했다.

　이번 회의에서도 각국 정상에게 강한 인상을 심어준 것은 물론 한국의 전통문화이다. 휴먼 로봇, 와이브로 등 첨단기술을 선보인 IT전시관과 함께 전통문화가 부산 APEC의 중요한 성공 요인이었다.(2005. 11. 20)

백남준의 예술혼

예술은 무엇인가. 위대한 예술가에게 예술이 무엇이냐고 묻게 될 경우 명확한 답을 기대하기 어렵다. 그것은 위대한 예술을 어느 틀 속에 묶는다는 것 자체가 무리이기 때문이다. 위대한 예술가들은 우리가 학교에서 배울 수 있는 예술의 한계를 뛰어넘고 있다. 예술이 그렇게 무한히 발전할 수 있는 것은 작가의 독창성 때문이다.

한국이 낳은 세계적인 비디오아티스트 백남준은 우리에게 위대한 예술이 무엇인가를 보여주고 있다. '문화 테러리스트'라는 별명을 지닌 백남준은 비디오카메라가 세상에 등장하기도 전인 1963년 독일에서 '음악의 전시·전자텔레비전' 개인전을 열어 비디오 예술을 선보였다. 백남준은 '비디오 예술의 선구자' '천재적 아티스트' '행위예술가' 등 수식어가 부족할 정도로 예술의 새로운 모습을 보여주었다.

1984년 새해 벽두 전 세계에 방영한 인공위성 TV프로그램 '굿모닝 미스터 오웰'을 통해 우리에게 혜성처럼 등장한 그는 국내 기자들과의 인터뷰에서 "원래 예술이란 사기다. 속이고 속는 거다. 사기 중에도 고등사기이다. 대중을 얼떨떨하게 만드는 것이 예술이다."라고 말했다.

10년 전 뇌졸중으로 인한 좌반신 마비를 더 왕성한 작품 활동으로 극복한 그는 열여덟 살에 고국을 떠났지만, 타계 직전까지 우리 전통의 상이 등장하는 한국 여성을 주제로 한 작품 활동을 계속하는 등 그의 작품세계는 한 순간도 고국을 떠난 적이 없다. 그리고 한국적이면서도 동시에 세계적인 것이 무엇인가를 그는 우리에게 보여주었다.

백남준은 "기술도 인간화되지 못하면 기술 종속에서 벗어나지 못하듯이 예술도 인간화되지 못하면 예술을 위한 예술로 전락한다."며 '인간화한 기술' '인간화한 예술'을 추구했다.

임영방 전 국립현대미술관장은 "현대문명을 이루는 과학과 정보매체가 백남준 덕택에 오늘날의 시각 매체문화라는 것으로 탄생한 것"이라며 "그는 예술이 예술로 머무르지 않고 세상과 사회를 발전시킨 원동력이 되도록 만든 사람"이라고 찬사를 보냈다. 백남준은 일상생활로부터 유리된 예술이 아니라 대중 매체를 통해 예술을 삶으로 전환시킨 작가였다.

그는 2006년 1월 29일 미국 자택에서 74세를 일기로 우리 곁을 떠났지만 예술의 무한한 확장 가능성을 우리에게 남겨주었다. (2006. 1. 31)

맨해튼의 '비'

　'난공불락'의 미국 시장도 무너졌다. 세계 대중음악 시장에서 돌풍의 주역으로 떠오른 가수 비가 아시아 연예인으로는 처음으로 2006년 2월 2~3일(현지시간) 뉴욕 맨해튼 매디슨 스퀘어 가든 시어터에서 단독 콘서트를 가졌다. 비는 이틀간 1만여 관객이 열광하는 가운데 미국 대중문화 시장에 성공적으로 데뷔했다.

　미국은 세계 대중문화 산업의 최대 시장인 동시에 최대 공급자이다. 그래서 연예인이라면 한번쯤 미국 시장 진출을 꿈꾼다. 미국 대중문화 시장에서의 성공은 곧 세계적 성공을 뜻하기 때문이다. 박중훈이 2003년 한국 배우 최초로 할리우드 영화 '찰리의 진실'에 캐스팅된 데 이어, 김윤진이 ABC방송의 인기 드라마 '로스트'에 출연 중인 것을 제외하고는 아직 우리 대중 스타의 미국 진출은 별로 눈에 띄지 않는다. 그것은 우리 스타들이 서양 대중문화 시장에서 경쟁력을 확보하는 데는 여전히 한계가 있기 때문이다.

　국내외 언론들이 취재 경쟁을 벌이고, 미국 연예산업 관계자들이 비의 '상품성'을 점검했다. 국내의 언론은 "뉴욕 '비'에 젖다." "비에 젖은 맨해튼" 등의 제목으로 비의 미국 공연을 대서특필했다. 그러나 공연에 앞서 2개 면을 할애해 '아시아 문화의 자존심'으로 비를 소개한 뉴욕타임스는 팝뮤직 리뷰를 통해 "비의 공연은 마이클 잭슨을 비롯한 미국 내 유명 가수들을 흉내냈을 뿐 특색이 없었다.”며 “마치 한국말로 더빙된, 오래된 MTV 비디오를 보는 것 같았다.”는 혹평이 없었던 것은 아니다. 결국 세계적 비디오아티스트 백남준이 우리에게 남겨준 것처럼, 서양문화를 뛰어넘을 수 있는 ‘독창성’을 무기로 하지 않으면 안 된다는 지적이다.

‘한류 열풍’은 결코 우연이 아니다. 지금은 인터넷의 보급으로 세계 어느 곳에서든 원하는 음악과 공연을 접할 수 있다. 이번에 비의 공연이 성공할 수 있었던 것도 그 동안 비의 명성에 매료됐던 아시아계 미국 팬들의 열광 때문이다.

그러나 이미 아시아 일부 국가에서 ‘한류 역풍‘이 나타나는 등 저항도 만만찮다. 자칫 애써 일궈놓은 문화콘텐츠 경쟁력이 한 순간에 날아가 버릴 수도 있다. 한류 역풍은 역시 일본에서 가장 거세게 불고 있다. 이른바 ‘혐한류(嫌韓流)’다. 각 매스컴이 배용준 최지우 등 한류의 주인공 때리기에 나서고, 반한(反韓) 사이트나 블로그도 부쩍 늘었다. 최근 베트남 정부 고위당국자도 “한국 드라마는 매일같이 베트남에서 방영되고 있지만 베트남 프로그램은 한국TV에 전혀 소개되지 않고 있다.”며 불만을 털어놓았다. ‘대장금’ 열풍이 불었던 중국도 한국을 직접적으로 겨냥해 ‘외국 드라마 쿼터’를 강화하려는 움직임을 보이고 있다.

아시아 각국에서 ‘반한류’ 움직임이 일고 있는 근본적인 원인은 문화교류의 일방성에서 찾을 수 있다. 양국 간의 문화 교류가 아닌, 한국 대중문화의 일방적 수출만이 있는 현실은 언제라도 역풍을 맞을 수 있는 단초를 제공할 여지가 있다는 것이다. 결국 세계 각국과 문화 교류를 활성화하면서 우리 스타들이 세계 시장에서 경쟁력을 확보할 수 있도록 냉정하게 내실을 다질 때가 지금이다. (2006. 2. 6)

따뜻한 모바일

1991년 뉴욕에서 더글러스 커플런드의 장편소설 <제너레이션 X>
가 발간되면서 주목을 받기 시작한 'X세대'는 선배인 베이비붐 세대
(1946~64년생)와는 달리 독특한 행동과 사고방식으로 관심을 끌었다.
특히 X세대가 '겁 없는 소비자층'으로 부상하면서 기업은 이들을 잡기
에 골몰했고, 각 매체도 이들의 독특한 문화와 소비 경향 등을 소개했
다. 그 후에도 기업과 언론은 'N세대' 'Y세대' 'W세대' 등 새로운 이
름을 붙이면서 달라지는 신세대 문화를 분석하는 데 열중했다.

요즘 기업이 주목하는 계층은 '포스트디지털 세대(PDG)'다. 13~24
세(일명 1324세대)의 중·고·대학에 재학 중인 이들은 부모 계층인
아날로그 세대나 선배인 디지털 세대와는 달리 온전히 휴대전화, 디지
털카메라, MP3 플레이어, 인터넷 등 디지털 기기를 활용하면서 자란
탓에 디지털 매체와 문화를 자기 몸처럼 쉽고 편하게 느낀다.

또 디지털 세대가 새로운 기술 환경 변화에 적응하는 데 급급한 탓에
실존적인 문제를 등한시했지만, 포스트디지털 세대는 인간적 정감이
넘치는 '따뜻한 디지털'을 지향한다는 것이 전문가들의 분석이다.

그러나 요즘 포스트디지털 세대는 휴대전화가 없으면 하루 종일 안
절부절못하는 등 심각한 '디지털증후군'에 빠져들고 있다. 정보통신부
와 한국정보문화진흥원이 최근 실시한 설문조사에서도 10명 중 4명꼴

로 수업 중에도 몰래 친구와 문자 메시지를 주고받으며, 3명 중 한 명은 휴대전화가 없으면 불안해하는 것으로 나타났다. 이쯤 되면 '모바일 중독증'을 앓는 것으로 보아야 한다.

첨단기기의 진화와 함께 청소년들의 취향도 달라지고 있다. 광고대행사 대홍기획은 2006년 3월 여론조사를 통해 13~18세 청소년을 'WANT 세대'라고 이름을 붙였다. '1318세대'가 다수를 대상으로 한 커뮤니케이션을 중시하고(Wide), 적극적으로 행동하는 열정이 있으며 (Active), 새로움을 추구하는 10대(New Teenager)라는 것이다.

이들은 휴대전화 문자메시지나 인터넷 메신저 등을 이용해 여러 명을 상대로 한 동시다발적 의사소통 방식을 선호하고 있으며, 음성통화(2%) 대신 문자메시지(73%)를 이용한다고 응답했다. 또 하루 평균 5.3명과 휴대전화 문자메시지를 주고받으며, 한 사람에게 평균 20건의 문자메시지를 전송하는 것으로 나타났다.

부산시 소비생활센터의 조사에서도 중고등학생들은 음성통화의 무려 14배에 달하는 문자메시지를 주고받는 것으로 나타났다.

끊임없이 자판을 눌러대는 '엄지족'은 밤낮 휴대전화를 곁에 두고 산다. 소식을 전하고, 게임을 즐기고, 영화를 감상하고, 갖가지 생활정보를 얻는 도구가 바로 모바일인 까닭이다. 이같이 휴대전화의 기능이 다양해질수록 중독증 또한 다양하게 나타나고 있다.

전문가들은 우리 사회가 모바일 중독에 너무 안일하게 대처하고 있으며, 특히 이들을 치유하기 위해 학부모가 나서지 않으면 안 된다고 말한다. 물론 아날로그식으로 단속한다고 해서 해결될 일은 아니다. 포스트디지털 세대의 감성을 자극하는 부모의 사랑스러운 대화, 즉 '따뜻한 모바일'이 한 방법이 될 수 있지 않을까. (2005. 11. 16~2006. 5. 11)

왕남 폐인

어떤 사회든 그 사회를 특징짓는 문화가 있게 마련이다. 요즘에는 '신드롬'이라는 말이 우리 사회의 문화 현상을 대표하고 있다. 신드롬은 본래 원인이 분명하지 않거나 단일하지 아니한 병증을 뜻하는 의학 용어로서 '증후군'이란 뜻이다. 이 말이 갖가지 사회 현상에 따라붙어 유행이나 열풍의 뜻을 내포하게 되면서, 시간의 경과에 따라 주변문화로 흘러가는 사례가 많지만 급변하는 시대 흐름을 반영한다는 점에서 주목된다.

1000만 관객 돌파를 앞둔 영화 '왕의 남자'도 여러 신드롬을 낳고 있다. '공길' 역으로 인기 절정을 누리는 이준기의 '꽃미남 신드롬'이 대표적이다. 공길을 사이에 둔 왕과 장생의 삼각관계도 관심을 끌지만, 관객들은 '여자보다 더 예쁜' 공길에게서 시선을 떼지 못한다. 그래서 남성들이 '예뻐지고 싶어하는' 충동에 미용실이나 성형외과, 피부과 의원을 많이 찾고 있다는 것이다. 그리고 관객은 동성애의 논란 속에서도 오히려 성의 경계선을 뛰어넘은 주인공들의 연기에 푹 빠져들고 있다.

'왕의 남자'는 감우성 정진영 강성연 이준기 등 눈에 띄는 대형 연기자도 없었고, 개봉 당시 '태풍' '킹콩' '해리포터와 불의 잔' 등 대형 영화들이 스크린을 선점하고 있는 등 불리한 여건에서 출발했다. '왕의 남자'보다 앞서 1000만 관객을 돌파한 강제규 감독의 '태극기 휘날리며'는 148억원의 거액의 제작비를 들인데다가 장동건과 원빈이라는 걸출한 흥행배우가 등장했고, 강우석 감독의 '실미도' 또한 국민배우 안성기와 설경구가 출연, 일찌감치 대박이 예상됐다.

그러나 마케팅 및 개봉 준비 비용을 포함해 65억 원의 제작비가 들어간 '왕의 남자'는 개봉 45일 만에 1000만 관객 돌파라는 금자탑을 쌓으면서 새로운 흥행 공식 등 한국영화의 이정표를 제시했다. 이 영화가 수많은 관객을 끌 수 있었던 배경은 무엇보다도 웃음이 있는 탄탄한 스토리에다가 풍자와 감동을 담은 질리지 않는 내용 때문이다.

우리는 누구나 답답한 일상에서 탈출하고 싶어한다. 그리고 상당수가 대중문화를 통해 대리만족을 얻는다. '왕의 남자'는 세대와 성별을 불문하고 자신을 투영할 수 있는 영화다. 역사적 사실과 허구의 절묘한 결합을 통해 옛 인물을 역사 전면에 끌어내면서 카타르시스를 체험하게 한 것도 역시 압권이었다. 특히 이 영화가 성공할 수 있었던 것은 몇 번이고 영화관을 찾는 '왕남 폐인!' 덕분이다. 보고 또 봐도 슬프고 아프고 아름다우며, 두고두고 아련하게 여운을 남기는 작품이다.

'실미도'와 '태극기 휘날리며'에 이어 관객 1000만명 고지에 오르면서 각종 신드롬의 중심에 선 '왕의 남자'가 스크린쿼터 축소 철회 시위를 벌이는 영화 관계자들에게 조금이라도 위로가 된다면 다행이겠다.(2006. 2. 11)

반론 보도

우리나라는 헌법상 언론의 자유를 보장하고 있지만 남의 명예나 권리, 혹은 공중도덕이나 사회윤리를 침해할 때는 일정한 제한을 가하게 된다. 그리고 언론보도로 피해를 보게 될 경우 형사처벌 외에도 손해배상청구, 정정보도청구소송이 가능하며, 언론중재를 통해 반론보도도 요구할 수 있다.

언론은 속성상 충분한 증거에 의해 명확히 확인된 사실만을 전달할 수는 없다. 언론의 속보 기능과 문제 제기 기능을 제대로 수행할 수 없기 때문이다. 그런 점에서 반론권은 언론매체가 소신 있게 신속한 보도를 할 수 있도록 보장하는 지렛대다. 그리고 반론권은 기사에 대한 반박의 기회를 허용함으로써 개인의 명예나 인격권을 잘못된 보도로부터 보호하지만 실제로는 책임언론을 구현하고 언론의 자유를 보장하는 제도적 장치이기도 하다.

그러나 반론권의 남용은 언론 자유를 위축시킬 수 있다는 점에서 또 다른 논란을 불러일으키고 있다. 2006년 1월 서울중앙지법은 '언론피해구제법'에 대해 "언론사에 정정보도를 지나치게 강요함으로써 언론 자유와 국민의 알 권리를 제한한다."며 위헌 심판을 제청한 데 이어 대법원도 최근 "언론의 의견표명이나 비평기사는 반론보도 청구대상이 되지 않는다."는 판결을 내림으로써 언론사에 대한 무리한 이의 제기에 경고를 하고 나섰다.

특히 사설이나 칼럼, 해설기사는 반론 청구 대상이 아니라는 대법원의 판결은 최근 늘어나고 있는 국가기관의 반론권 남용에 제동을 걸었다는 점에서 주목할 만하다. 대법원은 김대중 정부 때 국정홍보처가 동아일보를 상대로 낸 반론보도 청구소송에서 "'사실적 주장'과 '의견 표명'이 혼재하는 경우 보도 내용의 '본질적 핵심'을 살펴야 한다."고 적시함으로써 반론보도에 대한 판단기준을 처음으로 제시했다. 동아일보는 홍보처가 2001년 "언론사 세무조사에 관한 언론 보도가 편향·왜곡 보도이고 정부 음해"라는 성명을 잇달아 내자 이를 비판하는 사설과 해설기사를 실었고, 이에 홍보처는 동아일보에 소송을 냈다.

언론보도로 인해 피해를 본 경우 언제나 반론보도 청구가 가능하다. 그러나 정부와 여당이 밀어붙인 언론피해구제법에는 반론보도 대상을 '사실적 주장'에 국한하고 있지만 이를 확대해석함으로써 신문사설마저도 그 대상이 되는 등 반론보도 청구가 크게 남발됐다.

노무현 정부에 들어와 국가기관의 언론 중재 신청은 김영삼 정부 27건, 김대중 정부 119건에 비해 크게 늘어나 495건에 달하고 있다. 중재 신청이 늘어난 것은 그만큼 언론 자유를 위축시키는 무언의 압력도 강화됐다고 볼 수 있다.

자유민주사회의 최대 강점은 언론의 자유다. 언론은 정부와 국민 사이의 가교 역할을 하고, 국민을 대변해 권력기관을 비판·감시한다. 그러나 현 정부가 언론의 비판과 반대의견에 노골적으로 거부반응을 보이면서 중재 신청을 남발하는 것은 결코 바람직하지 않다. 언론의 오보나 잘못된 비평은 물론 시정돼야 하겠지만, 정부도 이번 판결을 언론 자유의 가치를 더욱 소중히 생각하고 언론과의 관계를 새롭게 정립하는 계기로 삼아야 할 것이다.(2006. 2. 13)

트리노의 금빛 질주

111.12m의 트랙에서 벌어지는 쇼트트랙 스피드스케이팅. 결승선을 앞두고 펼치는 불꽃같은 막판 스퍼트는 보는 이로 하여금 가슴을 졸이게 한다. 특히 상대 선수를 견제하는 팀플레이와 순간적인 기회 포착 능력이 사실상 승부를 결정짓는다.

2006 토리노 동계올림픽에서 쇼트트랙의 간판선수 안현수가 조국에 첫 금매달을 안겼다. 2002년 동계올림픽에서 반칙 판정을 유도하기 위해 선수가 심판을 현혹하는 속임 동작, ‘할리우드 액션’으로 김동성의 금메달을 낚아챘던 미국의 아폴로 안톤 오노는 준결승에서 중심을 잃고 미끄러지며 탈락했다.

시사주간지 타임은 최근호에서 “오노는 한국인에게 오사마 빈 라덴보다도 더 싫은 인물로 꼽힌다.”면서 안현수·오노 재대결을 집중 조명하는 등 두 사람에게 국내외 언론의 시선이 쏠렸다. 결국 안현수는 ‘반칙왕’ 오노 등과 엉켜 넘어지면서 4위에 그쳤던 한을 4년만에 풀었다.

한국이 그동안 동계올림픽에서 상위권에 랭크된 것은 쇼트트랙에 역량을 집중했기 때문이다. 한국은 1988년 제15회 동계올림픽 시범종목에서 첫 금메달을 딴 이후 한 번도 금메달을 놓친 적이 없다. 이번에도 금메달 10개가 걸려있는 쇼트트랙에서 3개 이상 건질 경우 10위권

이내의 복귀가 가능하다.

한국선수단이 동계올림픽에서 보여준 이러한 쇼트트랙의 성공전략은 기업에도 적용된다. 세계적 기업이 되기 위해서는 초일류상품을 집중 육성해야 한다는 것이다. 절대 우위의 상품을 전략적으로 개발해야 한다는 '쇼트트랙론'은 이미 국내 대기업의 경영논리로 정착되고 있다.

그 동안 2014년 평창 동계올림픽 유치를 놓고 국내 스포츠계는 홍역을 치렀다. 공식 후보도시 선정을 앞두고 토리노에서 정부와 강원도 고위 관계자들이 스포츠 외교에 나섰지만 북한의 장웅 국제올림픽위원회(IOC) 위원이 "한국은 내부적인 교통정리가 시급하다."는 말을 할 정도로 어수선했다.

김운용 전 IOC 부위원장의 낙마에 이어 이건희·박용성 IOC 위원도 개인적 악재에 발목이 잡혀 뛰지 못하는 상황에서 여러 경기대회 유치를 위해 각 지자체가 개별적 움직임을 보였다. 대구의 2011년 세계육상선수권대회와 인천의 2014년 아시아경기대회 등 각 지방자치단체들은 경쟁적으로 국제 스포츠 행사를 유치하기 위해 뛴 것이다.

부산의 2009년 IOC 총회 유치 실패는 국내외 여건을 무시한 무리한 계획과 정치권·체육계 인사들의 자중지란이 빚은 결과로 볼 수 있다. '선택과 집중'은 경제계뿐만 아니라 국제스포츠 외교에도 절실한 화두다. (2006. 2. 14)

사이버 조폭

　서울경찰청 광역수사대가 적발한 '신세대 사이버 폭력조직'은 정보화의 역기능을 적나라하게 보여주는 사례라는 점에서 충격적이다. 이 기업형 폭력조직은 흉기로 살인하는 방법을 동영상으로 제작해 교육하거나 싸이월드에 미니홈피를 만든 뒤 '일촌 맺기'를 통해 조직원의 결속을 다지는 등 인터넷을 치밀하게 범죄조직에 활용해 왔다는 것이다.

　사이버공간이 폭력 조직의 새로운 거점으로 이용되면서 범죄도 날로 지능화하고 있다. 조직원들은 주기적으로 "쉬셨습니까, 형님. 인사 드리러 왔습니다, 형님." "형님, 그 간 별일 없으십니까, 형님." 등 조폭 특유의 어법으로 인사말을 남기고, 단합대회 사진을 올리는 등 인터넷을 조직 관리에 이용해왔다. 또 이들은 채팅 사이트를 이용해 지시를 내리거나 상황을 보고토록 했고, 인터넷 카페에서 다른 지역의 폭력조직과 연계를 갖기도 했다. 선배에 대한 존경의 의미로 사이버머니를 상납하기도 했다.

　인터넷 사이트의 각종 불법행위가 기승을 부리는 것은 어제오늘의 일이 아니다. 마약이나 발기부전 치료제 등이 인터넷을 통해 무차별로 유통되고, 가출 청소년에게 성매매 등을 알선하는 인터넷 카페가 성업하는 것이 현실이다. 여기다가 사이버 폭력과 명예 훼손 등은 이미 위험수위를 넘어섰고 갖가지 인터넷 신종 범죄가 날로 확산되고 있다.

우리나라는 인터넷 이용자가 3300만명을 넘어선 정보통신(IT) 강국으로 대학 입시뿐만 아니라 상거래와 금융거래, 민원 처리 등 사회 전 분야에 걸쳐 인터넷이 이용된다. 하지만 사이버 범죄 역시 나날이 진화하고 있고, 그 피해 규모도 상상하기 어려울 만큼 커가고 있다.

인터넷은 중앙 통제 기구가 없는 개방형 구조이다. 타인의 간섭도 없고, 별도의 관리 책임자가 없는 정보의 보물 창고이다. 우리 모두가 주인이다. 그래서 사이버공간을 유용하게 활용하고 관리할 책임이 각자에게 있는 것이다.

그런데 요즘 인터넷을 범죄도구로 활용하면서 작은 죄의식도 느끼지 않는 젊은이들이 늘어나고 있다. 다른 사람의 인생을 망쳐버릴 수도 있는 일인데도 '장난삼아' 원서접수 대행 사이트를 마비시키는 것이 일부 우리 젊은이들의 일그러진 행태다. 우리 학교와 가정이 어려서부터 도덕심보다는 치열한 경쟁사회에서 살아남는 데 필요한 약육강식의 논리만을 가르쳐온 탓이다.

인터넷 강국의 체면에 먹칠하는 조폭들의 사이버 공간 이용을 차단하기 위해서는 정부는 인터넷이 각종 범죄에 악용되지 않도록 관련법을 정비함으로써 나날이 진화하는 사이버 범죄 대응력을 키우는 데 더 신경을 써야 한다. 특히 인터넷 이용자들이 익명성에 편승해 불법행위에 동조하는 것을 막기 위해 각급 학교의 사이버 윤리 의식 교육도 서둘러 강화해야 할 것이다. (2006. 2. 15)

악플

디지털 미디어의 핵심인 인터넷은 누리꾼의 주요한 대화 공간이다. 이들은 인터넷을 통해 다양한 정보를 공유하면서 자기 의견을 적극 개진한다. 그 대표적 사례가 댓글 달기다. 사회적 현안에 대해서는 단시간에 수백 수천개의 댓글이 올라온다. 그리고 그 댓글은 '황우석 교수 파동'에서 보듯이 엄청난 사회적 파장을 불러일으키기도 한다.

특히 특정 상품의 구매후기 등 소비자의 댓글은 과거 '입소문' 시절과는 비교할 수 없을 만큼 영향력이 크기 때문에 기업들도 마케팅의 성공 여부를 좌우하는 '넷심(net＋心)'을 잡는 데 혈안이 돼 있다.

댓글은 서로의 생각을 주고받으며 특정 사안에 대해 안목을 넓히는 등 긍정적 측면이 많다. 특히 댓글은 게시된 글에 대한 생각을 짧은 시간에 솔직하게 털어놓음으로써 참신하다는 평가를 받기도 한다. 그러나 인터넷에는 사이버 테러에 버금갈 정도의 '악플'(악의적인 댓글)도 올라오고 있다.

검찰은 인터넷 게시판에 악의적인 댓글을 단 누리꾼들을 처음으로 형사처벌하기로 했다. 1980년대 말에 북한을 방문한 임수경씨는 2005년 7월 아들의 필리핀 익사사고를 보도한 인터넷 언론 기사에 '빨갱이' 등의 댓글을 단 네티즌 30명을 검찰에 고소했다. 이들은 형법상 모욕죄가 적용될 예정이다. 검찰이 악성 댓글의 필자에 대해서는 끝까지 IP추적을 통해 책임을 묻겠다는 의지를 보인 것이다.

노무현 대통령도 댓글을 통해 자신의 견해를 밝히곤 한다. 대표적 사례가 '독설' 때문에 더 유명해진 조기숙 홍보수석이 블로그 '이심전심'에 올린 '애국에 관한 단상―워싱턴 출장 보고서'에 댓글을 단 것이다.

조 수석은 크리스토퍼 힐 미 국무부 동아태 차관보 등이 워싱턴 세미나 만찬에 불참한 것을 놓고 "편치 않은 한·미 관계의 한 단면을 드러낸 것"이라고 비판한 한 언론의 칼럼에 대해 '소설' '몰상식한 칼럼'이라고 몰아붙였다. 노 대통령도 "잘했어요. 그 소설 가만둘 건가요?"라는 댓글로 거들었다. 조 수석은 "대통령님, 글로 격려해 주서서 감사합니다. 소설 같은 기사에 대해서는 소설에서나 볼 수 있는 방법으로 대응할 생각입니다."라고 화답했다.

그동안 '국정 브리핑' 등에 댓글을 단 전력이 있기 때문에 노 대통령의 이번 댓글은 더 이상 뉴스거리가 아니지만, 조 수석의 '독설'에 맞장구친 것을 놓고 논란이 일었다. 청와대 관계자는 노 대통령의 댓글에 대해 '가벼운 농담'으로 봐달라고 했지만, 국정 난맥상을 언론 탓으로 돌리는 이 같은 '돌출 발언'은 댓글을 통해 또다시 제기되면서 여론의 도마에 올랐다.

인터넷이 여론의 중요한 매체로 등장하면서 댓글이 여론 형성에 중요한 역할을 하고 있다. 정치의 계절이 다가오면서 진보단체서 조직적으로 댓글 달기를 통한 여론몰이에 나섰다. 디지털 정보화 시대를 맞아 생산적이면서도 책임 있는 사이버 공론의 장을 만들어 나가기 위해서는 누리꾼의 적극적 협조가 필수적임은 두말할 나위가 없다. (2006. 1. 23)

온라인 명의 도용

디지털혁명의 총아인 인터넷은 개방성을 특징으로 한다. 국적과 인종, 나이 등을 불문하고 누구나 때와 장소를 가리지 않고 대화하고 온라인상의 모든 정보를 공유할 수 있다. 그러나 인터넷은 익명성이라는 또 다른 특징 때문에 명예 훼손과 사이버 폭력, 불법 음란물 유통 등 그 부작용도 만만찮다. 특히 해킹이 바이러스와 결합해 시스템은 물론 클라이언트 PC와 네트워크까지 다운시키고, 개인 정보 유출·탈취·변조 등의 사건을 유발하면서 그 피해도 상상을 초월한다.

온라인게임 '리니지' 명의 도용 사건을 수사 중인 경찰청 사이버테러대응센터는 엔씨소프트가 도용 사실을 미리 알고도 이를 방조했다는 사실을 밝혀냈다. 이 업체는 중국인들의 해킹을 차단할 기술이 있는데도 이를 방치해 명의 도용 피해자가 5개월 새 100만명에 이르렀다는 것이다.

온라인 게임에서 명의 도용이 빈발하는 것은 돈이 되는 아이템(게임 등장인물들이 사용하는 방패·무기 등)들을 해커들이 노리고 있기 때문이다. 이는 2005년 1조원 규모의 아이템 현금거래 중 95%가 해킹 및 명의 도용 등을 통해 이뤄졌다는 것이 경찰청 추정이다.

최근에는 우리나라 웹 서버들이 세계적으로 확산되는 인터넷 금융 사기 수법인 피싱의 경유지로 악용되는 사례가 늘고 있다. 2006년 2월 피싱 경유지 신고건수가 총 118건으로 1월 78건에 비해 51%나 늘었다는 것이다. 결국 또 피싱의 경유지로 활용된 우리나라 웹 서버는 해킹에 무방비로 노출돼 있다는 것이다.

정보화시대에서 가장 중요하게 취급해야 할 것이 개인정보의 보호이다. 이런 정보가 유출·도용돼 금융사기 등 각종 범죄에 악용될 수 있기 때문이다. 개인정보를 보호하기 위해서는 회원 가입 절차를 대폭 강화해 명의도용이 불가능하도록 해야 한다. 따라서 이제라도 모든 회원에 대해 공인인증서 등 강도 높은 본인 확인 절차를 거쳐 명의도용 ID(인터넷 주소)를 이용한 아이템 유통업자 등을 가려낼 필요가 있다. 그리고 법적으로 개인정보 보호 기준을 강화해야 한다. 정부도 인터넷 문화의 생존을 위해서라도 사업자의 개인정보 수집을 엄격하게 관리하고 정보 유출에 대해서는 더욱 강력한 조치를 취해야 한다.

그동안 초고속 인터넷망 보급과 정보통신 인프라 구축을 기반으로 인터넷 이용률이 급증하면서 인간생활 전반에 혁명적 변화가 일어났다. 그러나 또 다른 한편에서는 각종 역기능으로 인해 심각한 혼란과 사회문제를 초래하고 있다.

이제 전자주민증이 발급되고 모든 행정 업무가 인터넷을 통해 통합 관리되면서 해킹에 의한 개인정보 유출도 더욱 대형화할 가능성이 커지고 있다. 특히 기업의 고급 정보가 해킹당할 경우 단 한 건의 유출만으로도 수조원의 피해가 발생할 수 있다. 문제의 게임업체처럼 개인정보 보호 임무를 내팽개친다면 그 피해는 고스란히 소비자에게 돌아간다. 기업은 물론 정부도 주요 전산망을 국가안보 수준에서 빈틈없이 관리해야 한다. 우리의 정보통신망이 더 이상 외국 해커들의 놀이터가 돼서는 안 될 것이다. (2006. 3. 15)

표절 논란

세계 문화예술계가 표절 논쟁으로 떠들썩하다. 전 세계적으로 4000만 권 이상이 팔린 댄 브라운의 빅히트 소설 <다빈치 코드>가 <성혈과 성배>의 저자인 마이클 베전트와 리처드 리에 의해 표절 혐의로 고소당해 법원의 심판을 기다리고 있고, 한국영화 사상 최대 관객을 동원한 '왕의 남자'도 연극 '키스'의 '대사 도용' 논란으로 홍역을 치르는 등 히트작 여러 건이 순수 창작물이냐 표절이냐 하는 논쟁에 휩싸여 있다.

실제로 순수 창작물은 기대하기 어렵다. 기존 작품을 흉내 내거나 창작 과정에서 자신도 모르게 비슷한 것이 나올 수 있기 때문이다. 그러나 최근 우리 대중문화계가 외국의 인기 작품들을 베껴 자기 것인 양 사용하다가 들통이 나거나 히트곡들이 표절 시비에 휘말리자, 이를 무마하기 위해 외국 음반사에 수익금의 상당액을 지급하는 등 '뒷거래'까지 해온 것으로 드러나면서 또다시 표절 문제가 수면 위로 떠오르고 있다.

조용필의 히트곡 '돌아와요 부산항에'가 최근 표절 논란에 휩싸인 것이나, 1980년대 인기 만화 <은하철도 999> <마징가Z> 등의 주제곡 저작권이 일본에 100% 환수된 것처럼 '표절'은 언젠가는 문제가 될 수 있다.

한국가요계는 이미 수차례 표절 시비에 걸려든 경험이 있다. 1955년 그룹 룰라의 '천상유애'가 일본 닌자의 '오마쓰리 닌자'를 표절했다는 의혹이 제기되면서 그룹이 해체되고 리더 이상민이 자살을 시도하는 사건이 발생했다. 또 1995년 서태지와 아이들의 4집 앨범 '컴백'도 미국 싸이프로스 힐의 창법과 유사하다고 하여 표절 시비에 휘말렸고, 1996년 가수 겸 배우 김민종은 '귀천도애'가 일본 그룹 튜브의 '서머드림'을 표절했다는 것 때문에 가수 생활을 그만두는 일이 벌어졌다.

최근 가요계의 최대 이슈는 이효리의 인기곡 '겟 차'의 표절 논란이다. 물론 이효리 측은 표절 자체를 부인하고 있다. 미국 팝스타 브리트니 스피어스의 '두 썸씽' 원저작권자까지 "표절로 생각되는 부분이 있다."는 소견을 내놓았다. 그런데 문제는 요즘 인터넷 등 첨단 매체를 통해 정보가 오가면서 저작권 문제가 더욱 쟁점화되고 있는데도 표절의 기준이나 심의기구가 없다는 점이다. 1999년 공연법 개정으로 사전 음반 심의 기구가 없어지면서 '2소절(8마디) 이상 음악적인 패턴이 동일하면 표절'이라는 관련 규정도 함께 소멸됐다.

표절 시비는 대중문화에 그치지 않는다. 학위논문의 표절 문제는 어제 오늘의 이야기가 아니다. 2004년 1월 네이처가 '비행에 대한 안이한 태도'라는 제목의 사설을 통해 케임브리지대에서 방문연구원으로 근무하던 한국과학기술원(KAIST) 출신의 재료공학자가 1997~2001년 8건 이상의 학술지 논문을 표절했다고 보도하는 등 논문 표절 사건이 줄을 잇고 있다.

창작물은 재산권 보호 차원에서 지켜내야 하지만, 땀 흘리지 않고 남의 것을 베껴 장사하는 행태도 없어져야 한다. 그 동안 수차례 표절시비에 휩싸였던 우리 문화예술계도 자정노력이 필요한 시점이다. 표절 논란이 잦아질 경우 '한류 열풍'까지 덮칠 수 있다는 점에서 정부 당국은 저작권법 정비는 물론 창작 풍토 개선에 적극 나서야 할 것이다. (2006. 3. 30)

휴대전화 전자파

고압선이나 전기제품에서 나오는 전자파가 백혈병 발생률을 높이는 등 인체에 유해하다는 것은 세계보건기구 등에서 이미 과학적으로 입증했다. 특히 온종일 몸에 지니고 있는 휴대전화의 전자파는 심각하다. 2003년 2월 스웨덴 룬드대 라이프 살포르드 박사는 미국 전문지 <환경보건전망>에 발표한 연구보고서에서 휴대전화에서 방출되는 전자파가 학습, 기억, 운동을 관장하는 뇌 부위의 세포를 손상시킨다는 쥐 실험 결과 발표했다.

최근 시민환경연구소 조사에서도 응답자의 10.9%가 휴대전화 이용 시 신체 이상을 느낀 적이 있다고 답했으며, 93%가 휴대전화 전자파가 유해하다는 사실에 동의했다.

정보통신부 산하 전파연구소가 2001년 12월 시중에 유통 중인 휴대전화기의 인체 전자파흡수율(SAR)을 측정한 결과 모두 전자파 인체보호 기준(1.6W/kg)을 충족하고 있다는 내용을 발표한 이후 SAR 측정을 의무화하겠다는 계획도 지켜지지 않고 있다. 게다가 SAR 측정 결과를 공개하겠다던 휴대전화 제조사들의 약속은 물론, 일부 국회의원이 추진해온 법제화도 물 건너간 상태다.

최근 디지털 큐브의 인기 PMP '아이스테이션 V43'이 전자파 과다 판정으로 리콜이 결정되면서 전자파 유해론에 불을 지피고 있다. 정부는 국민건강 보호 차원에서 휴대전화 전자파 문제에 접근해야 할 때다. 물론 업체들도 18.9%(2004년 기준)에 이르는 세계시장 점유율을 더욱 높이고, 앞으로 예상되는 집단 손해배상 청구소송에 대비하기 위해서도 얼렁뚱땅 넘어가서는 안 된다. 역시 아무리 전자파 흡수율 기준치를 만족하는 제품이라도 장시간의 과도한 사용은 피해야 한다는 전문가의 권고를 소비자들은 새겨들어야 할 것이다. (2006. 5. 11)

NHK와 KBS

　일본 정부는 공영방송 NHK 위기가 더 이상 방치할 수 없는 상황에 이르자 채널 수 축소와 자회사 정리 등 구조조정을 압박하고 나섰다. 제작진의 제작비 착복사건으로 촉발된 시청료 납부 거부 운동이 2년도 못돼 30%의 시청자가 동참하면서 1950년 창사 이래 최대 경영 위기를 겪고 있는 NHK는 정부의 시청료 인하 요구까지 겹쳐 전면적 개혁이 불가피하게 됐다.

　수입의 96%를 시청료에 의존하는 NHK가 이 같은 위기에 봉착한 것은 제작비 횡령과 출장비 과다 청구, 시청료 착복 등 끊이지 않는 사고에도 불구하고 내부 통제 기능이 제대로 작동하지 않았기 때문이다. 결국 시청자들이 시청료 납부 거부 운동을 벌이게 됐고, 시청료 납부 거부 운동은 즉각 경영 위기로 이어졌다. 2005년 말 시청료 납부 거부 건수가 130만 건에 육박하자 회장이 물러나기도 했다. NHK가 달라지는 언론환경을 외면하면서 이처럼 '타율 개혁'의 도마에 올랐다.

　NHK 개혁안을 마련하고 있는 총무성 산하 '통신·방송에 관한 간담회'가 내놓은 중간보고서는 TV와 라디오를 합쳐 8개인 채널수를 줄이고, 21개에 이르는 자회사를 정리하는 등 구조조정에 나설 것을 촉구했다. 결국 방만한 경영과 직원들의 도덕적 해이, 정치권과의 유착 의혹 등이 불거지면서 종합 수술대에 오르게 된 것이다. NHK가 정부의 압박을 자초한 것은 경영진이 시청자의 개혁 요구를 무시한 채 조직의 이익을 지키는 데만 급급했기 때문이다.

편파 보도와 방만 경영 등으로 지탄받고 있는 KBS도 NHK와 같은 수모를 당하지 않으려면 경영 위기를 정부 지원이나 수신료 인상으로 메우려는 유혹에서 벗어나 과감한 구조조정에 나서야 한다. NHK는 2006년 1월 직원 1200명 감축과 관리직 급여 5~15% 삭감 등 구조조정 계획을 밝혔으나 KBS는 아직도 구조조정은커녕 2004년 감사원 감사에서 정부 방침보다 네 배나 많은 노조 전임자를 둬 연간 11억원을 낭비했고, 사내 근로복지기금을 이중으로 출연해 55억원을 낭비한 사실이 적발되는 등 방만한 경영은 도를 넘고 있다. 여기다가 예비비 109억원을 임의 적용해 직원에게 특별성과급을 지급하기도 했다.

KBS는 2005년 500억원의 흑자를 냈으면서도 2006년에는 43억원의 국고보조금을 받았다. 결국 국민 세금으로 자신들의 배를 채우겠다는 얘기다. 게다가 KBS는 편파방송에다 저질 상업방송을 일삼는다는 비난도 듣는다. 그러나 이에 아랑곳없이 공영성과는 거리가 먼 오락채널이나 만들겠다니 낯 뜨거운 일이 아닐 수 없다.

공영방송의 대명사라는 영국 BBC도 2005년에 경영이 방만하다는 비판이 일자 직원 2만8000명 중 6000명을 줄이겠다고 발표하는 등 각국의 주요 방송들이 자체 개혁에 나서고 있다. KBS도 공영방송으로서의 책임을 저버리고 특정 정파의 이익을 대변하고 있다는 말을 들어서도 안 된다. 언제까지 개혁에 나서라는 국민의 목소리를 애써 외면하려는가. TV 수신료를 전기요금과 함께 강제 징수하는 방식은 지금 위헌심판대에 올라 있다. NHK 사태를 타산지석으로 삼아 전면 개혁에 나서기 바란다. (2006. 5. 12)

한국야구 4강 신화

이승엽(요미우리 자이언츠)의 대포 한 방에 일본의 자존심이 무너졌다. 한국이 일본 도쿄돔에서 열린 월드베이스볼클래식(WBC) A조 예선 마지막 경기에서 일본에 3-2 극적인 역전승을 거둔 다음 날인 6일 일본의 스포츠신문들은 일제히 '굴욕'이라는 표현을 써가면서 패배 원인을 분석했다.

한·일전은 나루히토 왕세자 부부가 관람할 정도로 열기가 뜨거웠다. 야구에서만큼은 한국보다 한수 위라고 자부해온 일본이다. 그래서 더욱 일본 열도가 충격에서 벗어나지 못하고 있다. 일본 네티즌들은 "(한국이) 앞으로 30년간은 일본을 이길 수 있다는 생각이 들지 못하도록 하겠다."는 발언으로 한국 팬들을 자극한 스즈키 이치로(시애틀 매리너스)에게도 야유를 보냈다. 미국 메이저리그 최고의 교타자로 꼽히는 이치로는 '일본 야구의 자존심'이다.

반면 세계 최연소 300홈런 대기록을 달성한 '국민타자' 이승엽은 "홈런을 친 공은 투수의 실투였으며 제대로 던졌다면 치지 못했을 것"이라며 겸손해했다. 2003년 삼성 라이온스 소속으로 단일 시즌 아시아 최다인 56개의 홈런을 뿜어냈고, 일본에서 2년간 활약하며 만년 하위팀 롯데 마린스를 31년 만에 우승으로 이끌기도 한 이승엽은 130여년의 유구한 역사를 자랑하는 '야구 종가' 미국과의 경기에서도 2005년

22승을 거둔 돈트렐 윌리스를 상대로 1회 시원한 솔로포를 날려 7-3의 승리를 견인했다.

월드베이스볼클래식은 미국이 야구의 세계화를 위해 2006년부터 시작한 국제야구대회이다. 그러나 미국은 4강 탈락의 수모를 겪은데 이어, 편파판정과 자국에 유리하게 짠 대진표 때문에 '야구종주국'의 명예를 스스로 실추시켰다. 결국 미국의 부진은 오만이 부른 자충수였다.

한국은 준결승전에서 일본에 6-0으로 비록 패배했지만 6연승으로 4강 신화를 창조하면서 '스포츠강국' 한국의 위상을 다시 한 번 세계에 떨쳤다. 특히 국민에게 강한 자부심은 물론 단합된 힘과 강한 정신력으로 무장할 때 승리할 수 있다는 교훈을 심어 주었다.

우리 팀이 연승 무패로 4강에 진출할 수 있었던 것은 탄탄한 조직력과 겸손한 자세로 강팀들과의 대결에서 최선을 다했기 때문이다. 한국은 미국과 도미니카공화국의 우승을 염두에 둔 WBC조직위원회의 작위적인 '대진표 조작' 탓에 일본전에서의 2연승을 포함해 6연승을 하면서도 단판 승부로 아쉽게 결승 문턱에서 주저앉았다.

한국은 2002월드컵에서의 '4강 신화'에 이어 최근 토리노 동계올림픽에서 쇼트트랙을 통해 금메달 6개로 종합 성적 7위를 기록했고, 뒤이어 '피겨 요정' 김연아가 세계주니어피겨선수권대회를 제패하면서 세계 곳곳에서 '코리아'의 이미지를 선양했다. 스포츠는 그동안 국가브랜드를 상승시키는데 지대한 공헌을 했다.

또 일본과의 준결승전의 승리를 위해 전국 곳곳에서 벌어진 응원 열기에서 보듯이 국민에게 희망을 주고 하나로 묶을 수 있는 것은 스포츠만한 것이 없다. 앞으로 '스포츠 한국'의 위상을 더욱 굳건히 지켜나가기 위해서는 정부가 스포츠 외교역량을 한층 제고하는 한편 체계적인 선수 관리와 지원을 아끼지 말아야 할 것이다. (2006. 3. 20)

말로와 우리 문화장관들

2002 한·일 월드컵은 우리 문화의 독창성과 보편성을 세계에 널리 알려 국가이미지를 한 단계 끌어올리는 데 중요한 역할을 했다. 서울시청과 광화문 네거리 등 전국 각지에서 펼쳐진 감동의 거리응원문화에 대해 세계가 찬사를 보냈다. 월드컵을 전후해 123개 문화예술축제가 펼쳐졌지만 각본과 연출 없는 수백만 국민의 장대한 퍼포먼스와는 비교조차 될 수가 없었다. 우리는 정치적 입김이나 정부의 간섭보다는 국민의 자발적 참여가 있을 경우 국민문화가 꽃필 수 있음을 확인하면서 여기에서 현정부의 문화행정이 가야할 방향을 다시 한 번 보게 된다.

국민의 정부가 문화예술인의 기대에 부응하지 못한 이유 가운데 하나가 문화예술의 현장성을 배제한 채 정치논리에 따라 장관을 자주 교체하면서 21세기에 걸맞는 문화행정을 펼치는 데 실패했다는 점이다.

현정부의 문화관광부장관 인사를 보면 '낙하산 관행'과 '측근 기용'이라는 두 가지 특징을 갖고 있다. 박지원·김한길·남궁진 전 장관은 청와대 수석비서관을 지냈으며 여기에 신낙균 전장관까지 포함해 모두 민주당 출신인데다가 문화행정과는 사실상 관계가 없는 인물들이다. 특히 김한길·남궁진 전 장관은 보궐선거 출마를 위해 물러났다. 이번에 기용된 김성재 장관 역시 청와대 수석비서관 출신이란 점에서 그동안의 인사 관행에서 벗어나지 못했다. 지난 대선 때 아내의 손을 잡고 연극을 보러다니는 김대중 대통령의 모습을 보고 '문화대통령'의 탄생을 기대했지만, 현정권 들어 다섯 번이나 장관을 바꾸는 과정에서 문화 의지가 없음이 드러났다. 1년도 채 안 되는 재임기간에 현황파악은 물론 중장기 문화비전 제시는 거의 불가능하기 때문이다.

프랑스 샤를 드골 대통령은 미국과 소련이 주도하는 전후 국제질서에서 사회통합을 이루고 국가 이미지를 국내외에 선양함으로써 '프랑스의 영광'을 구현하는 중요한 수단을 문화에서 찾았다. 문화장관 직책을 신설하고 그 자리에 앙드레 말로를 앉혔다.

말로는 1969년부터 11년간 문화장관으로 재직하면서 프랑스의 문화정책의 기틀을 잡았다. <인간의 조건> 등 명작들을 남긴 말로가 확립한 문화행정의 대원칙은 "지원은 하되 간섭하지 않는다."는 것이었다. 그는 "최대한 많은 사람에게 문화적 향유를!"라고 외치며 '문화의 대중화'에 나섰다. 그는 문화를 아는 관료였고 행동하는 지식인이었기 때문에 프랑스를 문화강국으로 끌어올릴 수 있었다.

문화는 비전이다. 한마디로 우리가 추구하는 삶의 목표이다. 그래서 국민의 급변하는 문화의식을 정치적 감각으로는 파악할 수 없다. 앙드레 말로처럼 문화적 소양과 기본을 갖춘 사람만이 달라지는 문화의 흐름을 읽고 비전을 제시할 수 있다.

우리는 허공에 맴도는 '문화의 시대'의 구호와 '문화대통령'의 쓸쓸한 뒷모습을 바라보면서 또다시 이 시대의 진정한 문화지도자에 대한 미련을 떨쳐버리지 못하는 이유는 어디에 있는가. 그동안 정치에 휘둘린 문화행정을 바로잡고 월드컵에서 보여준 국민의 문화적 역량을 정책적으로 뒷받침하면서 진정한 문화의 세기를 꽃피게 할 과제가 남아있기 때문이다. (2002. 7. 16)

작은 정부론과 문화국가론

　김대중 대통령은 정부 출범 초기 5대 국정지표의 하나로 '창의적 문화국가'를 제시했다. 그러나 정부가 문화국가 건설을 위해서는 조직이나 인원, 예산이 뒤따라야 함에도 불구하고 스스로 내세운 '작은 정부'란 구호에 매달려 이를 제대로 추진하지 못했다.

　김성재 문화관광부장관은 "문화재청과 국립국어연구원 등 문화 관련 기관이 역할을 다 하기 위해서는 조직과 인원보강이 필요하다는 것을 대통령에게 보고해 추인을 받았지만 '작은 정부'를 내세우는 행자부나 예산처 등의 벽이 너무나 높은 것을 실감했다."고 최근 한 모임에서 토로했다.

　어느 정권이나 집권 초기에 작고 효율적 정부를 추구하면서 공무원 감축에 나서게 된다. 국민의 정부도 1998년 초 출범하면서 5년 동안 8만5000명을 줄이겠다는 목표 아래 첫해 4만2800명을 감축했지만 2002년에 들어와 교원 1만2000명 등 1만3900여명을 증원하는 등 당초 방침에서 크게 후퇴했다. 결국 순수 감원규모는 5만3000명에 불과했다.

　더구나 공무원의 구조조정은 부처별 중복기능의 통폐합, 불요불급한 인원의 감축과 함께 국가비전과 장기적 수요예측에 따른 조직과 인원보강도 이뤄져야 함에도 정부는 집권초기에 감축인원을 할당하는

식으로 무리하게 추진하면서 시행착오를 거듭했다. 교원수급을 제대로 예측하지 못한 채 정년을 단축했다가 교원 부족사태가 빚어지자 퇴직교사를 재임용하는 등의 정책 실패를 자초한 것이 그 대표적 사례다.

또 경직된 구조조정과 정부가 스스로 파놓은 '작은 정부론'의 명분에 밀려 지난 5년 동안 인력과 예산이 들어가는 새로운 문화 사업에는 손도 대지 못하면서 '창의적 문화국가' 건설의 명분은 크게 퇴색됐다.

문화관광부는 1998년 2월 공보처를 통합, 거대부처로 출발했으나 1999년 5월 국정홍보처(257명)와 문화재청(550명)이 분립되는 과정에서 통합 이전보다 업무는 늘어나고 인원은 줄어들었다. 문화재청은 외청으로 독립됐지만 문화재관리국 시절과 크게 달라진 게 없다. 문화재청은 2국 9과 체제에서 1국 4과를 늘리고 144명의 인원을 증원해야 한다며 관련 부처에 수차례 건의했지만 묵살되고 말았다.

칼바람이 불던 초기에는 증원문제를 끄집어낼 수도 없었겠지만 정권 말기에 들어와 증원을 요청하는 것은 논란을 불러일으킬 수 있다. 그러나 문화국가의 기초를 다지기 위해서는 이들 기관의 증원문제를 전향적으로 풀어 나가야 한다는 것이 관계자들의 주장이다.

문화관광부는 문화유산과 우리말·글이야말로 민족의 정체성을 보여주는 자산이자 문화국가의 버팀목 역할을 한다고 보고 최근 문화재청과 국어연구원의 인원보강의 묘안을 짜고 있다. '창의적 문화국가' 건설이라는 국정지표를 마무리하기 위해서도 범정부 차원의 과감한 지원은 물론 관련 부처 모두 '작은 정부론'을 뛰어넘는 발상전환이 절실한 시점이다. 문화부도 21세기 지식·정보화 사회를 맞아 급변하는 문화 환경을 적극 수용·대처하기 위해서는 그동안의 소극적이고 안일한 자세에서 벗어나 문화행정의 '중심부'로서의 역할을 톡톡히 해내야 한다는 것이 문화예술계의 지적이다. (2002. 8. 28)

근본개혁 절실한 문화정책

요즘 정권 말기에 이르면서 지난 5년 동안의 문화정책에 대한 평가가 잇따르고 있다. 국민의 정부가 최대 치적으로 내세우고 있는 것은 정부 재정 대비 문화 예산의 1% 달성이다. 그러나 문화예술인들은 그리 후한 점수를 주지 않는다. EBS가 여론조사 전문회사인 코리아리서치센터에 의뢰해 최근 교수·평론가 등 전문가 326명을 대상으로 실시한 여론조사 결과 현 정부의 문화예술 지원에 대해 부정적 평가가 85.0%에 달했다.

한국민족예술총연합과 민족문학작가회의 등이 얼마 전 마련한 '국민의 정부 문화정책 평가토론회'에서 국민의 정부가 추진했던 문화정책을 학점으로 따져 'D+'(5점 만점에 2.55점) 수준에 불과하다는 자료가 발표됐다.

문화부가 부정적 평가를 받는 것은 관광·스포츠·청소년 등 여러 분야를 떠맡으면서 본업인 순수문화예술진흥은 소홀히 했기 때문이다. 더구나 지난 5년간 164%가 늘어나 1%가 늘어났다는 문화예산도 그 속을 들여다보면 기구 확대에 따른 것일 뿐 순수 문화비 증가율은 그리 높지 않다.

특히 내년 문화예산도 올보다 5% 늘어난 1조2815억원이라고 하지만 △명동 옛 국립극장 복원(200억원) △부산국악원 건립(14억원) △

국립중앙극장 리모델링(37억원) 예산을 비롯한 인프라구축(3300억원)에 집중 배정됐다. 따라서 국립박물관·민속박물관의 유물구입비(100억원)나 현대미술관 미술품 구입비(43억원), 국립중앙도서관 도서구입비(43억원), 우수학술도서 제작 구입비(25억원) 등 이른바 소프트웨어 예산(311억원)은 그 10분의 1정도에 불과하다.

또 그 동안의 문화예술정책이 장기적 안목에서 계획적이거나 집중화되지 못하고 나눠주기식 일회성 지원정책에 맞춰져 있다는 지적이다. 최근 전국 9개도의 중학교 1학년 학생 32만명에게 5000원 상당의 '청소년 도서 교환권'을 지급한 것이 대표적 사례다. 역시 문화예술분야의 예산 상당 부분이 일부 문화예술인들의 '쌈짓돈'이 되면서 대상자 선정을 둘러싸고 문단에 반목이 일기도 했다.

그럼에도 "지원은 하되 간섭은 하지 않는다."는 문화부 수장들이 내세운 명분 때문에 사후평가에 손을 놓고 말았다. 여기다가 월드컵에서 보여준 국민의 높은 문화의식은 외면한 채 민간 자율에 맡길 수 있는 사소한 사안까지 정부가 주도하면서 문화예술인들 조차 문화정책에 대해 부정적 평가를 내리고 있다.

문화부가 최근 발표한 '순수예술 진흥 종합계획'도 정책 담당자들의 한계를 여실히 보여주고 있다. 종합계획에는 "종전의 예술정책은 창작 여건 조성과 문화 공간 확충 등 외형적으로는 괄목할만한 성과를 거뒀으나 작품의 질을 높이는 데는 실패"해 "새로운 예술정책은 작품의 질을 높이는데 역점"을 두겠다고 밝혔지만, 관객을 어떻게 공연장으로 불러들일지에 대한 구체적 계획은 내놓지 않은 채 국군기무사 자리에 종합 미술 공간 건립 등 인프라 구축만을 역시 나열했다.

결국 앞으로의 과제는 문화부가 문화세기에 걸맞은 문화적 비전과 소신을 갖고 문화예술의 중심부로서의 체계적인 시스템을 갖춰 정책의 우선순위에 따라 짜임새 있는 예산을 집행, 문화 복지 국가의 위상을 어떻게 확보하느냐 하는 것이다. 문화부는 그 동안의 문화예술정책이 왜 부정적 평가를 받고, 어느 부분이 부족했는지 잘 알고 있는 만큼 다음 정권에서는 정치적 입김에 휘둘리지 않고 주도적으로 문화정책을 펼 수 있도록 지금부터 대개혁을 준비해야 할 것이다. (2002. 11. 19)

문화 대통령

세종대왕은 한글 창제의 치적 때문에 우리에게 위대한 임금으로 기억된다. 조르주 장 레몽 퐁피두 프랑스 대통령은 파리를 찾는 관광객들의 단골 코스인 복합문화공간 퐁피두센터로 인해 세계인들에게 널리 알려져 있다. 피렌체를 지배했던 메디치 가문은 르네상스를 이끈 주인공으로 역사에 남아 있다. 통치자들은 다른 분야와는 달리 문화업적만은 오래도록 세인의 뇌리에 남아질 수 있기 때문에 문화에 특히 관심을 갖는다.

문화예술인들은 새 정부가 들어서면 문화정책도 상당히 달라질 것으로 기대한다. 문화가 국민에게 주는 상징성 때문에 역대 정권처럼 자기 목소리를 낼 수밖에 없기 때문이다. 김영삼 정부는 논란도 많았지만 '역사 바로 세우기' 일환으로 조선총독부 건물의 철거와 새 국립중앙박물관 건립이라는 문화 이벤트를 만들었다. 김대중 정부의 경우 정부예산 대비 문화예산 1% 달성을 업적으로 내세우지만, 새 천년이 시작되는 '문화의 세기'를 맞이했음에도 국민의 기억에 남을 만한 문화 이벤트를 만드는 데는 실패했다.

지금 국민의 문화적 욕구는 어느 때보다 강하고, 우리가 이전에 경험하지 못한 역사적 대전환기이기 때문에 상징적 문화행위가 절실히 요구된다. 더구나 분단 50여년 동안 꼭 막혔던 철조망 사이로 도로가 뚫리는 등 민족의 화해 분위기가 어느 때보다 강렬하다.

이러한 시기에 우리가 할 수 있는 가장 상징적 문화 이벤트는 민족역사박물관을 세우는 것이다. 그것도 남북이 힘을 합해 비무장지대에 지을 수 있다면 그 상징성은 이루 말할 수 없다. 이는 열강들의 정치적 이해득실에 따라 만들어진 민족분단을 문화적으로 승화하면서 7000만 겨레의 힘을 모아 통일의 길을 열 수 있는 중요한 모멘텀이 될 수 있을 것이다. 물론 그 박물관은 경복궁 한 모퉁이에서 볼품없이 손님을 맞고 있는 국립민속박물관을 대체하고, 아직도 우리나라에는 이름조차 올리지 못한 자연사박물관의 역할도 할 수 있다.

새 정부가 남북한의 합의로 이 문제를 풀지 못할 경우에도 통일에 대비해 휴전선 근처에 새 터를 잡고 삽질이라도 한다면 그 역시 역사에 남을 만한 일이다. '문화대국'을 지향하면서도 외국인에게 보여줄 유산이 적은 현실에서 새 민족박물관의 건립은 문화예술인들의 오랜 염원이 돼 왔다.

대통령직 인수위원회가 선정한 국정 10대 의제에 문화적 관점이 빠졌다고 해서 문화예술인들의 실망이 크다. 문화는 인식의 문제이다. 문화에 대한 절실한 인식이 없으면 기존의 관행이나 사업을 답습하는 데 그치게 된다.

일각에서는 이어령 초대 문화부 장관 시절을 떠올리면서 그의 문화적 안목이 탁월했다는 이야기를 한다. 이 장관은 선진국과는 달리 국립미술관이 하나밖에 없는 현실을 한탄하면서 1000개를 세우겠다고 발표했다. 물론 메아리 없는 구호에 그쳤지만 루브르박물관과 대영박물관, 바티칸박물관, 뉴욕현대미술관 등의 사례를 두고 볼 때 문화산업은 굴뚝 없는 유망산업으로 비유된다.

21세기에는 문화가 국가의 최대 경쟁력이다. 이는 2002 월드컵 거리

응원과 광화문 촛불시위, 그리고 대선에서 드러났다. 정치 현안에 눌리고 경제논리에 밀려 문화는 늘 액세서리에 불과했지만 2002년 우리는 정치·경제논리를 뛰어넘는 거대한 문화의 힘을 체험했다. 정부·문화권력·기득권층 문화 공급자·수요자로 이어지는 엘리트 위주의 일방통행식 문화정책은 이제 더 이상 통하지 않는다는 것도 드러났다. 세대와 세대, 계층과 계층 간의 갈등을 치유해 사회통합을 이룩하는 것도 문화의 몫이다.

새 정부의 국정기조 3대 축이 정치개혁과 경제발전, 사회복지 등 정치·경제적 안목에 국한됐다는 것은 아직 문화를 챙길 만한 여력이 없거나 문화인식이 부족하다는 이야기도 되지만, 지금은 확실한 문화 비전을 제시할 시점이다. (2003. 1. 28)

소통문화와 문화행정개혁

요즘 장관들의 돌출발언으로 국민이 불안하다. 가뜩이나 이라크전과 북핵, 경제 불황 때문에 민심이 흉흉한데 새 정부의 최고 정책 책임자들이 설익고 부적절한 발언들을 쏟아내면서 참여정부에 대한 기대도 그만큼 가라앉고 있다.

그러나 이창동 문화관광부 장관의 입각을 환영했던 문화예술계는 아직까지 이 장관이 문화예술정책의 맥을 비교적 잘 짚고 있다는 분석을 내놓고 있다. 이 장관이 문화부 인터넷에 올린 '처음 드리는 인사'에서 보듯이 우선 관료주의의 병폐를 제대로 파악, 문화행정 개혁의 방향을 제시했다는 점은 큰 다행이 아닐 수 없다.

'문화의 세기'를 맞아 문화정책의 근본적 변화를 요구하는 목소리가 높았지만 새 천년, 새 세기를 맞이했음에도 별다른 움직임이 없었다는 것에 대해 많은 국민이 의아해했다. 그것은 행정관료의 고착화된 시각과 업무관행 때문이라는 지적이 제기됐지만 지난 정부에서는 어느 누구 하나 그것을 심각히 깨닫거나 개선하려는 노력을 보이지 않았다. 그런 점에서 국민은 이 장관의 등장과 파격적 행보, 그리고 문화에 대한 새로운 인식을 높이 평가하고 있다.

이 장관은 대구 지하철참사를 예로 들면서 우리 사회의 소통 문제를 집중 제기했다. 그는 "현대사회에서 '소통'이란 그 사회의 성격과 질을 결정짓는 중요한 요소"라고 말했다. 더구나 "소통을 가능하게 하는 것, 그것이 문화의 역할"이라고까지 강조했다. 또 문화적 형식과 관점, 문화적 자율성과 창조성이 모든 영역에서 영향을 미칠 때 문화가 새로운 세기를 이끌어 갈 수 있다고 역설했다. 이 장관의 눈에는 90도 각도로 허리를 꺾어 절하는 모습이 '조폭문화'처럼 보였다. 그래서 그는 출퇴근 때는 직접 차를 몰고, 간부회의도 별다른 격식 없이 진행하는 등 새로운 공무원문화를 창조하고 있다.

그러나 이 장관은 앞으로 문화행정개혁을 추진하는 데 있어 '신보도지침' 파문을 타산지석으로 삼아야 할 것이다. 이 장관은 "정부의 관료들이 책상 위에서 정책을 만들어 현장으로 내려 보내는 방식으로는 그 자율과 창조성을 살려낼 수 없다."고 밝힌 것처럼 민간자율성을 강화하는 방향에서 문화정책을 추진할 것으로 알려졌다.

여기에서 중요한 것은 그가 말한 '소통'의 문제이다. 언론계가 벌써부터 잘못된 취재관행을 고치는 등 달라진 언론환경에 적극 대처하려는 움직임을 보이고 있는 만큼 언론개혁도 시민단체와 정부, 그리고 언론이 머리를 맞댈 경우 자연스럽게 이뤄질 수 있다. 이번 파동도 이 장관이 '개혁'이란 미명 아래 새로운 규정을 만들어 소통을 막겠다는 의도는 아닌 것으로 믿고 싶다.

문화부를 오랫동안 출입한 경험으로 보더라도 언론은 오보를 남발하거나 딴지를 걸어 행정에 차질을 빚게 하기보다는 정부와 국민간의 소통을 담당하거나 하루에도 수개 면을 할애하여 각종 문화정보를 소개하는 등 긍정적 역할을 했다. 기자실을 폐쇄한다면서 기자실의 주인인 기자들과 의사소통 한번 없었다면 그것은 비문화적일 수밖에 없다. 오히려 청와대나 타부처와 기자들 사이에 담벼락이 처질 경우 그것을 뚫어야 하는 것은 언론정책 책임자인 이 장관의 몫이다.

이 장관은 앞으로 추진할 문화행정개혁의 '비효율과 시행착오'를 줄이기 위해서도 이해당사자와의 사전조율 등 소통문화를 더 활성화해야 한다. 특히 무엇보다도 다양한 전문가집단의 의견을 수렴, 기존의 문화예술정책을 전면 재검토해 21세기 문화비전을 제시해달라는 국민의 기대를 잊어서는 안 될 것이다. (2003. 3. 25)

여전히 뒷전으로 밀려난 문화

한국 사회의 주류층이 1980년대 대학운동권과 노조 지도자 등 이른바 진보그룹으로 재편되면서 우리 사회는 급격한 문화변동을 경험하고 있다. 데모 현장에서나 볼 수 있는, 정제되지 않은 거친 말투가 최고 지도층 인사들의 입에서 거침없이 쏟아져 나오고, 운동권의 노래가 청와대에서 울려퍼지는 등 세상이 1년여 만에 달라져도 너무 달라졌다는 우려 섞인 한탄도 들려온다.

노무현 대통령의 당선은 한국 사회의 권력과 부의 생산, 삶의 질을 포함한 문화적 변동을 기대하는 사람들의 욕구가 응집된 결과로 볼 수 있다. 여기에는 꼭 2년 전 미군 궤도차량에 깔려 숨진 두 여중생을 추모하는 반미 촛불시위와 인터넷 팬클럽으로 출범한 '노사모' 등 2030 디지털세대의 조직적 '노풍(盧風)' 확산, 친노 인터넷 미디어들의 활약 등 진보적 문화운동그룹의 지원활동에 힘입은 바 크다.

따라서 노 대통령은 자신의 승리가 문화적 힘에서 나왔다는 점을 생각한다면 국정 운영에 문화적 관점을 견지할 필요가 있다. 물론 이제는 '노풍'이나 촛불시위 같은 일시적 집단문화현상에 집착하기보다는 국민 다수의 동의와 보편적 가치관이 밑받침된 역동적이고 정통적 문화예술에 관심을 가져야 할 때임을 잊지 말아야 할 것이다.

참여정부가 들어서면서 문화예술인들의 기대는 어느 때보다 컸다.

현장 문화예술인을 대표하는 이창동 장관이 입각하면서 뭔가는 달라지지 않겠는가 하는 기대 섞인 반응을 보였다. 그러나 이 장관은 출입기자제 폐지, 브리핑제 도입 등 기존의 언론관행 타파에 앞장선 것을 제외하고는 정중동(靜中動)의 1년을 보내다가 모처럼 새 예술정책과 문화비전을 발표했지만 중도 하차한다는 소식이다. 이번에 선보인 1400여쪽의 방대한 보고서는 관련 부처 간의 협의조차 거치지 않은, '희망사항'의 나열에 불과하다는 등의 비판이 벌써부터 제기되고 있어 과연 새 장관이 부임했을 경우 이를 제대로 추진하겠느냐 하는 걱정이 앞선다.

문화부가 내놓은 정책과제들이 성공적으로 추진되기 위해서는 이것저것 손댈 것이 아니라 사업의 우선순위를 세워 집중도를 높여야 한다. 사실 중요한 정책은 힘 있는 집권 초기에 입안·공표되어 대통령 임기 동안 밀고 나가야 하는데 참여정부는 이미 중요한 시기를 놓치고 말았다. 그렇지만 이제라도 남북 화해시대에 걸맞은 사업, 예를 들어 휴전선 일대에 남북한 공동으로 민족박물관을 설립한다든가, 남북한의 국보급 문화재 순회전시회를 개최하는 등의 대형 문화 프로젝트를 추진할 필요가 있다. 그러한 사업을 전개할 경우 부대효과나 상징성은 상상 외로 커질 수 있다.

문화는 이중적 의미를 담고 있다. 좁은 의미에서의 문화는 문화예술 그 자체를 말하지만 넓은 의미의 문화는 개인의 가치관이나 일상생활양식, 정치·경제를 비롯한 모든 인간 활동의 밑바탕에 깔려 있는 일관된 흐름과 그것을 변형시키려는 노력 등 다양한 뜻을 함축하고 있다. 정부는 좁은 의미의 문화예술을 진흥시키면서 국정운영에서 '문화'의 위상과 개념을 확장시켜 참다운 문화적 가치를 반영하려는 의지를 보여야 할 것이다.

더구나 우리의 삶을 윤택하게 하고 민족의 장래를 보장할 수 있는 것은 문화예술밖에 없다는 점에서 이를 구체화할 문화행정의 중요성은 날로 커지고 있다. 특히 21세기 문화강국을 앞장서 건설해 나갈 수 있는, 문화예술에 대한 새로운 인식과 비전을 가진 지도자가 지금처럼 절실한 때도 없었다. 그런 측면에서도 문화관광부장관의 자리가 역대 정부처럼 더 이상 청와대나 정치권 실세들의 경력 관리용으로 전락해서는 안 될 것이다. (2004. 6. 22)

디지털은 조화다

디지털 정보화 사회의 중요한 특징으로 '개인화 시대의 만개'를 들수 있다. 본래 인간사회는 개체적 목적과 전체적 목적 등 두 가지를 지향하고 있다. 역사적으로 볼 때 전체가 강조되면서 개인이 기를 피지못했다. 지금까지는 개인보다는 늘 가족이나 사회, 국가, 세계가 우선됐지만 이제 개인이 올바로 서지 않고서는 전체 목적도 달성될 수 없다는 점에서 개체가 크게 부각되는 것을 결코 부정적으로만 볼 수 없다.

개인화 시대를 선도하는 것이 블로그(BLOG=Be a Liberal & Open Generation)이다. 지금 인터넷에는 블로그 열풍이 뜨겁다. 블로그는 개인적으로 온갖 소식을 주고받는 매체로 각광받으면서 '인터넷 1인 미디어시대'를 활짝 열고 있다. 이제 블로그는 e메일·문자메시지와 함께 네티즌의 필수요소다.

특히 2004년 미국 대통령 선거에서 부시 대통령의 군복무와 관련된 CBS 보도가 오보라는 사실과 부시 대통령이 텔레비전 토론 당시 전자장치의 도움을 받았다는 의혹을 한 블로그에서 제기함으로써 큰 파장을 불러일으켰다. 최근 미국 백악관이 한 블로그 운영자, 즉 블로거(Blogger)에게 출입기자증을 내주는 등 갈수록 그 위상이 높아지고 있다.

개인화 시대를 활짝 연 블로거에게 디지털 카메라는 더 이상 사진을 찍는 '도구'가 아니다. 디지털카메라는 하나의 놀이문화를 대표하는 상징물이다. 일명 '디카족'이라고 부르는 이들은 촬영한 사진을 자신의 블로그에 올려 누군가와 공유하길 좋아한다. 이들은 밥을 먹거나 친구들을 만나는 사소한 일상까지 카메라에 담는다. 또 디카족은 사회의 부조리나 일부 기업의 횡포 등을 순간 포착해 고발하기도 한다.

인터넷의 다양한 콘텐츠를 이곳저곳으로 옮기는 소위 '펌킨족'도 디지털문화의 주역이다. 펌킨족은 인터넷에 올려진 콘텐츠를 자신의 미니홈피나 커뮤니티로 옮기는 행위인 '펌'과 인터넷 유행어인 '즐(KIN · 옆으로 읽으면 '즐'이 됨, '즐'은 '즐거움'의 줄인 말)'이 합쳐져 만들어진 인터넷 용어이다. 이들은 자발적 · 독자적으로 콘텐츠들을 퍼 나르면서 콘텐츠의 대량생산화에 크게 이바지하고 있다. 패러디물은 이들 펌킨족의 손을 타고 더 넓게 알려졌으며 유행어와 뉴스 등 다양한 콘텐츠가 이들의 레이더망에 걸려들었다. 기업에서는 펌킨족의 전파 능력을 빌려 마케팅을 펼치는 방법을 생각해냈을 정도로 이들의 세력은 갈수록 커지고 있다. 물론 펌킨족의 활동이 왕성해지면서 자연스럽게 '저작권 논란'이 화두로 떠오르고 있다.

사이버세계를 주도하는 네티즌들은 기존체제에 일격을 가하면서 새로운 디지털 문화를 만들어가고 있다. 디지털 문화의 거센 파고가 기존 체제를 송두리째 무너뜨리고 있는 것이다. 그렇다면 이 급격한 변화를 어떻게 받아들이냐 하는 게 중요한 과제이다. 정보화 사회의 문제점으로 인터넷을 통한 불건전한 정보 유포나 사생활 침해, 인터넷 중독증, 불법 해킹, 정보 격차, 익명성으로 인한 비인간화 현상 등을 들고 있지만 이 역시 디지털문화의 특징을 제대로 읽어내지 못한 결과이다.

정보화시대를 맞아 블로그가 대형매체들과 어깨를 나란히 할 수 있는 것은 그만큼 개인의 중요성이 부각되고 있기 때문이다. 우리는 개인의 중요성이 그만큼 커졌음에도 개인문제를 너무 소홀히 다뤘다. 너무 부정적 시각으로 보았고, 적극적으로 이 문제를 바라보지 못했다. 결국 개인의 가치를 무시하면서 그 대안도 내놓지 못했던 것이다.

그리고 우리 사회가 제대로 돌아가기 위해서는 조직 구성원들의 자율과 공적 책임이 잘 조화돼야 한다. 바야흐로 블로그 전성시대를 맞아 책임성이 요구되는 것은 이제 블로그도 엄연한 '언론매체'로 자리매김을 했기 때문이다. 언론매체는 취재한 내용을 누구의 방해도 받지 않고 보도할 권리를 갖고 있지만 표현의 자유는 철저한 책임을 전제로 한다. 글을 쓴 사람은 블로그를 사적 영역으로 생각했지만 방문자들이 공적 영역으로 이동시킬 경우 그 파장은 의외로 커질 수 있다. 인터넷이 사적 영역인가, 공적 영역인가는 이제 생산자가 결정하는 것이 아니라 수용자가 결정하기 때문이다.

인터넷은 정보사회에서 학생들에게 정보화 능력을 키워 주고, 자신의 선호와 능력에 적합한 개별화 학습을 하도록 도와주는 첨단매체이다. 대부분의 정소년은 인터넷을 이용해 숙세에 필요한 정보를 찾고 친구들과 게임을 즐기며, 음악을 듣거나 e메일로 멀리 있는 친구에게 안부를 전하고 채팅을 한다. 우리나라 청소년 90% 이상이 인터넷을 이용한다고 하는 보고가 있을 정도로 인터넷은 청소년에게 깊숙이 뿌리내리고 있다. 이들에게 인터넷을 올바로 사용할 수 있도록 하는 교육은 매우 중요해졌다.

이제 인류문화사적 대전환기를 맞아 디지털문화를 꽃피우기 위해서는 무엇보다도 개인과 전체, 전통과 진보, 과거와 미래 등 양극단의 조화가 온전히 이뤄져야 할 것이다. '퓨전'과 '크로스오버'를 특징으로 하는 디지털문화의 핵심은 조화이기 때문이다.(2005. 4)

'왕남'에서 '워드 신드롬'까지

한국영화의 최대 흥행기록을 세운 '왕의 남자'의 성공 요인 가운데 하나가 세 남자의 사랑, 그것도 왕과 광대의 신분 격차를 뛰어넘는 비련을 진술하게 그렸다는 점이다. 물론 이성과의 사랑을 정상적인 것으로 보는 기존의 가치관을 뛰어넘고 있다는 점에서 동성애는 아직까지 거부감이 없는 것은 아니다. 그러나 남성·여성이라는 성적 경계선을 넘나드는 현대인의 원초적 본능을 새로운 문화코드로 담아냈다는 점에서 관객의 시선을 사로잡았다.

서점가에 돌풍을 일으키고 있는 세계문학상 당선작 <아내가 결혼했다> 역시 남자만이 여러 번 장가드는 것을 보아온 기성세대에게는 아주 도발적 '뉴스'다. 남성들이 여러 아내를 거느리는 것은 대수롭게 생각하지 않으면서도 아내가 두 남자와 결혼생활을 하는 것은 과연 용납될 수 없는가 하는 근원적 질문을 던지면서 성(性)에 대한 기존 통념을 과감히 뒤집어보고자 시도했다.

남편은 수없이 바람을 피우면서도 아내의 바람기는 용납하지 못하는 것은 아직까지 우리 사회에 고스란히 남아있는 가부장 문화 탓이기도 하다. 역사 이래 지속돼온 남성 중심의 가족·사회 체제에 대한 여성의 반발 심리를 적나라하게 묘사한 이 책은 강자 중심의 성 문화, 특히 불평등한 남녀의 성적 관계에 대한 논쟁의 불을 댕기면서 언론과 독자들에게 상당한 반향을 불러일으키고 있다. 결국 성은 남자와 여자, 그 어느 한 편의 전유물도 될 수 없는, 상대자를 위한 지고지선의 가치를 지니고 있음을 웅변적으로 그려나가고 있다.

미국 프로풋볼리그(NFL)에서 최우수 선수의 영예를 안은 한국계 하인스 워드의 신드롬도 고정된 관념이나 편견을 뒤집는 계기가 됐다. 세계 어느 나라에 비해 '핏줄'에 대해 강한 집착을 보이고 있는 한국식 순혈주의는 세계화시대의 보편적 가치관과도 물론 어울리지 않는다. 한국 사회가 이미 다인종사회로 접어든 상황에서 피부색을 따지는 것은 무의미하다는 것이다.

요즘 우리 사회에 확산되고 있는 '하이브리드 현상'도 이종끼리의 결합을 통해 가치를 극대화하자는 것이다. 예를 들어 휴대전화에 통화기능과는 전혀 관련성이 없어 보이는 카메라, MP3 기능 등을 장착해 가치 상승을 유도하는 것과 같은 이치다. 이제 핏줄의 하이브리드가 갖는 장점, 즉 다양성과 포용성을 살려나갈 때가 된 것이다. 세계화에 따른 인종, 민족, 종교, 국가 간 갈등 해소에 혼혈문화, 교차문화의 역할이 기대되는 것도 이 때문이다.

현대사회의 가장 큰 특징인 디지털문화는 인위적으로 합치고 섞는 '퓨전'과 경계를 뛰어넘는 '크로스오버'를 특징으로 한다. 기존의 관념과 체계를 뛰어넘으면서도 서로가 '차이'와 '다름'을 인정하고 창조적인 진화의 과정을 모색하는 이 같은 경향이 주요 시대흐름으로 자리잡고 있다.

지금 세계는 혁명 중에 있다. 기존의 가치체계가 무너지면서 철옹성 같았던 국경과 인종, 국가, 종교 등 거대 조직이 붕괴되고 가족과 결혼, 성 등 인간 삶의 근간을 바꾸어놓고 있다. 또 자본주의와 사회주의, 민족주의 등을 지탱해온 거대 담론과 규범, 윤리도덕, 법 등 인간을 규제

해온 온갖 장치들이 무너지고 있다. 결국 인류가 그렇게 믿었던 가치관과 사상, 철학까지 뿌리째 흔들리면서 미증유의 전환기를 맞고 있는 것이다.

　지금 나와 너, 우리와 남들을 갈라놓은 각종 경계선이 철폐되고, 인간의 정신을 통제하고 지배해온 온갖 논리들이 힘을 잃고 있는 이러한 현상을 결코 부정적으로만 볼 수 없다. 그것이 지향하는 것은 인간 본연의 정체성을 회복하고자 하는 진통이자 몸부림일 수 있기 때문이다. 지금 백지상태에서 새로운 이데올로기와 패러다임이 창출되고 있다. 그동안 한 번도 경험하지 못했던 전인미답의 문명 창출을 위한 인류의 발걸음은 더욱 빨라지고 있는 것이다. (2006. 3. 24)

휴전선 일대에 민족박물관을…

우리 정부도 요즘 들어와 새삼 문화의 중요성을 느끼는 것 같다. 1999년 국정지표를 문화관광의 진흥과 지식기반의 확충으로 결정한 것은 국민의 정부가 역대 어느 정권보다 문화에 대해 많은 관심을 갖고 있다는 증거이다. 물론 이는 우리나라가 2000년 이후 '문화의 세기'를 주도하기 위해서는 어쩔 수 없는 선택이기도 하다. 모양이 영 우습고 늦은 감이 있기는 하지만 새천년위원회도 최근 출범시켜 무엇인가 해야 한다는 강박 관념을 갖고 있는 것 같다.

국내외 어느 곳을 여행하든 꼭 감명을 받게 되는 곳은 아름다운 자연과 그 지역에서 고이 간직돼온 문화유산이다. 자연은 하늘이 내려준 것이기에 어쩔 수 없다손 치더라도 문화는 가꾸기에 따라 거대한 관광 자원이 될 수 있다는 점에서 늘 우리 나라도 문화유산을 잘 가꿔야 한다는 욕심을 갖게 된다.

전통문화 가운데서도 민속은 더더욱 그렇다. 얼마 전 영국 여왕 엘리자베스 2세가 경북 안동 하회민속마을을 다녀가면서 민속의 중요성은 새삼 부각됐다. 물론 여왕의 방한 일정 가운데 민속마을과 서울 종로구 인사동 전통문화거리 방문을 넣은 것은 외세에 의해 변질되지 않은, 순수한 우리 민족의 얼을 보여주고자 함이었을 것이다.

국내는 하회 민속마을 외에도 여러 곳에 민속과 관련한 볼거리가 있다. 그 중에서도 경복궁 경내에 있는 국립민속박물관은 규모가 작지만 우리나라 민속박물관을 대표하고 있다. 선진 각국에서 자연사박물관을 비롯해 그 민족의 역사를 알 수 있는 박물관을 수백개씩 갖고 있는 것에 비해 우리나라가 이 정도를 갖고서는 민족의 역사를 체계적으로 정리 보존한다는 거의 불가능하다. 그래서 세상에 내놓을만한 민속박물관이 없다는 것에 대해 전문학자나 관계자들이 '수치'를 느낀다는 이야기를 하는 것을 가끔씩 듣게 된다.

우리가 외국에 자랑할 것은 아름다운 자연과 민속이라고 할진데 이를 관광과 연계시키는 방안을 시급히 강구해야 할 것이다. 다시 말하면 관광객들이 그 나라의 고유한 문화를 보고 감명 받는다는 것을 감안할 때 우리 정부도 한민족의 전통문화를 관광자원으로 끌어올리겠다는 의지를 분명히 할 필요가 있다는 것이다.

영국 프랑스 홍콩 등 선진 각국은 2000년 새 밀레니엄 사업으로 문화와 관광을 연계시켜 외국인 유치운동을 대대적으로 펼치고 있다. 이들 나라가 외국 관광객을 유치하면서 던지는 '미끼'는 그 나라의 전통문화와 관련된 이벤트들이다. 즉 과거와 현재, 미래를 연결시키는 사업들이다.

늦은 감은 있지만 지금이라도 문화와 관광을 연계시킬만한 사업을 수립해 세상에 내놓아야 할 것이다. 아직은 사업 계획조차 확정되지 않았으나 정부가 구상하는 있는 것 가운데 눈여겨 볼만한 것이 밀레니엄 상징 조형물 건립이다. 문화관광부 관계자들의 의견을 종합하면 상징탑과 함께 한민족의 역사를 살펴볼 수 있는 기념관을 세울 예정이라는 것이다.

우리에게는 한민족의 역사를 한 눈에 살펴볼 수 있는 대표적 민족박물관이 절대적으로 필요하다. 그것도 자연사박물관을 겸할 수 있는 대규모의 민족역사박물관을 세워야 한다. 이렇게 된다면 우리가 그 동안 갖지 못했던 자연사 박물관 역할도 하게 될 것이다.

이 민족박물관은 유일한 분단국가임을 상징하는 휴전선이나 인근에 세우는 것이 가장 바람직하다. 또 통일 시대를 열어간다는 점에서 정부가 북측에 민족박물관 건립을 제안하여 공동사업으로 추진할 수도 있을 것이다. 민족박물관 건립은 통일을 상징하는 밀레니엄 사업으로도 꼭 필요하리라고 본다. 2000년 '문화의 세기'를 열어가는 이 사업은 '문화 대통령'을 지향하는 김대중 정부에서 시작하는 것이 큰 의미가 있을 것이다.

우리나라도 세상에 내놓을만한 민속박물관이 있었으면 좋겠다고 생각했던 사람들은 국민의 정부가 이러한 사업을 전개할 경우 모두들 큰 박수를 보내게 될 것이다. (1999. 4)

2.

우리 역사
바로 세우기

국보

  통통한 얼굴에 늘씬한 몸매, 그리고 입가에 미소를 머금은 백제 금동관음보살입상이 2003년 5월 15일 사라졌다가 11일 만에 범인이 검거되면서 제 자리로 돌아왔다. 1975년 충남 공주의 한 농부가 절터에서 발굴해 국보(247호)로 지정된 이 관음보살상은 삼국시대 다른 불상과는 달리 완벽한 조형성을 보여주는 최고의 문화재이다. 1997년 일본이 프랑스 정부가 제정한 '일본의 해'를 맞아 파리 루브르박물관에 일본이 소유하고 있는 금동관음보살입상을 전시할 정도로 백제관음상의 우수성은 이미 국내외에 잘 알려져 있다.

  2003년 3월 24일 미국 뉴욕에서 열린 크리스티 경매전에서 백제 금동반가사유상이 157만5500달러에 경매될 만큼 국보급 유물은 돈으로 쳐도 상당한 가치가 있다. 이번에 수난당한 백제 금동관음보살입상은 미술사적인 가치나 보존 상태로 보아 크리스티 경매에서 거래된 것보다 1.5~2배 정도 더 가치가 있는 것으로 알려지고 있다.

  이렇듯 역사적·학술적·예술적·기술적인 가치가 큰 국보가 강탈당하는 초유의 사건은 문화재 행정의 현주소를 적나라하게 보여주고 있다. 범인들의 표적이 된 국립공주박물관에는 무령왕릉 출토품 등 국보 19점을 포함한 1000여점의 주요 문화재가 소장됐는데도 1층에는 CC(폐쇄회로) TV조차 없고, 현관문마저 잠그지 않고 근무했다니 한심하기 짝이 없다. 문화재 범죄는 날이 갈수록 지능화하고 강력·대담해지고 있으나 그 관리는 구멍가게 수준이다. 특히 국민의 재산을 지키는 공무원들의 안이한 근무기강과 허술하기 짝이 없는 보안시설 등 모든 면에서 예고된 것이나 다름없다.

다행히 백제 금동관음보살입상은 범인 검거로 다시 찾아올 수 있었지만 도난 문화재 회수율은 극히 저조하다. 문화재청은 지자체, 경찰 등 관련 기관과 함께 도난 문화재 회수에 총력전을 펼치고 있으나 최근 5년 동안 되찾은 것은 100점 중 13점에도 미치지 못한다.

문화재청에 따르면 2006년 발생한 문화재(비지정문화재 포함) 도난 사건은 모두 56건이며 도난 유물은 2531점에 이른다. 이 중 되찾은 것은 2.3%에 불과한 57점뿐이다. 2001년부터 2005년까지 발생한 문화재 도난은 모두 139건(5243점)인 반면 회수는 34건(663점)에 그치고 있다. 5년간 회수율은 건수 대비로 24.5%이며 수량으로 따진 회수율은 12.6%에 불과하다. 물론 낮은 회수율은 도난 문화재의 86%가 비지정문화재라는 사실과 무관치 않다.

문화재청은 문화재의 불법 유통을 제도적으로 방지하기 위해 문화재보호법 개정을 추진하고 있다. 공소시효(7년)를 넘겼더라도 장물인 문화재를 은닉·보관한 사람은 처벌할 수 있게 개정할 계획이다. 현행 문화재보호법은 국가지정 문화재에 한해 소유자나 보관 장소 변동에 대한 신고제를 실시하고 있지만 지방문화재나 비지정문화재는 외국 반출 이외의 매매가 자유로워 암거래가 사실상 가능한 상황이다.

문화재청은 전국 문화재 도난 방지시설의 대대적 확충과 문화재청 내 단속반원의 인력 확충, 문화재 사범 단속활동 강화를 위한 검찰·경찰 등 수사기관과 협력체계 구축 등 종합적인 문화재 보존·관리대책을 내놓아야 할 때다. (2003. 5. 18~2006. 4. 2)

안중근 유해 송환

1909년 10월26일 오전 9시30분. 이토 히로부미를 태운 특별열차가 중국 하얼빈역 플랫폼에 도착하자 러시아 군악대의 주악이 시작됐다. 블라디보스토크에서 열차를 타고 나흘 전에 도착해 지형 정찰을 끝낸 안중근은 이토 일행을 환영하는 의장대 뒤편으로 접근해 흰 수염에 체구가 작은 한 늙은이를 향해 방아쇠를 당겼다. 그러고는 "코레아 우라! (대한만세)"를 외쳤다. '대동아공영권'을 앞세워 침략전쟁을 일으킨 일본을 응징한 것이다.

안중근(1879~1910)이 이 땅에 살았던 시기는 서구 자본주의의 동점 야욕으로 아시아가 격랑에 휩싸인 때였다. 일본은 메이지유신이라는 근대화 작업을 통해 개혁을 끝낸 뒤 미국 영국 프랑스 등 구미에 굴종적 태도를 보인 것과는 달리 아시아 국가에 대해서는 패권주의 야욕을 키워나갔다. 그래서 안중근은 내우외환으로 풍전등화의 상황에 놓인 조국을 위해 온몸을 내던진 것이다.

그가 "일본과 러시아가 개전했을 때, 일본이 전쟁을 선포하는 글 가운데 동양 평화를 유지하고 대한 독립을 굳건히 하겠다고 해놓고 이제 와서 그 같은 대의를 지키지 않고 야심적인 책략을 자행하고 있는데, 이는 모두 이토의 정책입니다."라고 밝힌 글에서도 보듯이, 이토 저격은 '동양평화'라는 대의명분 때문이었다. 그는 이토 저격 후 검찰관 신문에서 이토 히로부미의 15개 죄목 중 하나로 '동양평화를 교란한 일'을 꼽았고, 공판정에서 하얼빈 의거는 '개인을 위해 한 게 아니고 동양평화를 위한 거사임'을 분명히 밝혔다. 당시 중국 언론은 안중근의 총성이 한반도는 물론 만주를 독차지하려는 일본 제국주의에 대한 경고의 메시지를 던진 것으로 받아들였다.

히라이시 고등법원장이 '탈고 때까지의 형 집행 연기 약속'을 지키지 않음으로써 완성은 보지 못했지만 그의 '동양평화론'은 한마디로 서세동점의 위기를 극복하여 동양 평화를 이룩하기 위한 방안, 즉 한국 일본 청국이 자주독립국으로 연합하여 구미 열강의 침략을 막아내자는 것이었다. 이는 주변 강국의 틈바구니에서 여전히 헤어나지 못하는 오늘 우리가 지향해야 할 방향이기도 하다.

국가보훈처는 해외에 흩어져 있는 독립투사 유해의 국내 봉환을 해방 직후인 1946년 윤봉길을 시작으로 지금까지 추진해오고 있다. 그 결과 2004년 3월 현재 90위를 봉환했다.

정부는 1986년 12월부터 외교 경로 등을 통해 안중근 유해 찾기에 나섰고 학계와 민간단체도 끊임없이 발굴 노력을 기울였지만 유해가 묻힌 곳으로 추정되던 뤼순(旅順)감옥 뒤편의 공동묘지에 이미 일반건물이 들어선 데다, 안 의사 묘소의 이장 여부에 대한 확인이 불가능하다는 회신만 받았다. 한 마디로 관련 자료가 사라졌고, 안중근 순국 후 100여년이 경과돼 묘소 확인이 곤란하다는 것이다. 북한도 이미 수차례 발굴 작업에 나섰으나 실패했던 것으로 알려졌다.

안중근은 "내가 죽은 뒤에 나의 뼈를 하얼빈 공원에 묻어두었다가 우리의 국권이 회복되거든 고국으로 반장(返葬)해달라."는 유언을 남겼다. 그의 유해 발굴과 송환은 안중근 사상을 오늘의 '시대정신'으로 삼아 민족정기를 확립해 나가야 한다는 점에서도 의미가 깊다.(2004. 12. 23)

'역사도시' 서울

서울은 조선왕조를 개창한 태조 이성계가 1394년 11월 26일 천도한 이후 오늘에 이르기까지 우리 민족사의 중심 역할을 해왔다. 태조가 천도를 결심하게 된 배경에는 개성의 지기가 쇠했다는 이유도 있었지만, 건국 과정에서 흩어진 민심을 다잡아 새 출발을 한다는 뜻이 담겨 있다. 그러나 왕자의 난이 발생하는 등 나라가 시끄러워지자 개성으로 잠시 옮겼다가 되돌아가는 등 우여곡절을 겪기도 했다.

노무현 정부가 들어선 이후 정도 600년 역사를 지닌 서울이 다시금 술렁이고 있다. 사실상 천도에 버금가는 행정중심복합도시 건설을 서둘러 결정한 데 이어 서울을 '역사도시'로 되돌려놓겠다는 계획이 발표됐다. 북한산 전면 개방, 광화문의 원위치 복원과 광장 조성, 서울성곽 복원 등을 통해 옛 서울의 명성을 되살리겠다는 것이다.

그러나 유홍준 문화재청장의 깜짝 발표에 당사자인 서울시는 시큰둥한 반응을 보이고 있다. 사실 서울시는 1975년부터 북한산성(사적 162호)과 서울성곽(사적 10호) 18.127km 가운데 10.566km를 이미 복원했다. 2006년 예산에도 27억원이 배정됐다. 그동안 보수비용을 놓고 문화재청과 갈등을 겪기도 했다. 그런데 문화재청이 유네스코 '역사도시' 등재를 명분으로 서울시와는 아무런 조율도 없이 서둘러 발표한 것은 석연찮은 구석이 많다. 벌써 서울시장 선거를 앞두고 여당 후보를 밀어주기 위한 정략적 발상이 아니냐는 이야기가 나오고 있다.

역사 복원 문제가 제기되는 것은 그만큼 우리나라가 여유가 생겼다는 이야기도 된다. 돈 버는 것에 혈안이 돼 있을 땐 역사 이야기가 나올 수 없다는 것이다. 그러나 한국이 경제규모로 볼 때 선진국 대열에 진입했지만 '삶의 질'은 아직 한참 멀었다. 국제적 컨설팅 업체인 머서 휴먼 리서치 컨설팅(MHRC)에 따르면 세계 214개 도시의 '삶의 질' 평가에서 서울은 89위에 그쳤다. 미국 뉴욕을 100으로 볼 때 서울의 평점은 83.0이었다.

그리고 연세대 등이 내놓은 보고서에 따르면 물·공기와 땅의 오염으로 인해 서울시민이 암에 걸릴 가능성은 1000명당 21명으로 대전 0.9명의 23배에 달한다고 한다. 세계보건기구(WHO) 등이 제시한 것은 인구 10만~100만명당 1명이다. 한국 인구의 절반 정도가 몰려 사는 수도 서울의 시민 건강이 암에 전면 노출되어 있다는 것은 경제개발 정책에 따라 국민의 건강문제가 뒷전으로 밀려난 탓이다. 그래서 역사 도시 복원도 '삶의 질'을 높이는 차원에서 종합적으로 진행시킬 때 설득력을 얻을 수 있다는 것이다.

지금은 문화가 국력인 시대다. '한류' 열풍이 그것을 말해주고 있다. 그동안 문화는 늘 '개발'이라는 명분 때문에 뒷전으로 밀려났다. 만일 서울의 사적지가 정치적 고려에 따라 졸속으로 복원된다면 또 다른 문제를 낳을 수 있다. 빌딩 숲으로 변모한 서울이 역사와 문화의 중심 도시로 다시 태어나기 위해서는 국민 여론을 수렴하고 전문가의 학술적 고증을 거친 뒤 차분하게 일을 진행하는 것이 무엇보다 중요하다. (2006. 1. 25)

야스쿠니신사와 군국주의 망령

일본에는 8만여 개의 신사(神社)가 있다. 그 중에 가장 규모가 큰 곳이 도쿄 지요다구(千代田區)에 있는 야스쿠니신사(靖國神社)이다. 여기에는 A급 전범 14명 등 246만여 명의 전몰자의 위패가 안치됐다.

일본 군국주의의 피해를 당한 한국과 중국 등 주변 국가들은 이들 전범에게 일본 정부 당국자들이 참배하는 것은 과거 침략을 정당화하고 군국주의 망령이 부활하는 것으로 보고 민감하게 반응했다. 그러나 1985년 나카소네 야스히로 총리가 처음으로 공식 참배한 데 이어 2001년 이후 고이즈미 준이치로 총리가 주변국의 반대도 개의치 않은 채 참배를 강행하고 있다.

고이즈미 총리는 2006년 연두 기자회견에서도 "외국 정부가 마음의 문제에 개입해 외교 문제로 만드는 자세를 이해할 수 없다."며 야스쿠니신사 참배 강행 방침을 천명했다. 그는 그 동안 다섯 차례나 참배하면서 "개인 자격으로 했다." "두 번 다시 전쟁을 일으켜서는 안 된다는 결의를 새롭게 했다."는 등의 군색한 변명을 늘어놓았다.

'포스트 고이즈미'를 노리는 아소 다로 외상은 여기에서 한 술 더 떠 '천황'의 참배까지 요구했다. 그는 "(야스쿠니 신사의) 영령은 천황폐하를 위해 만세하라고 했지 총리 만세라고 한 사람은 아무도 없었다." 면서 "천황폐하가 참배하는 것이 최고"라는 것이다. 특히 우리나라와 중국이 고이즈미 총리의 신사 참배 중지를 요구한 데 대해 아소 외상은 "담배를 피우지 말라고 하니까 더 피우고 싶어진다."고 주장했다. 신사를 참배하지 말라고 하면 할수록 참배를 더욱 강행하겠다는 얘기다. 그는 이전에도 "창씨개명은 조선인이 원해서 이뤄졌다." "강제징용은 없었다." "야스쿠니를 언급하는 나라는 한국과 중국뿐이니 신경 쓸 것 없다."는 등의 망언을 쏟아냈다.

고이즈미 총리의 신사 참배에 대해 오사카 고등법원에서 정교분리 원칙에 반하는 위헌이란 판결을 내리는 등 일본에서도 부정적 시각을 보이고 있다. 특히 요미우리신문의 와타나베 쓰네오 회장 겸 주필은 아사히신문이 발행하는 월간지 '논좌(論座)' 2월호에서 "야스쿠니 신사는 군국주의를 선동하고 예찬하는 전시품을 나열한 박물관을 운영하고 있다."며 "야스쿠니 참배론자가 차기 총리가 된다면 아시아 외교는 영원히 엉망진창이 될 것"이라고 경고했다.

야스쿠니 참배 문제로 인해 한·중·일 3국의 외교관계는 꽁꽁 얼어붙어 있다. 그것은 일본의 지도자들의 한심한 현실인식과 역사의식 때문이다. 한일 양국은 과거 아픈 상처가 있지만 지난 40년 동안 선린 우호관계를 유지해 왔다. 하지만 일본은 앞으로 신사참배 문제를 해결하지 않고서는 동북아의 평화와 안정은 물론 국제사회의 책임있는 일원이 될 수 없다는 점을 명심해야 할 것이다. (2006. 1.30)

독도 귀향

경상북도 울릉군 울릉읍 독도리. 34개 섬 35필지로 구성된 독도는 본토에서 가장 멀리 떨어진 동쪽 끝 바위섬이다. 일본은 1905년에 일방적으로 이 섬을 '다케시마(竹島)'로 부르며 시마네현에 편입한 뒤 줄곧 영유권을 주장해 왔다. 시마네현은 2005년 선포한 '다케시마의 날'(2월 22일)을 앞두고 독도가 자신들의 땅임을 알리는 방송광고를 내보낸 데 이어 버스와 택시 등에도 "돌아오라 다께시마여"라는 선전물을 부착하는 등 난리법석을 떨고 있다.

그러나 경북도나 정부는 아무런 일도 없는 듯 너무 조용하다. 경북도는 '역사와 의식, 독도 진경 특별전'(2006년 2월 16~24일)과 '독도·울릉도의 자원과 미래'를 주제로 한 학술 심포지엄(22일)을 열 계획이지만 언론 홍보조차 제대로 하지 않고 있다는 것이다.

2006년 독도를 위해 책정된 경북도 예산은 어장자원 조성과 홍보비 등을 합쳐 2억원에 불과하다. 여기에다 시민단체인 '독도수호대'가 고종황제의 칙령에 따라 독도를 울릉도의 소관으로 대내외에 선포한 10월 25일을 '독도의 날'로 제정하기 위해 2004년부터 벌이고 있는 1000만명 서명운동도 8만여명에 그치는 등 국민의 관심도 식고 있다.

일본이 2005년판 <방위백서>에서 독도를 '일본의 고유영토'라고 밝힌 데 이어, 지방자치단체를 앞세워 이렇듯 대대적인 홍보 활동을 벌이는 의도야 너무나 뻔하다. 그래서 독도는 역사적으로나, 실효적으로 한국이 지배하는 것이 엄연한 사실인 만큼 일본의 행태에 맞대응해 국제문제화하려는 그들의 의도에 말려들어서는 안 된다는 것이다. 그러나 우리가 국제법과 역사적 사실을 무시한 도발 행위를 방치하는 것은 문제가 있다.

그런 점에서 독도의 유일한 주민인 김성도·김신열씨 부부의 귀향 소식은 실로 반가운 일이 아닐 수 없다. 독도 경비대를 제외하면 민간인 거주자가 없어 사실상 무인도였던 독도가 근 10년 만에 다시 유인도가 되기 때문이다.

김씨 부부는 1965년 3월 독도에 거주한 첫 주민인 최종덕씨와 함께 이곳에서 전복 등 수산물을 채취하면서 살아왔다. 그러나 1987년 최씨가 지병으로 숨지자 1991년 주소지까지 옮겨 살다가 1996년 태풍으로 집이 망가지면서 울릉도로 나올 수밖에 없었다.

김씨 부부는 30여년 정붙이고 살던 독도로 다시 돌아간다. 경북도와 해양수산부 등이 나서서 서도에 3층짜리 숙소를 마련해주었기 때문이다. '독도 지킴이'를 자임한 김씨 부부가 살아가는 데 불편함이 없도록 정부의 지원은 지속돼야 할 것이다. 그것이 일본의 경거망동을 온 몸으로 막아내는 김씨 부부에게 보답하는 길이다. (2006. 2. 9)

역사인식 vs 재인식

인간은 인식과 판단, 그리고 행동을 통해 자신의 의사를 표현한다. 외부상황에 대한 인식이 뇌로 보내지면 뇌는 그에 적절한 판단을 하고 다시 이를 육체로 전달해 행동하게 한다. 이것이 인간 행동의 기본메커니즘이다. 여기서 인식에 오류가 생겼을 경우 판단이나 행동에도 문제가 일어나게 된다.

인간의 인식을 결정짓는 요소는 기존의 관념과 지식, 그리고 인간관계에서 제도화된 규율·규범·윤리도덕 등이다. 그것을 내면화시키는 것이 가정이나 학교, 사회에서 이뤄지는 교육이다. 거기에서 각종 논리가 형성되고 카드섹션처럼 일사분란한 행동을 요구하게 된다. 오늘 한국사회가 보수와 진보, 좌익과 우익과 같은 극단적 이념논리에서 벗어나지 못하고 있는 것도 우리 역사를 배경으로 구조화되고 내면화된 집단적 인식 때문이다.

최근 1945년을 전후한 해방공간에 대한 역사 인식 문제를 놓고 학자들 간에 논쟁을 벌이는 것도 그동안의 편향된 논리에서 벗어나 인식의 폭을 넓혀보고자 하는 반성의 측면이 강하다. 1980년대 운동권, 현재 정치와 사회의 주도 세력으로 자리 잡은 386세대의 역사관 형성에 결정적 역할을 했던 책이 <해방 전후사의 인식>(1979년 출간)이다. 좌파 민족주의 시각에서 쓴 이 책은 해방 이후 친미 우파가 득세하면서

민족 자주 세력이 좌절했고, 이승만의 남한 단독정권 수립이 분단의 영구화를 가져왔다고 보고 있다. 그리고 남한을 외세에 끌려 다닌 암울한 역사로 기술한 반면 북한 김일성 주석의 친일 역사청산을 높이 평가하는 등 친북·좌파적 시각에 매몰돼 있다는 지적이다.

최근 뉴라이트 학자들이 이 책의 편향성을 시정하기 위해 <해방 전후사의 재인식>을 내놓았다. 보수·우파적 측면이 강한 이 책은 진보적 역사관을 다시 진단하고 해체하려는 시도를 하고 있지만 탈민족주의를 주요 논리로 내세웠다는 점에서 이전의 보수 논리와 차별화된다는 것이 이 책의 특징이다.

영국 역사학자 카는 "역사는 현재와 과거 사이의 끊임없는 대화"라고 말한다. 과거를 보는 눈이 시대에 따라 달라지기 때문이다. 그러나 과거의 역사를 이분법적으로 재단하고, 현재의 잣대로 보게 될 경우 큰 오류를 범할 수 있다. 1980년대 진보세력들이 이승만 대통령에 의해 수립된 남한 정권을 '반혁명 세력'으로 규정하고, 반대로 김일성 주석이 옛 소련의 사주를 받아 만든 북한 정권을 민족통일을 위한 '민주기지'로 여기고 있는 것도 <해방 전후사의 인식>을 통해 역사인식의 틀을 고정화했기 때문이다. 그래서 진보적 지식인들이 요즘 보수측의 '색깔론'을 문제삼듯이 역사는 1980년대처럼 이념적 잣대로 판단해서는 안 된다는 것이다.

그런 점에서 현 정권에서 진행하고 있는 과거사 청산 작업도 정치적 고려가 개입되거나 이념적 잣대로 과거사를 판가름한다면 엄청난 시행착오가 뒤따를 수밖에 없다. 벌써부터 과거사 청산 작업이 화해보다는 분열의 계기가 될 것이란 우려도 없지 않다. 특정 당파성이나 편향에 빠질 경우 역사 인식은 반드시 오류에 빠질 수밖에 없고, 그것이 현 정권의 또 다른 굴레가 될 수 있다는 점을 명심해야 할 것이다.(2006. 2. 17)

일본의 역사왜곡

일본의 교과서는 문부과학성의 검정 절차를 거치게 된다. 문부성은 학생들이 사용하기 2년 전에 출판사로부터 교과서 원본을 제출받아 검토를 한 뒤 1년 전에 그 검정 결과를 발표하고, 다시 6개월 전에는 전시회를 열어 각 학교에서 선택하게 한다. 일본 고이즈미 정권이 고교 교과서에까지 "다케시마(독도의 일본식 표기)는 일본의 고유 영토"라는 내용을 명기하도록 한 것은 이처럼 검정 절차가 있기 때문이다.

문부성은 검정 과정에서 "일본은 한국과의 사이에 다케시마 문제를 안고 있다."고 한 출판사의 당초의 안에 대해 "우리나라(일본) 고유의 영토인 다케시마에 대해 한국이 영유권을 주장하고 있다."고 바꿀 것을 지시했다. 특히 일본 정부는 "일본군에 의해 위안부가 된 여성"이라는 표현을 "일본군의 위안부가 된 여성"으로 둔갑시키는 등 역사적 사실에 대한 왜곡도 서슴지 않았다.

여기다가 중국 정부가 영유권을 주장하는 센카쿠(尖閣·중국명 다오위다오·釣魚島) 열도 문제와 관련해서는 이율배반적인 태도를 보였다. 즉 일본 정부는 "센카쿠 열도는 일본이 실효(實效) 지배하고 있어 영토문제가 아니다."거나 "일본의 영토이지만 중국 등이 영유권을 주장하고 있다."는 내용을 명기해 달라고 의견을 냈다. 그들의 논리대로라면 한국과 러시아가 실효지배하고 있는 독도와 쿠릴열도의 영토

문제는 처음부터 존재하지 않는다.

일본 정부는 몇 년 전만 해도 교과서 왜곡 문제가 나오면 "국정이 아닌 검정제도라서 정부가 관여하기 힘들다."고 변명했다. 그러던 그들이 이제는 역사왜곡에 직접 뛰어든 것이다. 더구나 일본이 균형잡힌 내용을 담아야 할 교과서를 통해 학생들을 상대로 의식화 교육에 나섰다는 점에서 지금까지 간헐적으로 터져 나왔던 고위인사들의 일회성 망언과는 차원이 다르다.

독도는 역사·지리·국제법적으로 명백한 대한민국의 영토다. 그런데도 일본 문부과학성이 2005년 4월 중학교 교과서에 이어 또다시 고교 교과서에 독도 영유권을 주장하는 내용을 담을 것을 출판사에 요구함으로써, 2007년도 검정 신청본 55종 가운데 20종이 이를 수용한 것으로 드러났다. 이는 주변국에 아랑곳하지 않는 고이즈미 정권의 막무가내식 대중영합 정치의 산물이란 점에서 크게 우려하지 않을 수 없다.

일본이 이웃나라를 침략했던 과거사를 반성하기는커녕 교과서에까지 독도 영유권을 명문화한다는 것은 일제의 악몽을 떠올리게 하는 또 다른 차원의 영토와 주권 침해와 다를 바 없다. 일본이 국제사회의 성숙한 일원으로 제 역할을 하려면 군국주의 망령에서 하루빨리 벗어나는 길밖에 없다는 점을 명심해야 한다.

물론 우리가 실효적 지배를 하고 있는 독도에 대한 일본의 이 같은 행보에는 독도를 분쟁지역으로 부각시킴으로써 국제사법재판소로 넘기려는 노림수가 깔려 있다. 정부는 독도 영유권 주장 외에도 고이즈미 총리의 야스쿠니신사 참배와 정치인들의 망언 등 계속되는 도발에 대해 단호하고도 장기적인 종합대책을 마련해야 할 것이다. (2006. 3. 31)

한·일의 '독도 갈등'

일본이 우리 측 배타적 경제수역(EEZ)을 탐사하겠다고 국제수로기구 (IHO)에 통보하면서 한·일간의 독도 갈등이 최악의 상황으로 치달았다. 2005년 시마네현의 '다케시마(독도)의 날' 제정과 해상보안청 초계기의 독도 영공 진입 시도, 고교 교과서 '독도 자국 영토' 표기 지시 등에 이은 의도적 도발이란 점에서 고이즈미 정권의 고도의 정치적 노림수가 드러나고 있다.

일본은 독도 인근 해역을 무단 탐사 계획에 대해 영토수호 차원에서 강경 대처할 수밖에 없다. 우리정부도 만약 일본 탐사선이 우리 EEZ에 무단 진입하면 국제·국내법에 따라 정선·검색·나포 등의 조치를 취하겠다고 밝혔다. 그러나 특히 2006년 9월 자민당 총재 선출을 겨냥해 보수세력을 규합하고, 6월 해저 지명을 논의하는 국제회의를 앞두고 독도를 분쟁화하려는 저의가 깔려있는 만큼 냉정하게 대처해야 한다. 그동안 독도를 자국 영토라는 억지 주장을 펴온 일본의 아베 신조 관방장관은 이번 탐사계획에 대해 "국제법상 아무런 문제가 없다."는 논리를 펴고 있다.

한국이 독도에 관한 한 양보하거나 타협할 입장이 아니라는 사실을 일본이 모를 리 없다. 또한 일본 해양조사선이 독도 부근 해역에서 측량 작업을 할 경우 양국 관계가 파국으로 치달을 수 있음을 고이즈미 총리도 알고 있다. 일본의 도발은 일본 제국주의에 의해 국토를 침탈당한 뼈아픈 과거 역사를 새삼 되돌아보게 한다.

21세기 해양시대를 맞아 해양 선점을 위한 총성 없는 영토 전쟁이 벌어지는 상황에서 '조용한 외교'라는 명분으로 소극적 입장에서 '부실하게' 독도를 관리해 온 것은 드러났다.

일본은 그동안 한국 접속수역(독도 기점 24해리)에서 수차례 불법 해양조사를 해왔다는 사실도 드러났다. 그런데도 일본은 우리 몰래 불법조사를 하면서도 우리 EEZ에서 정당하게 벌이는 한국의 조사 활동은 해양보안청 순시선과 항공기를 동원해 방해해 왔다. 다시 말하면 일본 순시선이 2000년 이후 5차례에 걸쳐 한국 EEZ에서 조사를 벌이면서도 우리 국립해양조사원의 탐사 활동에는 수차례 일본 EEZ임을 내세워 퇴거명령을 하는 등 조직적으로 방해한 것이다.

특히 EEZ의 기점을 독도가 아닌 울릉도로 삼았는가 하면, 일본이 28년 전 국제수로기구(IHO)에 독도 부근 해저 지명을 '쓰시마분지'로 등록한 데 비해 우리는 이제서야 '울릉분지'로 등록을 추진하면서 부처 간 책임 떠넘기기에 급급했다는 것도 드러났다.

일본이 독도 관련 분쟁을 국제재판소로 가져가는 사태를 막기 위한 '선언서'를 유엔 사무총장에게 기탁하는 등 정부가 발 빠른 움직임을 보이고 있지만, 일이 터지고 나서야 요란을 떠는 무사안일한 자세는 이번 기회에 반드시 짚고 넘어가야 한다. 특히 정부는 주권국가의 자존심을 걸고 일본의 도발에 엄정 대처해야 마땅하다. 그간의 '조용한 외교'에서 탈피해 독도 수호를 위한 철저한 점검과 앞으로 어떤 상황에서도 독도를 온전히 지켜낼 완벽한 대책을 세워야 한다는 것이다. (2006. 4. 21)

문화재 방화

한번 소실되면 원형 복원이 불가능한 문화재들이 방화범의 표적이 되고 있다. 2006년 5월 1일 유네스코 지정 세계문화유산인 수원 화성의 대표적 누각 서장대가 20대 방화범에 의해 전소됐다. 4월 26일에는 서울 창경궁 문정전이 신문지와 부탄가스 통을 사용해 불을 지른 60대 방화범에 의해 일부가 소실되는 등 문화재가 수난을 당하고 있다.

전국 곳곳의 귀중한 문화유산들이 이렇듯 범죄의 표적이 되고 있는데도 문화재 관리 당국은 거의 손을 놓고 있음이 드러나고 있다. 화성 서장대의 경우 1996년 큰 불로 복원까지 했지만 소화전조차 설치돼 있지 않아 초기 진화에 실패했고, 문화재 훼손을 방지하기 위한 밤 시간대 순찰 근무도 하지 않았다니 그냥 방치돼 있었던 셈이다. 자칫하면 국보 226호 명정전 등 창경궁 내 많은 유적이 훼손될 뻔했던 문정전 화재 사건도 범인이 궁궐에 부탄가스 통을 반입할 때 제지하는 사람이 없어 무사통과했다.

북한산국립공원에서 4월 들어 방화로 추정되는 7건의 화재가 발생하는 등 사회에 대한 불만과 가정불화, 신병 비관 등을 이유로 불특정 다수를 상대로 공공장소에 불을 지르는 '묻지마식' 방화가 가파르게 증가하고 있다.

이는 갈수록 심해지는 빈부 격차와 실업 증가 등 우리 사회의 구조적 문제와 무관치 않을 것이다. 문화재·소방당국과 경찰은 이 같은 화풀이 방화로부터 귀중한 문화재와 국립공원, 공공건물 등 국민의 재산과 생명을 지켜내기 위한 특단의 대책을 내놓아야 한다.

이와 함께 정부와 국민 모두 삶을 자포자기하기 쉬운 소외계층이 재기할 수 있도록 따뜻이 보살피는 데 인색해서는 안 될 것이다. (2006. 5. 2)

야스쿠니 A급 전범 분사

메이지유신 직후인 1869년 건립된 야스쿠니신사에는 도조 히데키를 비롯한 A급 전범 14명 등 전몰자 246만여명의 위패가 안치돼 있다. 일본 보수 우파 세력은 침략전쟁을 일으킨 A급 전범은 연합국에서 일방적으로 규정한 것일 뿐 일본 국내법상으로는 범죄자가 아니라고 보고 있다. 그래서 고이즈미 준이치로 총리도 침략전쟁을 정당화하고 군국주의 부활을 우려하는 인접국의 비난에도 불구하고 참배를 고집했다.

신사참배 문제는 2006년 9월 차기 자민당 총재선거를 앞두고 일본 정국의 뇌관으로 급부상하고 있다. 일본 경제단체가 고이즈미 총리의 야스쿠니신사 참배 자제를 요구한 데 이어, 자민당의 강력한 후원단체인 일본유족회의 고가 마코토(전 자민당 간사장) 회장이 자민당 총재선거에 맞춰 준비 중인 정책 제언에서 A급 전범을 분사(分祀)하는 방안을 제시키로 했다고 한다.

6월 말 마지막 방미 길에 오를 고이즈미 총리에게 미국 의회에서 연설하려면 "야스쿠니 참배 중지 의사를 자진해서 밝히라."는 내용으로 데니스 해스터트 하원의장에게 보낸 헨리 하이드 하원 국제관계위원장 서한도 종전기념일인 8월 15일 신사 참배에 나설 가능성이 있는 그에겐 새로운 압박으로 작용하고 있다. 이번 방미에서 일본 총리로서는 처음으로 상·하원 합동회의 연설을 추진 중인 그에게 집권 공화당의 거물급 정치인으로 의회의 대외정책을 관장하는 하이드 위원장이 야스쿠니 신사 참배 중단 선언을 조건으로 제시했다는 것은 결코 가볍게 넘길 문제가 아니다.

하이드 위원장은 제2차 세계대전 당시 진주만 공격을 주도한 도조 히데키 등 A급 전범들에게 경의를 표해 온 고이즈미 총리가 진주만 피습 직후 프랭클린 루스벨트 대통령이 개전을 선언한 그 장소에서 연설하면 미 의회의 체면이 손상된다는 논리를 편 것이다. 그리고 고이즈미 총리가 의회 연설을 마치고 돌아가 신사 참배를 강행할 경우 "진주만의 아픔을 기억하는 미국인들은 모욕당한 느낌을 갖게 될 것"이라고 주장했다.

마이클 그린 전 백악관 국가안보회의(NSC) 선임보좌관도 "(야스쿠니신사 참배 등을 둘러싼) 일본과 한·중 간의 역사인식 대립이 미일 동맹에 영향을 미칠 수 있다."고 경고했다. 미국 내의 점증하는 비판론은 아시아에서 점점 '외톨이'가 돼 가는 일본만 편들다가는 미국의 대(對)아시아 외교에 중대한 차질을 빚을지 모른다는 우려에서 나오고 있다.

그러나 고이즈미 총리는 국내외의 이러한 비판에도 자신의 소신을 굽히지 않고 있다. 그는 과거사 문제로 한국과 중국이 정상회담을 거부하고 있는 데 대해 "후회할 때가 올 것"이라는 극언까지 했다. 아소 다로 외상은 한술 더 떠 "'편협한 민족주의'와 맞서 싸워야 한다."고 말했다.

고이즈미 총리는 그동안 우익 세력 결집 등 정략적 차원에서 신사참배를 강행해 왔다. 그러나 야스쿠니 신사 참배에 대한 안팎의 비판적 여론을 겸허히 수용하고, A급 전범의 분사나 대체 추도시설 건립 등 일본 내 양식 있는 세력의 건설적 제안을 고이즈미 총리는 귀담아들어 재임 중 서먹해진 이웃과의 관계를 풀어 나가야 할 것이다. (2006. 5. 14)

역사전쟁에서 승리하는 길

요즘 국제적으로 가장 민감한 사안이 영토와 역사 문제다. 두 문제는 떼려야 뗄 수 없는 관계다. 역사학자 에드워드 H. 카가 "역사는 과거와 현재와의 대화"라고 했듯이, 역사는 절박한 현실의 문제이자 국가의 장래와 직결돼 있음을 최근의 한반도를 둘러싼 영토와 역사 전쟁에서 새삼 확인하게 된다.

일본의 독도 영유권 주장을 보면 침략전쟁에 광분하던 제국주의시대 역사관이 연상된다. 독도가 신라 지증왕 이래 우리 땅임을 나타내주는 문헌이 수없이 발굴되고 있는 것과는 달리, 일본이 자기네 땅이라고 주장하는 논리는 군색하기 짝이 없다.

무인도인 독도에 와서 강치 잡이를 하던 어부 나카이 요사부로의 청원에 따라 일본 정부가 사실상 식민통치가 시작되던 1905년 역사·지리적, 그리고 국제적 확인도 없이 시마네현 고시 제40호로 자국 영토에 강제 편입한 것이 독도 영유권을 주장하는 유일한 근거다. 그런데도 독도가 자국의 영토라는 고이즈미 총리의 망언을 듣노라면 일제의 망령이 되살아난 느낌이다.

요즘 중국과는 고구려사 문제로 갈등을 빚고 있다. 중국은 만주에 대한 기득권 강화를 위해 발해사는 말할 것도 없고 고구려사마저 중국사에 편입하려는 '동북공정(東北工程)' 프로젝트를 국가 차원에서 추진하고 있다.

중국사회과학원 산하 중국변강사지연구중심 홈페이지에 게재된 <조선반도 형세 변화의 동북 지역 안정에 대한 충격>이라는 문건에는 "조선반도의 형세 변화는 특히 옌볜 조선족자치주 등에 큰 충격파를 줄 수 있다."며 "연구의 주안점은 첫째로 19세기 후반에서 20세기 초 조선반도의 동란과 난민들의 동향, 둘째로 현재 지린성 중·조 국경의 현황"이라고 명시했다.

오래 전부터 소수민족 문제로 골머리를 앓고 있는 중국이 이 문제를 풀기 위해 역사 정리 작업에 들어갔다고 볼 수 있다. 중국 역사를 보면 소수민족이 한족을 지배한 역사가 3분의 1이 넘는다. 실제로 인구 300만명, 병사 16만~20만명의 만주족이 세운 청나라가 1644년 중원을 공격해 당시 1억5000만명의 한족을 267년간이나 지배했다. 그 소수민족 문제 가운데 하나가 탈북자들을 포함한 조선족 문제다.

동북공정의 핵심은 고구려사만의 문제가 아니다. 중국은 고조선·고구려·발해사 언구를 통해 동북아시대의 주도권을 잡고, 한반도 통일 이후의 역학구도를 예상해 역사 논리를 개발하고 있다. 이는 한민족의 미래가 달려 있다는 점에서 그냥 지나칠 문제가 아니다. 이 과정에서 충격적인 사실은 제국주의의 가장 큰 피해 당사국인 한국보다 일본의 과거사 문제에 대해 더 강경하게 대처해온 중국이 고구려사를 자국 역사에 편입하려는 제국주의적 역사관을 노골화하고 있다는 점이다.

동북아 주도권을 둘러싸고 벌어지고 있는 역사전쟁은 총칼 없는 역사관의 대결이다. 힘을 바탕으로 역사와 영토를 강탈하려는 제국주의적 역사관과의 대결에서 승리하려면 '글로벌 스탠더드'를 중심으로 한 평화문화 역사관을 세워야 한다.

문제는 이처럼 역사전쟁이 한창 벌어지고 있는데도 정부 당국자들은 팔짱만 끼고 있다는 점이다. 정치 현실에 매몰되어 국가의 미래가 달린 역사전쟁을 너무 안이하게 보고 있다. 역사학계가 고도의 논리나 전략을 개발할 수 있도록 정부의 실질적 지원이 절실한 시점이다. (2004. 1. 27)

'과거사 청산' 민족정기 발양 계기로

우리 현대사의 가장 큰 과오는 일본 제국주의 시대에서 민족을 배반하고 일제의 앞잡이 노릇을 한 친일파들을 제대로 숙청하지 못한 것이다. 1945년 광복 이후 이 문제가 늘 제기됐지만 남한은 북한과 달리 미군이 주둔하면서 친일파들은 미군정 아래 숨어들고 역대정권이 비호하면서 또다시 권력의 핵심부를 차지했다. 물론 그들은 역사의 전면에서 사라졌지만 지금도 끊임없이 친일파 청산문제가 정치적 이슈가 되고 있다.

우리는 27년 동안 경찰 요직을 두루 거치면서 독립운동가들을 탄압하는 등 악명을 떨친 친일고등경찰의 대명사 노덕술의 처리 과정에서 보여준 과거 정권의 친일파 숙청 악몽을 떠올리게 된다. 이승만은 "자네 같은 애국자가 있어 내가 발을 뻗고 잔다."고 할 정도로 총애했던 수도경찰청 수사과장 노덕술이 1949년 1월 '반민족행위자 처벌에 관한 특별법'에 따라 체포되자 반민특위 조사관과 그 지휘자를 체포해 의법 처리하라고 지시했고 경찰은 반민특위 사무실을 습격, 조사요원들을 불법 체포했다. 노덕술은 그 후 군으로 무대를 옮겨 1사단 헌병대장을 지냈다.

결국 반민특위는 1949년 8월 31일 해산할 때까지 박흥식 이광수 최남선 등 682명을 조사해 총 221명을 기소했지만 1950년 봄까지 실형

선고자 7명을 포함해 전원 풀려났다. 또 반민특위에 적극 참여하고 지지했던 국회의원들이 1949년 '국회프락치사건'에 연루돼 대거 구속되면서 국회 차원의 친일파 청산작업도 물거품이 됐다.

그 후 어느 정권도 이 문제에 특별한 관심을 보이지 않다가 2003년 말 여야 합의로 친일진상규명특별법이 국회를 통과했지만 이 특별법은 반민법과 비교할 때 내용상 훨씬 후퇴한 껍데기 법안이라는 지적이 제기됐다. 그런데도 열린우리당이 친일반민족행위자 규정의 범주를 확대하고, 판정과정과 절차를 대폭 강화하는 내용의 특별법 개정안을 내놓자 일각에서는 일제하에서 친일행위를 해온 매체와 친일혐의자들의 후예들이 일부 포함된 한나라당을 겨냥한 것이라며 반발하고 있다.

그러나 친일 잔재 청산은 과거사가 아니라 현재 진행형이며 우리 민족의 오랜 숙제라는 점에서 이 문제를 적극 해결하는 쪽으로 개정하는 것은 옳다고 본다. 더구나 친일행위규명은 친일행위를 처벌하자는 것보다는 사실 그대로 역사에 기록함으로써 뒷날의 교훈으로 삼자는 데 있다. 과거사 청산은 보복이나 단죄 차원이 아니라 진실규명과 화해를 추구하고 있다는 점에서 정치권은 정략적으로 접근하지 말아야 할 것이다.

노무현 대통령이 얼마 전 고이즈미 일본 총리와 만나 "임기 내 과거문제를 공식 쟁점으로 제기하지 않겠다."고 말한 데 이어 일본을 방문 중인 열린우리당 천정배 원내대표는 "친일진상규명법은 순수 국내문제"라고 언급했지만 일제의 강권통치에 대한 규명없이 친일세력의 색출에만 국한할 경우 진정한 과거청산은 불가능하다.

지금도 일본은 정신대 문제 등 현안에 대해 반성의 기미를 보이기는커녕 과거사까지 왜곡시키고 있고 우리말과 법령, 학문, 각종 제도 등 곳곳에 일제 잔재가 뿌리 깊이 남아 있다. 또한 과거사 정리는 반드시

민족정기 발양과 국가정통성 회복의 차원에서 단행돼야 한다는 점에서 그 무엇보다도 진상 규명 주체가 도덕성과 공정성 그리고 정통성을 지녀야 한다.

특히 친일파문제에 정치적 의도가 개입될 경우 이승만 정권 때처럼 실패할 확률이 높고, 정치적 상황에 따라서는 면죄부만 줄 가능성이 크다. 더구나 청와대·여당이 역대정권의 어두운 유산을 정리하겠다는 의도 아래 추진 중인 특별기구가 현정치 상황과 대통령소속 의문사진상규명위원회의 '미전향 장기수의 민주화 기여' 판정 논란 등으로 볼 때 누구를 겨냥하고 어느 방향으로 튈지 삼척동자도 안다.

다시 말하지만 과거사 정리는 정치적 이해관계에 얽혀 조급하게 서두를 문제가 아니다. 그야말로 역사의 몫이다. 그럼에도 굳이 과거사 정리에 나선다면 그 동기가 순수하고 국민의 동의를 끌어내야만 영속성이 담보되고 그 결과도 성공적으로 마무리될 수 있다는 점을 정부·여당은 명심해야 할 것이다. (2004. 8. 3)

한·중·일 역사전쟁, 구경만 할 건가

한국과 일본, 중국이 동북아 역사의 주도권을 놓고 자존심 대결을 벌이고 있다. 한·중·일의 역사 전쟁은 고조선의 정체와 삼국의 건국 시기 등 고대사 논쟁으로 압축된다. 중·일 양국은 한국사에서 고조선을 삭제하고 삼국의 건국 연도를 의도적으로 늦추는 등 역사 왜곡에 혈안이 돼 있다. 그러나 주변국의 역사 침탈 기도에도 우리 정부나 역사학계는 통일된 학설조차 없이 무장 해제된 상태에서 손을 놓고 있다.

중국은 '동북공정(東北工程)'을 통해 고구려뿐만 아니라 부여, 단군조선까지 자국의 역사에 편입하려 하고 있다. 대학 역사교재로 널리 사용되고 있는 <세계통사>(인민출판사) 1983년판에는 "고대 조선 역사상 이미 수세기에 걸쳐 고조선국이 존재했다."고 기술했지만, 1997년판에는 한국사의 범위를 현재 한국 영토로 제한하고 있다. 그리고 1983년판에는 "기원 전후 우리나라(중국) 동북에서 일어난 고구려가 조선반도 북부로 발전해 5세기 초 평양으로 천도했다."고 기록돼 있지만, 1997년판에는 "중국 소수민족 지방정권이었다."로 바꿨다. 그리고 발해는 당나라 지방정부이므로 세계사가 아닌 중국사에서 기술할 내용이라는 시각에서 발해사를 아예 빼버렸다.

한국은 일제 강점기에 역사 침탈의 뼈아픈 경험을 했다. 1922년부터 1935년까지 조선사편찬위원회를 통해 <조선사>를 편찬한 일제는 고대 일본의 역사가 한민족 역사의 부속사라는 숙명적 열등감에서 이를 숨기기 위해 계획적인 역사 날조에 나섰다. 그들은 자고로 북은 한(漢)의 식민지였고, 남은 임나일본부(任那日本府)의 지배 하에 있었다는 억지 주장을 통해 자국의 우월감을 조장하고 조선 강점을 합리화했다.

일제의 간악한 역사 왜곡은 우익의 '새 역사교과서를 만드는 모임'이 만든 후소사판 역사 교과서가 그대로 답습하고 있다. 임나일본부설을 계승한 이 책은 한국사에서 고조선을 누락시키고 백제와 신라의 건국 연대를 4세기경으로 늦추고 있다. 고이즈미 총리의 신사참배 파문도 실은 이러한 역사 인식에서 비롯됐다는 점에서 우리가 경계를 늦추지 않는 것이다.

중국과 일본이 우리 고대사를 자국의 역사 논리에 따라 부속국 정도로 꿰맞추고 있는데도 우리 역사학계는 고조선의 실체와 삼국의 건국 시기를 놓고 공방만 벌일 뿐이다.

당장 우리 역사학계의 이러한 복잡한 내홍이 국민의 역사 교육 현장인 국립박물관에서 재연되고 있다. 국민의 시선을 한몸에 받으면서 최근 개관한 용산 국립중앙박물관이 1층 고고관 입구에 걸린 고고학 편년표에서 고조선을 고고학적 유물 부족을 이유로 의도적으로 누락시키면서 논쟁이 촉발됐다. 여기다가 국립광주박물관이 삼국 시대의 건국 연도를 300년경으로 표시하면서 식민사관 논란에 불을 지폈다. 우리 박물관들이 주변국의 왜곡된 역사관을 그대로 반영하고 있다는 점에서 국민은 분노한다.

고고학적 사료 부족을 이유로 고조선을 연대표에서 빼버리고, 일본 학계의 주장을 판에 박은 듯이 삼국의 건국 연대를 300년경으로 표기하는 국립박물관들의 행태는 우리 역사학계의 고대사 연구 부재와도 맞물려 있다. 다시 말해 <삼국유사> 등에 고조선 관련 기록이 나와

있고 북한 학계에서는 이 분야 연구에 상당한 진척을 보이고 있는데도 우리 역사학계의 고대사 연구는 그야말로 '탁상공론' 수준이다.

그 동안 우리 정부는 중국이 고구려사 왜곡에 나서자 고구려재단을 만드는 등 부산을 떨었지만 아직까지 아무것도 달라진 것이 없다. 결국 여론무마용에 불과했다는 것이 드러난 셈이다. 이제 우리 역사는 우리의 눈에 맞춰 적극적으로 해석하지 않는다면 결코 상대방을 꺾을 역사 논리를 개발할 수 없다는 점을 정부나 역사학계는 명심하고, 역사 전쟁에서 승리할 수 있는 대응책을 하루빨리 내놓아야 할 것이다. (2005. 12. 7)

3.

종교 위기
대안은 없나

청빈의 삶

국내 종교계는 몇 해 전까지만 해도 유례를 찾아볼 수 없을 정도로 급성장하면서 세계의 주목을 받았다. 그러나 경기불황이 교계에도 엄습하면서 성장 가속페달에 제동이 걸렸다. 종교계는 특히 최근 들어 헌금·시주 급감현상이 심화됐고, '외환위기 한파'는 종교계를 꽁꽁 얼어붙게 만들었다.

경기가 좋을 때만 해도 도심의 상가마다 캐럴송이 울려 퍼지는 가운데 선물을 준비하는 인파로 흥청거렸고 교회는 성탄절 준비 등으로 눈코 뜰 새가 없었다. 각 교회들은 앞 다퉈 복지시설 등 어려운 이웃을 찾아갔으나 가면 갈수록 그 규모를 축소하거나 아예 방문계획을 취소하고 있다. 그동안 교회는 헌금이 넘쳐나 어려운 이웃을 도와주기도 했으나 이젠 실직을 당하고 수입이 뚝 떨어진 교우들까지 챙겨야 할 처지가 됐다.

종교계의 성장배경에는 경제적 힘이 상당한 위력을 발휘했다. 1960년대 보릿고개를 경험했던 수많은 사람이 70년대 이후 어느 정도 경제적 여유를 찾게 되면서 마음의 위로를 받을 요량으로 교회와 사찰을 찾았다. 그래서 70년대 말부터 '생겼다 하면 교회'라는 말이 나올 정도로 신개발지를 중심으로 경쟁적으로 교회가 들어섰고 교회간판만 달면 신자들이 구름떼처럼 모여들었다. 이들이 낸 헌금으로 번듯한 교회당을 세우고 곳곳에 교회버스를 풀어 신자들을 끌어 모았다.

교회나 사찰에 가면 대형승용차를 흔히 볼 수 있다. 물론 신도들이 고급승용차를 타고 다니는 상황에서 목사와 스님이라고 해서 큰 차를 타지 말라는 법이 없다. 그러나 '청빈의 삶'을 실천하는 것이 종교지도자의 가장 중요한 덕목이란 점에서 안락한 고급승용차에 몸을 내맡긴 일부 성직자들이 손가락질당하는 것은 어쩌면 당연한 것인지도 모른다. 헌금을 많이 바쳐야만 복받는다고 설교했던 이들이다.

십일조 등 헌금에 대한 신자들의 의식은 점점 달라지고 있다. 그것은 헌금이 어려운 이웃을 돕는 등의 구제사업보다는 성직자 보수나 교회 프로그램, 건물 유지비 등으로 충당되고 있기 때문이다.

한국갤럽이 2004년 조사해 2005년 8월에 발표한 '한국인의 종교와 종교의식' 연구에 따르면 '십일조를 하지 않는 사람은 진정한 신자가 아닌가.'라는 질문에 '그렇지 않다.'는 인식이 1984년 65.5%, 1989년 68.9%, 1997년 70.9%에서 2004년 78.3%로 꾸준히 증가했다. 또 '헌금하는 사람은 그 금액 이상으로 복을 받는다.'는 의견에 대헤서도 '그렇지 않다.'는 응답률이 1984년 44.1%에서 2004년에는 62.7%로 증가했다. 특히 개신교인들은 자신이 낸 헌금이 전도·선교(24.9%)보다는 가난한 이웃(50.1%)을 돕는 데 사용하기를 희망하는 것으로 나타났다.

국내 종교계는 신자들이 줄고 헌금도 감소하면서 각종 '축복'을 내걸고 헌금 걷기에 묘안을 짜내고 있다. 그러나 '하나님의 이름'으로 거둔 헌금을 얼마나 공적으로 사용하는가 하는 것이 문제다. 지금 상당수의 지도자가 '물질 시험'에 걸려들고 있다. 전환기의 한국종교계는 위기를 기회로 삼아 종교의 본질로 되돌아가는 계기로 삼아야 할 것이다.(1997.12.21~2006. 4. 1)

주기도문

한국에 기독교 선교가 시작되기 2년 전인 1882년 스코틀랜드 출신의 중국 선교사 존 로스가 우리말로 성경을 처음 번역해 선보였다. 1911년 신·구약 전서가 나온 이후 오랜 수정 과정을 거쳐 현재 가장 많이 읽히는 개역판이 1938년에 나왔고, 한글맞춤법 공포 후인 1956년 최종 결정판이 빛을 보게 된다. 그후에도 번역 과정에서 나타난 오류를 고치고 문체를 다듬었지만 아직도 수많은 표현상의 문제점이 지적되고 있다.

또 신·구교 신학자들로 구성된 공동번역위원회가 1977년 4월 부활절을 기해 <공동번역성경>을 펴냈지만 개신교에서 환영받지 못했다. 하나님의 이름을 '하느님'으로 번역해 개신교인들의 반발을 불러일으켰고, 교리 및 해석학의 관점에서 상당한 반감을 샀다. 개신교에서도 <현대인의 성경>(생명의말씀사 1986), <성경전서 표준새번역>(대한성서공회 1992) 등이 나왔지만 역시 각 교단의 높은 담을 넘지 못하고 말았다.

기독교인은 성경을 일점일획도 가감해서는 안 되는 무오한 것으로 믿고 있다. 그러나 <개역성경>의 경우 1만여 곳을 바로잡아야 한다는 게 전문가들의 지적이고 보면, '하나님의 계시'를 잘못 번역한 인간의 실수는 이만저만 큰 것이 아니다.

보수 교단을 대표하는 한국기독교총연합회와 진보 교단의 연합체인 한국기독교교회협의회(KNCC)가 처음으로 손잡고 새롭게 번역한 주기도문과 사도신경이 공개됐다. 주기도문의 경우 "우리 아버지여 이름이 거룩히 여김을 받으시오며 나라이 임하옵시며"라는 구절에서 보듯이 '이름이' '나라이'의 조사를 잘못 사용하고 있는 등 번역상의 오류가 많이 지적되면서 수차례 번역안이 나왔다. 이번에 내세운 번역의 원칙도 원문에 충실하되, 현대문어체에 맞도록 바르게 수정한다는 것이다.

사도신경도 750년 공인된 원문을 기본으로 삼되 원문에 충실하며, 신학적 검증도 함께 하면서 오늘 사용하는 언어 표현에 따른다는 원칙을 세웠다. 사도신경은 한국교회 대부분이 예배 시간에 암송할 정도로 중요한 신앙의 지침이지만 그 유래나 내용을 놓고 여전히 논란에 휩싸여 있다.

특히 사도신경의 첫 번째 나오는 "전능하사 천지를 만드신 하나님을 내가 믿사오며"라는 구절은 주어가 앞으로 나와야 한다는 글쓰기의 원칙에도 어긋나고, 신앙고백이란 점에서 고백하는 사람이 앞으로 나와야 한다. 그리고 '이는 성령으로 잉태하사 동정녀 마리아에게 나시고'도 '그는 성령으로 잉태되어 동정녀 마리아에게서 나시고'라고 해야 뜻이 분명해진다.

성경 번역에 오류가 나타난 것은 어법과 시대, 문화 배경을 고려하지 않고 직역한 것이 가장 큰 원인이다. 물론 번역은 인간이 하는 것이기 때문에 실수할 수 있다. 그러나 자구에 매달려 예수가 가르친 기도의 참뜻을 놓치는 우(愚)를 범해서는 안 될 것이다. 모처럼 화제를 모은 주기도문의 공동번역 작업이 보수·진보 교단의 일치운동에 보탬이 된다면 보혁 대결로 얼룩진 국민의 상처를 어루만질 수 있는 계기도 되지 않을까 생각해본다. (2004. 12. 7)

부활 소동

예루살렘 성벽 주변에는 바위에 굴을 파서 만든 암굴무덤이 널려 있다. 구약시대에는 자연 동굴 또는 인공적으로 파서 만든 동굴을 가족 무덤으로 사용했다. 이 무덤은 한 가족 또는 여러 세대에 걸쳐 자손이 함께 사용했다. 그러나 신약시대에는 매장 후 약 1년쯤 지나 살이 부패하고 뼈만 남으면 그 뼈를 추려서 작은 석관에 담아 보관하는 장례 풍습이 널리 퍼졌다. 기원전 2세기경부터 페르시아 종교의 영향으로 유대교에 부활 사상이 들어온 것이다. 당시 사두개파는 부활을 믿지 않았으나 바리새파는 마지막 때에 육체적으로 부활할 것을 믿었다.

부활은 기독교의 중심사상이다. 예수가 십자가에 처형된 뒤 사흘 만에 부활한 사건을 믿는 것이다. 그러나 부활의 참의미는 죽음의 극복에 있다. 예수가 로마병정의 손에 죽었지만 그의 죽음은 거기서 끝난 것이 아니다. 하나님은 예수를 다시 살렸고, 이 땅에 기독교 문명을 꽃피웠다.

헤르만 헤세가 "신이 우리에게 절망을 주는 것은 우리를 죽게 하는 것이 아니라, 오히려 새로운 생명을 자각시키기 위함이다."라고 강조한 것처럼, 우리도 날마다 절망 속에서 부활을 체험하고 있다. 우리 주변에는 일본 도쿄 지하철 선로에 몸을 날려 일본인을 구한 고 이수현씨와 같이 정말로 자기희생을 통해 아름답게 부활한 사람들이 있다.

부활은 어떤 죽음을 택하느냐에 따라 그 가치가 달라질 수 있다. '영생'과 '부활'을 체험하기 위해 목숨을 끊는 사례도 나타나고 있다. 경기 용인의 종교지도자 감금 치사 사건과 같은 '부활소동'이 되풀이되지 않기 위해서는 건강한 신앙이 뿌리내릴 수 있어야 한다.

부활소동은 영적 세계에 대한 이해 부족으로 나타나고 있다. 인간이 죽으면 사후세계(영계)로 가게 돼 있다. 기독교에서 주장하듯이 영혼은 죽지 않고 그곳에서 영생하는 것이다. 그리고 인간은 영적으로 죽은 이들의 영혼을 만날 수 있다. 그것은 기독교가 아니더라도 많은 이가 인정하는 부분이다.

성경에는 영적인 만남의 사례가 수없이 많다. 성경에는 예수가 제자들 앞에서 오래 전에 죽은 모세와 엘리야를 만나고(마태복음 17장 1~4절), 예수가 십자가에 처형된 후 막달라 마리아와 제자들에게 나타나는 장면이 수차례 나온다. 또 마리아가 무덤에서 두 천사의 음성은 듣지만 예수가 서 있는 것도 보지 못하고, 자신에게 말을 하는데도 동산지기로 착각하는 장면이 나온다. 예수가 '마리아야' 하고 부르자 그때서야 알아차리게 되며, 예수는 "아직 아버지께로 올라가지 못하였노라."면서 만지지 말라고 말한다. 그러면서 제자들에게 곧 하나님에게 올라간다는 것을 전해달라고 강조한다.

예수는 그 후에 문이 닫혀 있는데도 두 차례나 제자들에게 나타난다. 이러한 여러 장면은 임사체험 등 사후세계를 증거하는 이들의 이야기와 맥을 같이한다. 따라서 부활은 죽은 육체가 다시 살아난다는 것보다는 사후에 하나님에게 올라가 영생하는 것이며, 우리 영혼이 성숙되는 것을 의미한다고 볼 수 있다. 결국 영계를 제대로 알지 못할 때 부활소동이 일어날 수 있다는 점에서 영계에 대해 정확한 이해는 신앙생활의 핵심이다. (2004. 12. 15)

중동의 신

"이것은 거룩한 사업이자 하나님을 기쁘게 하는 일입니다. 십자군에 참여한 자는 모든 죄를 용서받을 것입니다."

가톨릭의 수장 교황 우르반 2세는 1095년 7세기 이래 이슬람 지배 아래 있던 '성스러운 도시' 예루살렘 탈환을 위해 칼을 빼들었다. 약 200년 동안 유럽 기독교도들은 '신의 뜻'을 명분으로 8차례나 동방 원정에 나섰지만 결국 예루살렘 탈환에는 실패했다.

중동이 화약고가 된 것은 종교 간의 첨예한 갈등이 가장 큰 원인이다. 중동에 뿌리를 둔 유대교와 기독교, 이슬람교는 본래 한 하나님을 믿고 아브라함을 조상으로 하는 한 민족이었다. 그러나 그들은 2000년 동안 앙숙관계를 지속하며 지금도 '성전'을 벌이고 있다. 그야말로 인간의 이해관계 때문에 분쟁을 벌이는데도 신을 전쟁에 이용하고 있는 것이다.

심각한 뇌출혈로 3차례의 대수술을 받고 중태에 빠진 아리엘 샤론 이스라엘 총리의 생사문제를 놓고 때아닌 '신의 선물' 논쟁이 불붙고 있다. 유대교 성지인 '통곡의 벽'에서는 매일 밤 수천명의 유대인이 모여 샤론 총리의 쾌유를 위한 기도를 올리고 있다. 반면에 이스라엘 극우 강경파들은 한때 자신들의 영웅이던 샤론이 2005년 8월 가자지구

정착촌 철수를 밀어붙여 "신과 성서를 거스르고 조국을 배신했다."고 주장한다. 또 친(親)시리아계 팔레스타인 무장단체는 샤론의 병세가 '신의 선물'이라며 반색했다.

중동은 또다시 저항투쟁과 보복공격의 악순환이 되풀이될 가능성이 커졌다. 샤론 사후에는 강경파 베냐민 네타냐후 리쿠드당 당수가 집권할 것이 확실시되고, 2006년 1월 25일 팔레스타인 총선에서는 하마스가 약진할 것으로 예상되기 때문이다.

1982년 국방장관 재직시절 1800명의 난민을 학살하면서 '베이루트의 살육자'란 낙인이 찍혔고, 정착촌의 철수를 밀어붙이면서 '평화의 사도'라는 찬사까지 받은 샤론의 생사는 과연 신의 손에 달린 것인가. 샤론의 운명을 바라보는 세계인들의 마음은 중동의 복잡한 사정만큼이나 착잡하다. (2006. 1. 8)

예언자 모독

아브라함을 조상으로 한 유일신교인 유대교와 기독교, 이슬람교는 모두 사막에서 시작됐다. 신에 대한 믿음은 식물과는 달리 풍요한 땅보다는 사막처럼 거친 땅에 뿌리내리기 쉽고 깊이 뿌리박을 수 있다. 사막 한가운데 서면 불멸에 대한 명상을 방해하는 것은 아무것도 없기 때문이다. 그래서 종교는 사막에서 자라나 개화하며, 신앙은 사막을 떠났을 때 '이단'이 될 수 있다.

그리스정교회의 신부이자 <25시의 작가>인 비르질 게오르규는 이슬람 예언자 <무함마드(마호메트) 평전>에서 이 같은 '사막 근원론'을 전개했다. 그는 "사막에서 모든 종교는 진실하다."는 결론에 이른다. 그러나 기독교가 사막을 떠나 서구 사회에 정착하면서 그 고유성을 상실하고 경직됐다는 것이다.

게오르규가 이 책을 쓰게 된 동기는 공산주의 이후 역사의 대립각은 프로테스탄티즘의 서구 사회와 아랍 이슬람 사회 간에 세워질 것이라는 역사인식 때문이었다. 그래서 두 종교의 근원을 파헤쳐 해결점을 찾고자 무함마드와 프로테스탄티즘을 일으킨 마르틴 루터의 평전을 펴내게 된 것이다.

결국 1960년대 초반의 예언은 9.11 테러 이후 서방국가와 이슬람 국가 간의 정면충돌이 잦아지는 등 그대로 적중했다.

유럽과 중동 국가들이 무함마드를 '테러리스트'로 묘사한 만화를 놓고 '신성모독'과 '언론의 자유' 논쟁이 불붙고 있다. 2005년 9월 30일 덴마크 최대 일간지 율란츠 포스텐에 실린 12컷 짜리 만화는 무함마가 머리에 폭탄모양의 터번을 얹고, 자폭공격으로 죽어 천당에 온 이에게 "(상으로 내줄) 처녀가 다 떨어졌다."고 말하는 등 냉소적으로 그려져 있다. 이슬람권 국가들은 규탄시위와 함께 덴마크 대사관 폐쇄와 상품 불매 운동 등을 펴고, 프랑스와 독일, 이탈리아, 스페인, 네덜란드 등 유럽 언론들도 '언론자유 수호'를 명분으로 만화를 다시 게재하면서 갈등이 확산되고 있다.

9.11 테러 이후 미국은 이라크를 침공하는 등 보복에 나섰고, 런던 폭탄 테러, 프랑스와 호주에서 인종 갈등 등 서방과 이슬람권은 정면충돌이 잦아지고 있다. 그리고 1989년 꾸란 모독 논란을 불러일으킨 영국작가 살만 루슈디의 장편소설 <악마의 시> 사건과 2004년 이슬람의 여성 학대를 비판한 네덜란드 영화감독 테오 판 고흐의 피살 사건 등 문화적 충돌도 끊이질 않고 있다.

종교 간 갈등은 이웃 종교에 대한 이해 부족에서 일어난다. 이번에 논란이 된 풍자만화도 이슬람에 대한 오해에서 비롯된 점이 많다. 세계 양대 종교인 기독교와 이슬람교가 한 하나님, 하나의 성경(구약), 한 조상을 뿌리로 갖고 있지만 1400년에 걸쳐 십자군 전쟁 등 수많은 갈등을 겪으며 적대관계를 지속해온 것은 서로의 동질성 보다는 다름을 너무 크게 본 탓이다. 종교가 세계 평화를 위해 공헌하지는 못할망정 최소한 갈등의 원인은 제공하지 말아야 할 것이다. (2006. 2. 2)

두 번째 추기경

한국은 로마 교황청이 김수환 추기경을 서임한지 37년만에, 교황 베네딕토 16세가 서울대교구장 정진석 대주교를 추기경에 서임함으로써 두 명의 추기경 시대를 맞게 됐다. 이는 한국 가톨릭의 기쁨이자 한국의 국제적 위상이 그만큼 높아졌음을 확인해주는 것이다. 노무현 대통령이 2005년 11월 교황에게 보낸 친서에서 새 추기경 임명에 대한 우리 국민의 염원을 전했던 것처럼 이번 새 추기경 탄생은 국민적 경사이기도 하다.

가톨릭에서 추기경은 교황을 보필하고 교황의 자문에 응하며, 교황 선출권을 가진다. 전세계 182명의 추기경은 교황 다음의 권위와 명예를 누리는 최고위 성직 계층으로, 그동안 한국 가톨릭은 450만 신자를 가진 국가에 걸맞게 새 추기경의 탄생을 염원해 왔다.

정진석 추기경은 1998년 이후 한국 가톨릭을 대표하는 서울대교구를 이끌어오고 있으며, 평양교구장 서리도 함께 맡고 있다. 특히 그는 교회 내에서는 교회법의 대가로 통한다. 1988년 <전국 공용 교구 사제 특별 권한 해설>(한국천주교중앙협의회)을 낸 것을 시작으로 현재까지 총 22권의 교회법 관련 저서를 출간했다. 여기다가 가정 사목에 남다른 관심을 보여왔으며, 후덕한 인품의 소유자로 신자들의 존경을 받아왔다.

정 추기경의 사목지침인 '옴니버스 옴니아(모든 이에게 모든 것)'는 자신이 지닌 시간과 능력을 사람들에게 다 내주겠다는 사제의 헌신과 겸손을 담고 있다. 그는 1970년 청주교구장을 맡은 뒤에도 전기료를 아끼기 위해 한여름에 에어컨을 켜지 않았고, 바지 1벌을 18년 동안 입을 정도로 청빈하게 생활했다. 그리고 신자들이 "생활비에 보태 쓰라." 며 한푼 두푼 내놓은 돈을 40년 동안 모아 1999년 5억 원을 꽃동네 현도사회복지대에 장학기금으로 쾌척했다.

정 추기경은 서임 후 첫 기자회견에서 "여러 모로 부족한 제가 추기경으로 선택된 것은 제 자신의 어떤 점 때문이 아니라 대한민국이 세계에서 차지하는 위치와, 한국 천주교가 세계 천주교에서 차지하는 위상이 크게 참작된 것이라고 믿는다."면서 모든 공을 국민과 가톨릭교인인에게 돌렸다. 그는 또 "국민 여러분들께 어떻게 보답해야 할지 모르겠다."며 "국가 전체의 발전과 국민의 기대에 어긋나지 않도록 노력하겠다."고 말했다.

1969년 교황 바오로 6세에 의해 서임된 김수환 추기경은 격동의 한국 현대사에서 커다란 족적을 남긴 정신적 지도자로서 자리매김해 왔다. 이번에 서임된 정 추기경도 각계 지도급 인사의 자문에 응하는 한국의 정신적 지도자로서의 역할이 기대된다. 특히 그가 사목 일선에서 관심을 가진 것과 같이 물질문명에 휩쓸려 나날이 황폐화해가는 정신세계를 일깨우고, 가정윤리를 회복하는데도 큰 도움을 줄 것으로 믿어 의심치 않는다.

이번에 정 추기경이 서임된 배경에는 공산권 선교에 관심이 많은 교황의 의중이 담겨있는 만큼 로마교황청과 북한의 관계 개선은 물론 한국 가톨릭의 대북 교류에도 큰 기대를 걸게 된다. 정 대주교의 추기경 서임을 온 국민과 함께 축하해마지 않는다. (2006. 2. 23)

악귀

우리 전통 민속에는 악귀 쫓는 이야기가 많이 등장한다. 세시풍속에 악귀가 등장하는 것은 악귀가 일을 그르치고 불행을 가져다주기 때문이다. 악귀가 움직이지 않는 '손 없는 날'에 이사 결혼 등 집안 행사를 하는 이유도 악귀의 해코지를 막기 위해서다. 새해 각 가정에서 닭이나 호랑이, 용을 그린 세화(歲畵)를 벽에 붙이는 풍속은 이들 동물이 악귀를 쫓아내는 영묘한 힘을 지니고 있다고 믿었기 때문이다. 동짓날에 팥죽을 쑤어 먹고 팥죽물을 대문에 뿌린 것도 악귀의 침입을 막기 위한 방편이었다.

또 우리 민족은 악귀를 물리치기 위해 굿을 해왔다. 무속인은 선령·악령과 직접 통하며 그것을 다룰 수 있는 신비한 능력을 가졌다고 보기 때문이다. 인간의 화복은 신의 뜻에 따라 좌우되기 때문에 무속인들을 통해 신과 접촉, 재난을 미리 방지하고자 한 것이다. 질병이 나면 무속인을 불러 굿을 하는 까닭도 여기에 있다.

인간은 자신의 미래에 대해 두려워한다. 갑자기 사고를 당하거나 경제적 환란에 휩싸일 수 있기 때문이다. 우리 사회에서 점술 바람이 거세지고 있는 것도 이 때문이다. 조선조만 하더라도 선비들의 상당수는 사서삼경의 하나인 <주역>을 바탕으로 중요한 일이 있을 때 스스로 괘를 뽑아 앞날을 예측했다.

그러나 상업적으로 점을 치는 역술인이 늘어난 것은 한국전쟁 이후다. 지금은 무당이나 역술인이 60만 명을 헤아린다. 신문이나 잡지는 빠짐없이 '오늘의 운세' 난을 싣고 있다. 최근엔 인터넷이나 휴대전화, 700 서비스 등 첨단기술을 이용한 역술 영업이 번창하고 있다.

요즘 전국의 유명한 점술가나 역술인 사무실에는 유력 인사들의 발길이 끊이질 않는다. 최근 정세가 혼미하고 경제가 위축되면서 자신의 미래에 대한 불안 때문에 점술가를 찾는 사람들이 부쩍 늘고 있다.

그런데 점과 굿은 대상자를 정신적으로 치료해준다는 순기능과 모든 것을 사주 탓이나 조상 탓으로 돌리고 합리적 해결을 가로막는 역기능을 동시에 갖고 있다. 그러나 점술에 자신의 운명을 의지하는 것만큼 무모한 것도 없다. 점에 빠져들면 스스로 현안을 해결하기보다는 타자에 의존하면서 결국 그 피해는 자기 자신에게 돌아가기 때문이다.

청와대 김우식 비서실장은 시무식에서 "2005년 한해는 닭의 해이고 닭은 악귀를 몰아내는 영험 있는 가축"이라며 "갈등과 분쟁의 악귀를 씻어내고 복된 한 해가 되길 기원한다."고 축원했다. 청와대가 악귀를 몰아내는 닭의 역할을 다하기 위해서는 그 악귀가 오게 된 원인부터 밝히는 게 우선이다. 귀신의 속성을 먼저 알아야 한다는 것이다. 악귀는 본래 불결하고 어두운 것을 좋아한다. 그런 점에서도 악귀의 침입을 막기 위해서는 무엇보다 밝고 투명한 사회가 되는 것이 중요하다.

마침 정신질환을 고쳐 주겠다고 안수기도를 하다가 환자를 숨지게 한 서울의 모기도원 원장이 구속됐다. 그는 환자를 눕혀 놓고 "마귀를 내보낸다."는 의도로 복부를 양손과 무릎 등으로 눌러 숨지게 했다는 것이다. 청와대가 '악귀'를 제대로 물리치기 위해서는 이 같은 잘못된 처방을 내려서는 결코 안 될 것이다. (2005. 1. 3~2006. 5. 7)

솔로몬 아들 르호보암의 교훈

이스라엘의 역사는 세계 4대문명의 발상지인 메소포타미아 우르에 살던 아브라함이 가나안(팔레스타인)에 정착하면서 시작된다. 이스라엘 민족은 주변의 강대한 부족으로부터 압박을 당하여 일부는 이집트로 이주하지만, 노예적 생활을 견딜 수 없어 모세의 인도로 환고향을 하게 된다. 기원전 11세기 사울이 이집트의 지배가 쇠약해진 틈을 타 이스라엘 왕국을 세우고 이 후 다윗과 솔로몬시대를 거치면서 전성기를 맞는다. 그러다가 기원전 930년 남부 유대 왕국과 북부 이스라엘 왕국으로 분열되고, 뒤이어 두 왕국이 아시리아와 바빌로니아에 정복되면서 고난의 행군이 시작된다.

이스라엘의 갈등과 분열의 역사에는 솔로몬의 아들 르호보암이 등장한다. 마흔 살에 왕위에 등극한 그는 이스라엘 민족을 비극의 운명 속으로 몰아넣은 비운의 왕이다. 북방 10개 부족은 솔로몬 시대부터 강제노동에 불만을 품고 그의 통치에서 벗어나고자 했다. 솔로몬이 죽자 그의 휘하에 있던 장군 여로보암의 주위에 백성이 몰려들었고, 북방 부족의 왕이 될 것이라는 예언자의 말을 듣고 여로보암이 봉기하지만 실패한다. 남방 2개 부족은 르호보암을 군소리 없이 왕으로 인정했고, 그 터 위에 르호보암은 충성서약을 받기 위해 북방 부족을 찾는다. 북방 부족 대표단은 부왕이 부과했던 무거운 사역의 멍에를 가볍게 해달라고 요구했고, 그것을 들어주면 충성을 다하겠다고 다짐했다.

르호보암은 사흘 후에 대답을 주겠다고 약속한 뒤 부왕을 도왔던 원로들과 의논했다. 북방 부족의 사정에 정통한 원로들은 "그들을 따뜻하게 대하면 영원히 축복이 될 것"이라고 건의했다. 그러나 이제 막 왕이 되어 혈기 넘치는 르호보암은 원로들의 조언을 무시하고 '함께 자란 젊은이들'에게 의견을 구했다. 르호보암의 기질을 잘 아는 젊은 측근들은 왕의 비위에 맞춰 조언했다. 그들은 왕이 무슨 일이 있더라도 절대 양보하지 말 것과 백성에게 부왕 때보다 더 힘들게 살지 않으면 안 된다는 것을 선포해야 한다고 주장했다.

르호보암은 북방 부족 대표단에게 그들이 작성해준 글을 되풀이 강조했다. 르호보암은 백성이 이 답변을 받아들이지 않을 수도 있다는 생각을 전혀 하지 못했다. 북방 부족은 전광석화같이 분리를 선언했다. 그리고 강제노동과 징용의 감독관인 아도람을 돌로 쳐 죽였다.

독선적이고 성미 급한 왕은 그 소식을 듣고 헐레벌떡 전차를 타고 예루살렘으로 도망쳤다. 르호보암은 남방 부족인 유대와 베냐민의 군사를 불러모아 전쟁을 선포했고, 북방 부족은 여로보암을 왕으로 옹위했다. 여로보암의 이스라엘 왕국과 르호보암의 유대왕국 사이에는 전쟁이 그칠 날이 없었고, 12개 부족은 두 번 다시 통합되지 못했다.

결국 두 왕국은 이민족에게 정복당해 디아스포라, 즉 유대인의 유랑이 시작됐다. 르호보암이 만일 원로들의 진언만 들었더라도 2800년 동안이나 계속된 복수의 전쟁은 피할 수 있었을지도 모른다.

국가 지도자는 때론 나라의 흥망성쇠를 좌우한다. 그들이 국익보다 사욕에 매몰되거나 작은 일에 얽매여 큰일을 보지 못한다면, 또 자신의 생각과는 다른 수많은 실제 증거에 아예 귀를 막아 버린다면 마침내 그 자신은 물론 국가마저 파멸시킨 동서고금의 역사적 사례가 되풀이될 수밖에 없을 것이다.

우리의 정치현실은 어떤가. "정치는 여전히 3000, 4000년 전보다 나아진 것이 거의 없다."는 존 애덤스의 말처럼, 우리 정치인들이 독선과 오만 그리고 자파이기주의에 빠져 나라는 안중에도 없는 데 대해 국민은 암울해한다.

그 누구의 조언도 듣지 않을 만큼 권력자들은 오만해졌다. 민심조차 외면한 채 정치적 목적을 달성하기 위해 온갖 무리수를 두고 있다. 민생문제는 내팽개친 채 날마다 수준 이하, 상식 이하의 싸움판을 벌이는 정치인들을 봐야 하는 국민도 이제 지칠 대로 지쳤다.

국가지도자들은 이스라엘 민족을 유리고객하도록 내몬 르호보암의 실책을 난국 타개의 반면교사로 삼아야 할 것이다. (2004. 11. 3)

평상심으로 돌아가자

성경에는 대재앙의 사례가 여러 곳에 나타난다. 노아 홍수 사건이 그중 하나다. 하나님은 오만이 극에 달한 인류에게 대재앙을 예고한다. 그들은 하나님의 경고에도 "노아가 방주에 들어가던 날까지 사람들이 먹고 마시고 장가들고 시집가는"(누가복음 17장 27절) 데 들떠 있었다. 또 "그때에 온 땅이 하나님 앞에 부패하여 포악함이 땅에 가득한지라."(창세기 6장 11절)고 기록돼 있듯이 모든 시스템이 정상적으로 작동하지 않은 것으로 보인다. 그러나 노아는 홍수에 대비해 120년 동안 묵묵히 방주를 만들었다. 드디어 40일 동안 비가 쏟아졌고, 비다에서는 지축이 흔들릴 만큼 지진해일이 몰아친듯 대홍수 후 150일간 물이 불어 높은 산까지 덮었다.

오늘도 인간은 노아 홍수에 못지않은 대재앙의 무덤을 파고 있다. 인간은 과학기술을 무기로 자연을 정복하고 신의 영역에까지 도전하고 있다. 그 결과 위대한 정복자로 군림하고 있지만 그 기술은 인간의 통제권을 벗어나고 있다. 그 대표적 예가 대량살상무기들이다. 특히 현재 전세계 핵무기는 지구를 수십 회 핵겨울로 몰아넣을 수 있는 규모다. 그리고 대기오염으로 오존층이 파괴되면서 일어나는 지구 온난화 현상으로 극지방의 빙하가 녹아내려 도서 국가들이 수몰 위기에 노출돼 있다. 여기다가 세균들이 공격에 나서고 있다. 의학자들은 인간의 기술로 다스릴 수 없는 '슈퍼 박테리아'의 출현을 예고하고 있다. 어찌 오늘 인간의 오만을 노아시대의 부패에 비교할 수 있을 것인가.

인도네시아 수마트라 섬 서부해안에서 발생한 지진해일의 충격도 노아 홍수에 못지않다. 수천㎞ 떨어진 인도, 스리랑카까지 확산돼 수많은 목숨을 앗아갔다. 세계 각국의 수많은 관광객이 찾는 지상의 파라다이스가 한순간에 초토화된 것이다. 지진은 자연재해임에 틀림없지만 어느 정도 미리 점칠 수 있고, 노아가 방주를 만든 것처럼 완벽한 방재체제만 갖춘다면 어떤 재난도 비켜갈 수 있다는 점에서 이번 사건이 인류에게 주는 교훈은 크다.

오늘 우리 현실은 어떤가. 지하철과 고층건물 등 다중시설 곳곳이 지뢰밭이다. 세계 최대 재보험업체인 독일 뮌헨리가 세계 50대 대도시 가운데 서울이 지진·홍수·테러 등 미증유의 초대형 재난이 발생할 위험성이 14위라고 발표한 것처럼, 우리나라도 더 이상 안전지대가 아니다. 불특정 다수를 대상으로 한 천인공노할 범죄가 여전히 우리 사회 곳곳에 잠복해 있다. 경고등이 이미 켜진 상태다.

우리 시대 노아는 누구인가. 우리에게 닥쳐올 재난을 미리 알고 막아줘야 할 책임은 일단 국민이 뽑은 지도자들에게 있다. 그러나 정치권은 강경파들이 날뛰고 있다. 국민은 먹고살기가 어려워 분통이 터지는데, 그들은 2004년 판 갈이 투쟁으로 밤낮을 지새웠다. 그들의 얼굴엔 독선과 오만으로 가득 차 있다. 천지라도 바꾸겠다고 기세등등하지만, 따지고 보면 얄팍한 교조적 논리에 매몰돼 숲은 보지 못하고 나무에만 매달려 있을 뿐이다.

나무는 너무 강하면 꺾이게 마련이다. 병서인 <육도삼략>에는 "부드러운 것이 능히 단단한 것을 이기고, 약한 것이 능히 강한 것을 이긴다(柔能制剛 弱能勝强)."는 말이 있다. 부드러움이 주는 것은 상대방에 대한 따뜻한 배려이고 화해이다. 우리 정치가 미숙한 것은 남의 주장에 귀 기울일 줄 모르는 아집과 오기 때문이다.

중국의 고승 남전 선사는 "평상심이 곧 도(平常心是道)"라고 했다. 평상심이란 어떤 생각을 일으키기 전의 청정한 본래 마음, 어느 극단에도 치우치지 않은 열린 마음이다. 무엇을 안다는 것은 망상이라고 했다. 결국 우리가 마음 문을 열 때 비로소 신의 경고에도 귀 기울일 줄 알고, 불시에 닥쳐올 재난에도 나름껏 대비할 힘을 비축할 수 있다. 그리고 우리 모두가 오만함에서 벗어나 평상심으로 돌아갈 때 우리 사회는 안정을 되찾고 정상 가동될 수 있을 것이다. (2005. 1. 12)

성장통 앓는 대형교회

한국교회의 성장을 주도해온 대형교회가 시련기를 맞고 있다. 일부 교회의 목사직 세습논란, 불투명한 재정운영, 목회자의 도덕성 문제 등으로 인해 대형교회의 위기는 벌써부터 예고됐지만 너무 빨리 성장통을 앓고 있다는 게 중론이다. 결국 이들 교회가 국민의 부정적 시각을 불식시키고 어떻게 거듭나느냐 하는 것에 한국교회의 장래가 걸려 있다는 점에서 국민의 시선이 쏠리고 있다.

'한국교회 미래를 준비하는 모임'이 한국갤럽과 공동으로 2004년 9월 13일부터 한 달간 개신교인·비개신교인 각 1000명을 대상으로 실시한 여론조사는 대형교회에 대한 국민의 인식이 어떠한가를 단적으로 보여주고 있다. 신도 수 1000명 이상의 대형교회에 대한 선호도가 1998년 28.3%에서 6년 만에 2.2%로 급감한 것이다. 또 한국교회의 문제점으로 개신교인의 25.5%가 '양적 팽창, 외형에 너무 치우친다.'고 답했고, 비개신교인들은 '자기 교회 중심적'(20.9%) '목회자의 사리사욕'(13.6%)을 지적했다.

대형교회에 대한 국민의 시선이 이처럼 따갑다는 것은 곧 한국교회 성장의 정체 현상과도 무관하지 않으며, 국민에게 비전을 주지 못하고 있다는 것을 방증한다. 1970, 80년대 한국교회는 세계에서 가장 높은 개종률을 보이면서 급성장의 가도를 달렸지만 1990년대 후반부터는 불과 연평균 1% 안팎의 성장률을 보이고 있을 뿐이다.

한국교회가 위기에 직면한 것은 기독교 본연의 역할을 소홀했다는 데서 원인을 찾을 수 있다. 성장의 대가를 어려운 국민에게 돌려야 하는데 그렇지 못했다. 그리고 신자들을 사로잡을 수 있는 메시지가 없고, 신자나 목회자들이 세속화되어 세상과 다름없게 될 때 신자들의 이탈현상은 심화될 수밖에 없다. 특히 한국교회의 성장을 이끈 지도급 인사들이 더 이상 비전을 제시하지 못하고 자신이 쌓아올린 자리 유지에 급급한 것도 한 요인이다. 다시 말하면 하나님의 자리에 성직자들이 들어앉으면서 목회직은 절대화하고, 평신도들은 초창기 열정을 잃어버린 채 차츰 교회에서 멀어지고 있다는 것이다.

그리고 이들 대형 교회 가운데는 담임 목사의 진퇴 문제를 놓고 고소·고발 사건에 휩싸이는가 하면, 전임 목사 신도와 후임 목사 사이에 교회 개혁을 놓고 갈등을 벌이는 곳도 있다. 또 공금 횡령 혐의로 신도들과 법정 투쟁을 벌이는 목사가 있는가 하면, 교회 중심 장로들과 교회 개혁 관련 시민단체로부터 교회 헌금 유용문제로 시비에 휘말린 교회도 있다. 일부 대형교회는 교회 세습 문제로 분규에 시달리고, 도덕성 문제에 휘말리는 등 대부분의 대형교회가 심한 몸살을 앓고 있다.

특히 한국교회가 성장통을 앓고 있는 것은 선교 초기에 보여줬던 평신도들의 역할이 줄어들고 있기 때문이다. 한국교회가 추구한 성장 제일주의와 개교회주의는 출석, 기도, 성경공부, 헌금, 전도 등 수직적 신앙만을 강조하게 됨으로써 질적 성숙과 사회봉사에 소홀하게 됐다.

따라서 한국교회는 초대교회 정신으로 돌아가야 한다. 초대교회에는 신학교도 없었고 예배당도 없었고, 그리고 교파나 노회도 없었다. 초대 교회 사람들은 핍박을 피해 사방으로 퍼져 나갔다. 그들은 예배당이 없어도 예배드리는 데 아무런 장애를 느끼지 못했다. 자기 집이나 공원이나 해변 같은 데서 모여서 예배드릴 수 있었다.

한국에도 요즘 초대교회와 닮은 평신도 교회가 세워지고 있다. 평신도교회는 예배당을 꼭 필요로 하지 않는다. 유치원, 태권도장, 학원 등을 빌려 예배를 본다. 예배 집례자는 봉급을 받지 않기 위해 직업을 갖는다. 헌금은 대부분 사회봉사와 선교에 사용한다. 그들은 예수정신을 실천하고 진정한 하나님의 사랑을 이웃에 전하고 있다.

신앙은 결국 개인이 거듭나지 않으면 아무런 의미가 없다. 깊은 기도와 수행을 통해 거듭나는 문제는 개인의 노력에 달렸다. 평신도가 교회의 주인이 되어야 하는 이유는 그들 스스로 하나님 앞에 독립된 개체로서야 하기 때문이다. 그들이 하나님의 성전이 될 때 하나님의 나라가 이 땅에서 이뤄질 수 있다. 한국교회는 지금 하나님의 뜻이 어디에 있는지 알아야 한다. 그리고 하나님이 요구하는 종교의 새로운 패러다임을 만들어나가야 할 때가 지금이다. (2005.2.20)

교황의 건강과 가톨릭의 변화

가톨릭이 교황 요한 바오로 2세의 건강악화로 술렁이고 있다. 세계 11억 신자들은 호흡 곤란 증세로 긴급히 재입원해 기관 절개 수술을 받은 교황의 쾌유를 빌고 있다. 호흡을 편하게 하기 위해 기관을 일시적으로 열어주는 기관 절개 수술 환자는 보통 15일 정도 입원하지만 2005년 84세인 교황은 상당기간 말하기가 힘들고 장기 입원이 불가피해 업무 수행에 차질이 예상된다는 것이다. 교황의 입원은 취임 이후 8번째다. 이 때문에 교황의 병세와 그의 거취 문제에 다시 관심이 쏠리고 있다. 전문가들은 보통 기관 절개 수술을 받는다는 것은 호흡이 어렵다는 뜻이므로 긴급 상황을 의미한다고 보고 있다.

교황은 세계 가톨릭의 최고 지도자이자 바티칸시국(市國)의 원수로서 막강한 권한을 행사하고 있다. 특히 가톨릭은 모든 사제와 신도에 대해 완전하고 보편적인 지상(至上)의 권위를 가진다는 교황수위권(首位權)과 로마 가톨릭교회의 수장으로서 신앙과 도덕에 관해 내린 정식 결정은 하느님의 특별한 은총으로 인해 오류가 있을 수 없다고 하는 교황의 무류성(無謬性)을 주장하고 있다. 예수 그리스도의 대리자로서 절대적 권한을 갖고 있는 교황의 임기 역시 2000년 동안 종신제의 전통이 이어지고 있다.

오늘 세계인의 관심은 역사적 전환기를 맞아 과연 가톨릭이 종신제 전통을 고수할 것이냐 하는 것이다. 현행 교회법에 의하면 교황은 전 교황이 죽은 후 15일 이내에 소집되는 추기경단 비밀회의(콘클라베)를 통해 선출된다. 원칙적으로 남자 가톨릭 신도에게는 누구나 피선권이 있는데, 실제로는 보니파키우스 9세(1389) 이래 추기경만을 교황으로 뽑고, 클레멘스 9세(1523) 이래 이탈리아인 추기경만이 교황으로 선출됐지만, 1978년 요한 바오로 1세가 죽은 뒤 폴란드인인 교황 바오로 2세가 선출된 것은 파격이었다.

세계인들은 가톨릭의 새로운 파격을 기대하는 눈치다. 즉 교황이 건강상의 이유로 더 이상 가톨릭의 구심점이자 수장으로서의 역할을 제대로 못할 바에야 이쯤에서 물러나는 것이 바람직하다는 의견이 점점 힘을 얻고 있다. 물론 "병마의 고통과 싸우는 교황의 인간적인 모습도 소중하다."는 동정론도 만만찮다. 당사자인 바오로 2세는 최근 사임 요구가 제기될 때마다 "주 예수가 십자가에서 스스로 내려왔느냐."고 반문했다. 퇴원 이후 처음으로 집전한 2005년 3월 20일 일요미사에서 교황은 "양떼를 지켜야 한다는 소명은…(내) 안에 살아 있다."고 말해 사퇴론에 대한 거부의 뜻을 분명히 했다.

가톨릭 교회법은 교황이 능력을 상실했을 때 사임할 수 있다고 규정하고 있다. 교황직을 스스로 떠난 경우는 13세기 교황 첼레스틴 5세가 유일하다. 물론 교황 사퇴는 본인의 결단이 필요하다. 교황은 현재 측근 등 주변의 압력마저 받고 있는 상황에서 추기경 등 교계 지도자들의 여론을 외면하기 어렵다. 따라서 과연 교황 스스로 퇴위를 앞당기는 결정을 내릴 수 있느냐에 시선이 쏠려 있다.

이러한 논쟁에 불을 당긴 이는 교황을 대신해 로마 교황청을 이끌고 있는 안젤로 소다노 교황청 국무장관. 그는 교황이 퇴위해야 하느냐는 질문에 "그 결정은 교황의 양심에 맡겨져야 한다."고 발언, 충격을 던졌다. 가톨릭의 대표적 신학자 한스 큉 신부도 "가톨릭교회는 교황과 마찬가지로 노쇠했다."며 "교황은 교회의 요구와 필요성에 따라 사임할 수 있고, 지금이 그 기회"라고 주장했다.

가톨릭 고위 성직자들이 지금까지 '교황직은 종신'이라며 교황 사퇴를 일축해온 것에 비춰 보면 상황이 달라졌음을 보여준다. 특히 일부에서는 "낡은 교회법과 제도를 시대에 맞게 고쳐야 한다."는 개혁적 목소리도 커지고 있다. 이미 교황의 임기를 80세까지로 제한해야 한다는 논의가 추기경들 사이에 비밀리에서 이뤄지고 있다고 영국의 더 타임스가 최근 보도했다.

어쨌든 교황의 영향력이 건강악화로 제한된 상황에서 추기경들이 가톨릭의 핵심 의사 결정권자로서 어떻게 영향력을 발휘할 것인지에 대해서도 관심이 쏠리고 있다. 앞으로 교황 사퇴 수락과 정년제 도입 여부의 열쇠는 추기경들이 쥐고 있다고 해도 과언이 아니다.

낙태와 피임 도구 사용 금지 등 세계 보수 세력을 대변해온 요한 바오로 2세의 건강 문제는 2000년 동안 내려온 교황 종신제의 폐지와 교회법, 제도 개혁 등 가톨릭의 일대 변화를 예고하는 것이어서 세계적으로 이목이 쏠려있다. (2005.3.9)

부처님 정신으로 세상을 밝히자

지금부터 2549년 전 북인도 카필라 왕국에서 태어난 석가모니. 그가 인류정신사에 끼친 영향은 이루 말할 수 없을 만큼 지대하다. 전설에 따르면 석가모니가 태어났을 때 히말라야 산에서 아시타라는 선인이 찾아와 왕자의 용모를 보고, "집에 있어 왕위를 계승하면 전 세계를 통일하는 전륜성왕(轉輪聖王)이 될 것이며, 만약 출가하면 반드시 불타가 될 것"이라고 한 예언대로 오늘날까지 그의 가르침은 사부대중의 영혼을 흔들어놓기에 충분하다.

부처님 오신 날을 맞아 2005년도 예년과 다름없이 사찰마다 봉축행사가 열렸다. 서울 시청 앞에선 대형 흰 코끼리에 올라탄 아기부처가 선보이는 등 전국은 축제 분위기였다. 봉축 표어는 '우리도 부처님 같이' '나눔으로 하나 되는 세상' 등 두 개를 선정했다. 우리도 부처님처럼 소외이웃에게 자비의 등을 비추자는 것이다.

이러한 축제 분위기와는 달리 불교계는 우울한 분위기 속에 이 날을 맞이했다. 불국사 경내의 골프연습장 불법 설치와 화엄사 주지의 문화재 보수공사비 횡령, 일부 스님의 해외 원정 골프와 해외 원정 도박 등의 의혹이 제기됐다. 또 서울의 한 사찰에서 5000만원 상당의 다이아몬드 시계와 수억원대의 골프 회원권 등이 도둑에 털려 세간의 눈총을 받았다. 여기다가 조계종 총무원 건물 지하에 국고 보조를 받아 조성 중인 불교박물관 전시실 공사와 관련해 공사비 과다 계상, 원가계산서 사전 유출, 특정 업체에 입찰 통보, 공사계약서 4개 작성 등 여러 의혹이 불거졌다.

조계종 총무원은 한꺼번에 이처럼 비리의혹이 불거지자 "세속의 관습과 가치로부터 자유롭고자 출가하여 무소유의 청정한 계율을 생명처럼 여기며 살고자 하는 것이 바로 승가일진대, 결과적으로 어리석은 탐욕의 굴레를 벗어나지 못한 모습을 보이게 된 것은 어떠한 질책과 비판도 달게 받아 마땅한 부끄러움에 틀림없다."는 내용의 성명을 발표했다. 일련의 사건은 종단의 일부 스님들만의 일이라고 치부할 수는 없다는 점에서 진지하게 고민해야 할 사안이다. 대형불사에서는 으레 잡음이 뒤따랐다는 점을 감안하면 이번 기회에 종단과 사찰 재정의 투명화 등 종무행정의 혁신이 뒤따라야 함은 물론이다.

부처님 오신 날을 기리는 뜻은 부처님의 정신으로 돌아가자는 데 있다. 다시 한번 석가의 삶을 돌아보고 교훈으로 삼자는 것이다.

석가모니는 온갖 번뇌에서 벗어나기 위해 비상한 결의를 하고 처자와 왕자의 지위 등 모든 것을 버리고 어느 날 야밤에 출가한다. 그는 6년간이나 강행한 수도로 인해 신체가 해골처럼 되었지만 해탈에 이르지 못하자 고행을 중단하고, 시냇물에 몸을 씻은 후 우루빈라 촌의 보리수(菩提樹) 아래에 자리 잡고 앉아 여기서 깨닫지 못하면 떠나지 않기로 결심한다. 마귀들이 나타나 방해했지만 동요하지 않고 깊은 정진을 통해 비로소 깨달음(正覺)에 이른다.

석가모니는 80세에 이를 때까지 45년의 긴 세월에 걸쳐 설법·교화를 계속한다. 마침내 쿠시나가라의 숲에 이르렀을 때 심한 식중독에 걸려 몸은 쇠진할 대로 쇠진해졌다. "나는 피로하구나. 이 두 사라수(沙羅樹) 사이에 머리가 북쪽으로 향하게 자리를 깔도록 하라."고 말하자,

제자들은 석가모니의 운명이 가까웠음을 알고 눈물을 흘렸다. 석가모니는 "슬퍼하지 마라. 내가 언제나 말하지 않았느냐. 사랑하는 모든 것은 곧 헤어지지 않으면 아니되느니라. 제자들이여, 그대들에게 말하리라. 제행(諸行)은 필히 멸하여 없어지는 무상법(無常法)이니라. 그대들은 중단없이 정진하라. 이것이 나의 마지막 말이니라."고 설한 후 눈을 감았다.

그는 한평생 '상구보리 하화중생(上求菩提 下化衆生)'을 실천했다. 위로는 깨달음을 추구하고, 아래로는 중생을 교화한 것이다. 그리고 무소유의 삶을 몸소 보여주었다. 이것이 부처님의 제자로 살기로 다짐했던 스님과 불자들이 걸어야 할 처음이자 마지막 길이다.

그러나 무소유와 자비의 청정계율을 생명처럼 여겨야 할 한국불교계는 탐욕의 굴레를 벗어나지 못하고 있다. 불교의 가르침과는 정반대의 길을 가고 있는 것이다. 한국불교계가 오늘의 위기에서 벗어나기 위해서는 부처님 같이 되고, 각자 출가정신으로 돌아가지 않으면 안 될 것이다. (2005. 5. 11)

신의 영역과 인간의 창조성

종교와 과학이 논쟁할 때 늘 종교가 우위에 섰다. 종교가 권력화한 중세사회에는 더욱 그러했다. 종교와 과학의 대표적 갈등 사례는 이탈리아의 천문학자인 갈릴레오 갈릴레이(1564~1642)가 코페르니쿠스의 지동설(地動說)을 옹호하다가 로마 교황청의 이단심문소로부터 소환되는 등 큰 고난을 겪은 사건이다. 당시 종교계는 지구가 우주의 중심이기 때문에 그 둘레를 달이나 태양, 5행성이 공전한다는 천동설(天動說)을 철저히 믿고 있었다. 갈릴레이가 죽은 후 공적으로 장례를 치를 수 없었고 묘소를 마련하는 일조차 허용되지 않았지만, 교황청은 1992년 10월 31일 특별재심과학위원회를 열어 1633년 6월 22일의 종교재판에 대한 과오를 인정하고 갈릴레이의 복권을 선언했다.

황우석 서울대 석좌교수의 '난치병 환자 배아 줄기세포 배양 성공'을 놓고 전개되는 갈등도 마찬가지다. 황 교수에 대한 국내외 과학계의 찬사가 잇따르는 가운데 가장 먼저 발끈한 것은 가톨릭이다. 한국천주교주교회의는 성명을 통해 "황 교수의 연구는 인간 생명체인 배아의 복제와 파괴라는 반생명적 행위를 수반하고 있다."며 "비록 복제된 배아라 할지라도 분명 인간 생명이며, 따라서 인간배아에 대한 실험이나 조작은 인간의 존엄성을 거스르는 행위"라고 비판하고 나섰다. 황 교수는 정진석 대주교를 만나 어느 정도 이해는 구했지만 생명공학에 대한 가톨릭의 불신은 여전하다.

종교와 과학은 결코 갈등관계일 수는 없다. 서로 보완관계라는 말이다. 일찍이 한국의 척박한 학문적 토양에서 신과학운동을 주도하며 인문학과 자연과학의 소통과 통합을 모색해온 원로 학자 김용준씨는 <과학과 종교 사이에서>라는 저서에서 "과학 없는 종교는 미신에 불과하고, 종교 없는 과학은 흉기"라고 했다.

그가 이처럼 과학과 종교의 통합적 인식을 위해 노력하게 된 것은 과학이 일반인과 상관없는 최첨단 기술과 지식이 아니라 실존에 관련된 열정적 탐색으로 보았기 때문이다. 그는 찰스 다윈 이후 신에 대한 관념과 태도는 결코 그 이전과 같을 수는 없다는 진화신학의 관점을 공유한다. 진화론에서 유신론이 종언을 고한 것은 다윈의 후손이자 후예들이 그 유산을 활용해 신에 대한 관념을 풍부하게 전개하지 못했기 때문으로 보았다.

하지만 진화학은 분명하게 이 세상에 관한 우리들의 이해를 극적으로 바꾸어 놓았으며, 따라서 다윈과 그 추종자들이 말하는 세계관을 고려하면 세계를 창조하고 돌보는 신에 대한 우리의 태도도 새롭게 태어날 수 있다는 주장이다. 김 교수는 고도의 과학문명 속에서 신기술에 대한 맹목적 기대와 자연과 영성으로의 회귀라는 낭만적 복고주의가 교묘하게 공존하는 현대사회에서 다시 과학과 종교의 통합을 위한 새로운 패러다임에 주목하고 있다.

지금 과학기술의 발전으로 세계는 천국과 다름없는 세상이 됐다. 종교가 추구해온 이상세계는 지금 과학이 만들어내고 있는 것이다. 신은 인간을 통해 자신의 비전을 세상에 전개하고 있고, 과학이 중요한 수단이 되고 있다. 물론 과학은 만능은 아니다. 종교와의 만남을 통해 자정능력을 갖게 되는 것은 물론 창조성의 계발, 즉 신의 계시와 다름없는 영감을 통해 새로운 발명과 발견이 가능해지는 것이다.

종교는 그 동안 신앙이면 모든 문제가 풀릴 것으로 생각해왔다. 그래서 예배나 정신수양에 치중해왔다. 그러나 종교는 과학과 철학 등 모든 학문이 우군임을 인식해야 한다. 특히 생명공학이 신의 영역을 침범하는 것이 아니라 신이 인간에게 물려준 창조성을 극적으로 발휘한 결과로 볼 수 있다는 것이다.

그리고 이제 종교는 과학과 철학 등 인접 학문과의 교류를 통해 온전한 걸음걸이를 할 수 있고, 정신적 공황상태에 빠진 인류에게 새 희망, 새 삶의 패러다임을 제시할 수 있어야 한다는 것이다. 그러기 위해서는 새 시대에 합당한 이데올로기, 정보화 사회를 이끌어나갈 수 있는 새로운 비전 개발에 온 힘을 쏟아야 한다. (2005.6.29)

통합종교는 가능한가

인간이 무엇을 안다는 것은 경험에 따른 것도 있고 추론에 의한 것도 있을 수 있다. 물론 그 둘이 합해져서 지식의 근간을 이루기도 한다. 종교의 교리를 세우고 신앙에 입문하는 과정도 마찬가지다. 초대 교회의 신학자들이 플라톤의 인식론에 많이 의존했듯이 모든 종교는 전통적 가치와 인식에 기반하고 있다. 우리가 신앙을 갖게 될 때 우선 자기 종교가 최고라는 믿음 속에 함몰된다. 그렇게 시작한 신앙이 논리적 설명보다는 믿음에 의존해 종파나 교파 이기주의로 무장되고 상대방 종교에 대해 무조건 배타적 성향을 갖는 것을 보게 된다.

우리가 무엇을 알고 또 그것을 자기 것으로 만드는 과정은 따지고 보면 이처럼 상당한 허점이 있을 수 있다. 특히 이성적 판단보다는 무조건적인 믿음이 강요되는 신앙의 길은 더 많은 모순을 발견하게 된다. 우리 주변에 널려 있는 종교를 살펴보면 어느 종교가 유별나게 우월하다고 할 수는 없다. 결국 기존의 종교가 서로 약점을 보완할 때 온전한 모습에 가깝게 다가갈 수 있다.

20세기 후반부터 불어닥친 변화의 물결은 인류에게 새로운 삶의 패러다임을 요구하고 있다. 이 전환기의 큰 특징은 본질로 돌아가고자 하는 몸부림이다. 그동안 인류 역사는 투쟁과 대립으로 점철됐지만 이제 통합의 흐름이 서서히 자리 잡고 있다. 다시 말하면 대립과 갈등보다는 서로 오순도순 모여 살아가는 게 본질적 모습이요, 하나되는 게 서로를 위해 이익이 된다는 것을 뒤늦게나마 깨닫게 된 것이다.

인간의 근본적 문제를 해결한다는 종교간의 갈등이 유독 심하다. 교리의 차이에서 비롯된 교파간의 갈등은 말할 것도 없고 신과 구원, 그리고 인간 이해의 차이에 따라 나타난 종파간의 다툼은 결국 서로간의 차이와 다름을 인정하지 않는 탓에 일어난 것이지만, 본질세계에 대한 올바른 천착이 이뤄질 때 갈등 해소가 가능하다는 점에서 종교계도 경계를 허물고 통합을 추구하는 시대흐름에 예외가 될 수 없다는 것이다.

유교와 불교, 그리고 기독교는 상당한 차이점을 갖고 있다. 그러나 세 종교는 서로 장점을 중심으로 보완관계를 갖게 될 때 온전한 종교의 모습에 다가갈 수 있다. 다시 말하면 유교는 인간 윤리, 즉 인간이 인간의 도리를 제대로 하면서 살아가는 방법을 가르쳐 주고 있으며, 불교는 인간이 깨달음을 통해 성인의 경지에 이를 수 있는 길을 제시하고 있다. 여기다가 기독교는 인간보다는 신을 중심으로 한 신앙을 가르치고 있다. 그래서 유교는 참된 인간이 되는 길을, 불교는 수행을 통해 부처가 될 수 있는 길을, 기독교는 인간의 한계를 극복해 신의 경지에 이를 수 있는 길을 강조하고 있어 세 종교가 서로 엮어질 때 비로소 종교가 추구하는 궁극적 실재, 즉 인간과 신의 만남을 통해 본질적 세계에 도달할 수 있다는 것이다.

원불교를 세운 소태산 대종사는 자신을 찾아온 예수교 장로에게 "예수교에서도 예수의 심통제자만 되면 나의 하는 일을 알게 될 것이요, 내게서도 나의 심통제자만 되면 예수의 한 일을 알게 되리라. 그러므로 모르는 사람은 저 교 이 교의 간격을 두어 마음에 변절한 것같이 생각하고 교회 사이에 서로 적대시하는 일도 있지만 참으로 아는 사람은 때와 곳을 따라 이름만 다를 뿐이요 다 한 집안으로 알게 되나니, 그대의 가고 오는 것은 오직 그대 자신이 알아서 하라… 나의 제자된 후라도 하나님을 신봉하는 마음이 더 두터워져야 나의 참된 제자니라.”(<대종경> 전망품 14장)고 말했다.

폴 틸리히는 종교를 ‘궁극 관심’이라 정의했다. 궁극적 관심은 궁극 실재와 연결되고, 궁극적 실재에 의존하고 그와 실존적 관계를 갖고자 한 것이 종교이다. 따라서 각 종교가 지금은 궁극적 관심이 다르고 궁극적 실재에 대한 견해 차이는 크다고 하더라도 언젠가는 정상에서 다 함께 만날 수 있다는 것이다. 그 때 비로소 자신의 얄팍한 믿음과 배타적 교리가 종교 본연의 길을 가는데 얼마나 큰 걸림돌이 됐는가를 확인하게 될 것이다.

이제 종교 본연의 길이 무엇인지, 그리고 종교의 벽을 뛰어넘어 궁극적 관심, 참된 삶의 길을 어떻게 찾을 것인지 고민할 때가 됐다고 본다. 그래서 내 안에서부터 통합종교가 싹틀 수 있는지 스스로 모색해 보아야 할 것이다. (2005.10.5)

부시와 종교, 그리고 한국기독교

한국 언론이 조지 W. 부시 미국 대통령을 보는 눈이 의외로 싸늘해졌다. 부시가 한국인에게 미운털이 박히게 된 것은 노무현정부의 노골적인 탈미(脫美) 정책의 영향도 크지만 기독교 중심의 '제국주의적 종교관'에 대한 거부감이 한 몫하고 있다.

독실한 기독교 신자인 부시가 일요일 아침에 예배를 보는 것에 대해 누가 뭐라고 할 사람은 없다. 그러나 지난번 미·중 정상회담을 두 시간 앞두고, 또 종교의 불모지와 다름없는 중국의 수도 베이징(北京) 한복판에 있는 교회에서 시위하듯이 예배를 본 것에 대해 말이 많다. 꼭 교회에 가서 하나님을 찾아야 하는 것도 아닐뿐더러, 외교적 관례를 뛰어넘어 특정종교 홍보에 너무 집착하는 것이 아닌가 하는 논란이다.

미국 정부의 독립기관인 미국제종교자유위원회(USCIRF)는 최근 내놓은 보고서에서 중국과 북한을 포함한 8개국을 종교 탄압국으로 지목한 바 있다. 부시가 찾은 교회도 베이징에서 '허가받은' 5곳의 개신교회 중 하나다. 그는 예배 후 방명록에 "중국의 기독교인에게 신의 가호가 있기를"이라고 쓴 뒤 "중국 정부는 기독교인이 공개적으로 예배하는 것을 두려워 말라. 건강한 사회는 다양한 믿음과 신앙을 포용하는 사회"라는 말을 남겼다.

시사주간지 뉴스위크(2003년 3월 10일자)가 부시 대통령의 신앙을 커버스토리로 다루면서 그가 신앙에 집착하는 배경을 소개했다. 한 때 술독에 빠져 살았던 그는 "내가 17년 전 술을 끊지 못했더라면 지금 대통령이 되지도 못했을 것이다. 내가 술을 끊을 수 있었던 것도 하나님의 은혜다."라고 고백했다.

뉴스위크는 "부시는 요즘에 와서 부쩍 종교적인 단어를 남발하고 있다. 종교계 인사들, 특히 진보 기독교에서는 이에 대한 반발이 거세다."면서 부시의 종교관이 너무 '독선적'이라는 신학자들의 말을 소개하고 있다. 부시는 이라크와 북한을 '악의 축'으로 몰아붙인 것도 선과 악이라는 이분법에 매몰된 그의 기독교적 신앙관에 기인한다.

그는 얼마 전 이태식 주미 대사에게서 신임장을 제정받는 자리에서 "북한 인권에 대한 나의 관심은 기독교인이라는 종교적 배경에서 비롯된 것"이라고 말할 정도로 정책 결정에 신앙이 중요한 잣대가 된다.

부시는 이라크전을 1095년 교황 우르반 2세가 '신의 뜻'을 내걸고 교황권 강화를 위해 이슬람 지배하에 있던 '성스러운 도시' 예루살렘을 탈환하고자 8차례나 원정에 나선 십자군전쟁에 빗댔고, 오사마 빈 라덴과 후세인은 이에 맞서 성전을 외쳤다. '부시의 하나님'은 보수기독교인들을 동원해 재선에 성공하게 했고, 아프가니스탄과 이스라크전에서 승리를 안겨다 주었다. 그러나 공의와 사랑의 하나님은 그에게 등을 돌리고 있다.

한국교회 지도자들이 기독교근본주의자 부시처럼 성경을 문자 그대로 해석하면서 하나님을 아전인수격으로 이해한다. 성경에는 하나님이 이스라엘민족의 가나안 정복을 진두지휘하면서 "이스라엘 자손의 칼에 죽은 자보다 우박에 죽은 자가 더욱 많았더라."(여호수아 10장 11절)고 기록될 정도로 도망가는 적군에게 무자비하게 우박을 퍼붓는 '잔인한 하나님'으로 등장하기도 한다. 그 당시 이스라엘민족이 이방

민족으로부터 자신을 보호해주는 ‘부족의 하나님’으로 믿었던 것을 기독교인들은 그대로 전승하고 있다.

서울 강북의 한 대형교회 목회자는 서남아시아에서 예수를 제대로 믿지 않아 수십만명이 쓰나미의 희생자가 됐고, 미국 뉴올리언스의 “허리케인 카트리나 참사는 동성연애 호모섹스에 대한 하나님의 심판”이라고 주장해 파문이 일었다.

그러나 하나님은 종교가 다르다고 해서 배척하는 분이 아니다. 헌금을 많이 하고 교회에 열심히 나오는 기독교인만을 위하는 세속적 하나님은 더더욱 아니다.

한국종교가 오늘의 위기에서 탈출하려면 성경 문자주의에서 탈피해 하나님에 대한 이해부터 새롭게 하는 등 근본적인 처방을 내리지 않으면 안 될 것이다. (2005.12.8)

종교계의 '황우석 갈등'

2005년 최대의 스캔들로 부각된 황우석 서울대 교수팀의 환자 맞춤형 배아복제 줄기세포 논문 조작 파동은 2005년에도 그 여파가 수그러들지 않고 있다. 한국의 국민적 '영웅'에서 '사기꾼'으로 추락한 황 교수 사건은 김수환 추기경의 말대로 "세계인들 앞에서 고개를 들 수 없는 부끄러운 일"이지만 각 종단의 이해나 '생명' 논쟁과 맞물리면서 종교 간의 갈등을 유발할 수 있다는 점에서 역시 주목되고 있다.

황 교수 파동을 보는 종교계의 시각은 판이하다. 기독교계는 황 교수의 배아줄기세포 연구에 대해 '배아도 인간 생명'이란 점에서 비판적이었다. 인간배아 줄기세포 연구는 일종의 살인과도 같은 인간배아 파괴를 전제로 하는 행위이며, 연구 진척에 따른 인간배아 제어기술의 발달은 복제인간의 출현 가능성을 높인다는 이유에서다. 특히 천주교는 세포치료사업단을 설치해 윤리적 문제가 없는 성체줄기세포 연구를 지원하고 있다.

폭넓은 생명관을 갖고 있어 줄기세포연구에 비교적 관대한 불교계는 조계종 중앙 신도회 등 일부 단체가 중심이 돼 불교 신자인 황 교수의 연구를 지지하고 있으며 이들 단체는 최근 "황우석 교수 흔들기를 중단하라."는 내용의 성명서를 발표하기도 했다. 불교환경연대 상임대표 수경 스님 등 조계종 중진 스님들도 "실패와 소모 없이 발전한 연구는 없다.”면서 “황 교수의 우수한 성과를 사장시키거나 연구원들은 좌절시키는 일이 과연 옳은 것인지 깊이 생각해야 한다.”는 내용의 의견서를 내놓았다.

결국 서울대가 조사위원회의 최종 판단에 따라 그에 상응한 징계절차를 밟고, 정부도 그간의 각종 혜택을 박탈하면서 황 교수는 사실상 매장될 수도 있지만 그가 이쯤에서 물러날 가능성은 거의 없다. 그것은 아직도 ‘음모론’을 제기하며 황 교수에게 미련을 버리지 못하는 누리꾼들과 불교계와 같은 든든한 후원군이 있기 때문이다. 불교재단인 동국대에서 새 둥지를 틀거나, 아직 그의 연구 업적은 완전히 소멸된 것은 아니기 때문에 언제든지 줄기세포 관련 기업에서 연구비를 지원해 그간의 연구 성과를 재연할 수 있는 기회가 있을 것이다. 특히 법보신문은 사설을 통해 “황우석 박사의 단독 인터뷰를 보도한 후 본지에는 ‘황 박사가 연구를 할 수 없는 상황에 처할 때를 대비해 100억원의 재단을 설립하자’는 제안이 잇따랐다.”면서 이 모금운동에 적극 나서겠다고 밝혔다.

황 교수 파동은 ‘인간은 누구냐’ 하는 원초적 질문을 제기하고 있다. 인간 복제 문제가 나올 때마다 기독교가 알레르기 반응을 보이는 것은 인간 창조를 하나님의 영역으로 보기 때문이다. 그러나 하나님은 자신의 ‘형상’대로 만든 인간에게도 창조성을 부여했다는 점을 간과해서는 안 된다. 즉 하나님은 인간에게 과학기술을 발전시킬 수 있는 기능적 영역을 부여하는 동시에 그것을 통제할 수 있는 가치적 판단력, 즉 윤리도덕의 기준을 마련해주었다. 하나님이 인류조상에게 “선과 악을 알게 하는 나무의 열매만은 먹어서는 안 된다. 그것을 먹는 날에는, 너는 반드시 죽는다.”고 내린 첫 경고는 가치 판단의 일정한 선을 그어준 것이다.

우리가 여기서 눈여겨봐야 할 것은 하나님이 과연 단기간에 '완전한 인간'으로 창조했느냐 하는 것이다. 인간이 하나님의 경고를 들을 수 있다는 것은 옳고 그름을 판단할 수 있는 기준까지 성숙했음을 의미한다. 그래서 오늘날 과학이 증명하듯이 인간이 일시에 완전한 인간으로 창조됐다기보다는 진화의 과정을 거치도록 창조했다는 것이다. 결국 창조·진화의 과정을 거쳐 하나님이 거할 수 있는 성전(聖殿·고린도전서 3:16), 완전한 인간이 되도록 창조했다고 볼 수 있다. 그래서 죄와 상관없는 이상적 모습이 될 때까지 하나님의 '인간 경영'은 계속되고 있다. 그것이 필자가 보는 '창조적 진화론'이며, 그렇게 접근하지 않고서는 하나님의 구원섭리역사에 대해 해명할 길이 없고, 인간 문제에 과학이 끼어들 수 있는 영역은 없다.

그래서 오늘 줄기세포 문제를 둘러싸고 벌이는 종교 간의 갈등은 인간 이해에 대한 새로운 접근을 시도하지 않고서는 풀릴 수 없다. 기독교는 이제 과학의 영역도 인간 진화를 촉진시키고, 하나님의 창조성을 재현하는 과정이란 점을 염두에 둬야 한다. 그래서 종교는 하나님이 에덴동산에서 인류조상에게 경고를 내렸듯이 과학기술이 인간복제라는 선을 넘지 않도록 도덕적 기준, 가치 판단력을 제고시키는 것이 무엇보다 중요하다.

이제 논문 조작과 같은 비양심적 활동이 일생을 던져 이룩한 업적까지 하루아침에 물거품으로 만들 수도 있다는 교훈을 얻었다면 황 교수 파동은 잃은 것보다 얻은 것이 더 많았다는 것이 우리가 가슴을 쓸어내리면서 건져낸 유일한 소득일 수 있다. (2006.1.19)

하마스와 네타냐후의 하나님

이슬람 무장단체인 하마스가 10년 만에 실시된 팔레스타인 총선에서 압승을 거두면서 중동에 다시 전운이 감돌고 있다. 당장 이스라엘 에후드 올메르트 총리대행은 "하마스의 의회 진출은 용인하겠지만 자폭공격을 주도하는 세력의 자치정부 참여는 허용치 않겠다."고 못 박았다.

그리고 평화협상이 여의치 않으면 국경을 일방적으로 획정한다는 계획이다. 조지 W. 부시 미 대통령도 "하마스가 이스라엘에 대한 투쟁을 포기하지 않는다면 상대하지 않겠다."고 말했다. 미국은 라이스 국무장관이 말한 대로 정치에 한 발을 담근 채, 테러에 또 다른 발을 담그는 것은 용인하지 않겠다는 것이다.

그러나 중동 분쟁의 또 다른 변수는 심각한 출혈성 뇌졸중으로 재기가 사실상 물 건너간 아리엘 샤론 총리 이후 누가 집권하느냐 하는 것이다. 1982년 레바논을 침공해 아라파트와 수천 명의 팔레스타인 전사들을 레바논으로부터 몰아내는 등 초강경정책을 고수했던 샤론 총리가 2005년 9월 가자지구와 요르단 강 서안 2곳의 정착촌을 철거시키는 등 미국과 함께 가자지구에 팔레스타인 독립국가를 세우는 '중동 평화 로드맵'을 추진해왔다. 그가 새로 창당한 카디마당이 3월 총선에서 승리한다면 샤론의 정책은 유지될 수 있지만 하마스의 집권으로 강경파

베냐민 네타냐후 전 총리가 상대적으로 유리해면서 중동은 한치 앞을
내다볼 수 없을 상황으로 치닫고 있다.

하마스는 교육을 통해 점진적인 사회·정치 개혁을 추구했지만
1987년 인티파다(민중봉기)를 계기로 두각을 나타내기 시작해 주도면
밀하게 저항운동을 이끌었다. 이스라엘은 2004년 최고지도자 야신과
후계자 압둘 아지즈 란티시를 차례로 표적 암살했고, 하마스는 이스라
엘이 전쟁으로 점령한 모든 영토의 수복을 최고의 목표로 삼고 자살공
격에 앞장섰다. 하마스는 '순교 공격'이 이스라엘에 복수하는 최선의
방식이라고 보고 있다. 물론 이스라엘이나 팔레스타인이 그간의 투쟁
경험으로 볼 때 평화와 공존 외에는 대안이 없다는 것을 인식하고 있어
장기적으로는 그렇게 전망이 어둡진 않다.

이스라엘과 팔레스타인 분쟁은 BC 13세기 이스라엘 민족이 모세와
여호수아의 지도하에 이집트로부터 탈출하여 약속의 땅인 가나안, 즉
팔레스타인 지역으로 탈출하던 시절까지 거슬러 올라간다.

당시 이스라엘민족은 남부해안 지역에 거주하던 팔레스타인 사람들
과 영토 분쟁을 일으킨다. 그 후 이스라엘민족은 왕국을 건설하여 찬란
한 영화를 누리기도 했지만 남북으로 갈라지면서 결국 이민족에게 멸
망당했고, BC 1세기 이후는 로마제국의 탄압을 견디지 못하고 세계 각
지로 흩어져 2000년 동안 나라 없는 서러움을 겪었다.

1948년 시오니즘을 바탕으로 이스라엘을 건국하기 전까지 이 지역
은 아랍 이슬람교도들의 지배 아래 놓였다. 역사적 볼 때 팔레스타인에
는 유대교·그리스도교·이슬람교의 성지가 함께 있어 그야말로 서
로 양보할 수 없는 종교적 숙명을 안고 있다.

그러나 1967년의 중동전쟁에서 승리한 이스라엘은 팔레스타인 전
역을 점령하면서 상황은 역전됐다. 팔레스타인 지역을 둘러싼 아랍 측

과 이스라엘 사이에 네 차례의 전쟁을 치른 끝에 팔레스타인해방기구 (PLO)가 국제적 공인을 받게 되지만 각국의 이해관계가 얽혀 영토분쟁 은 지속되고 있다.

유대교와 기독교, 개신교는 한 하나님을 모시는 유일신교이다. 그러나 이들 모두 '하나님은 사랑'임을 강조하면서도 전쟁을 '성전(聖戰)'으로 위장하고, 실제로는 신의 뜻과는 반대의 길을 걸었다. 그들은 전쟁터에서도 자신을 지켜줄 것을 기도했지만 그 같은 야만적 요구를 들어줄 하나님은 없다. 하마스나 네타냐후가 믿는 그런 하나님은 분명 존재하지 않는다.

오늘 종교가 자의적 신관을 내세우며 모순과 한계를 드러내고 있다. 종교의 위기는 신에 대한 잘못된 이해에서 비롯되고 있다. 그리고 중동 국가는 오늘도 자신들의 전쟁에 신을 끌어들이지만, 신에 대한 올바른 이해가 선행되지 않는다면 영구 평화는 찾아올 수 없다.

신은 오늘 기독교에서 믿고 있듯이 헌금을 많이 하면 더 큰 복을 주고, 교회에 열심히 나가면 천국에 보내주는 초월적이고 구복적 존재가 아니라 자신의 '형상'대로 창조한 인간과 기쁨을 함께 누리고 싶어 하시는 모든 존재의 근원이자 생명과 사랑의 원천이다. 종교가 제 역할을 다하기 위해서는 비뚤어진 신관을 바로 잡는 기초 작업부터 다시 시작하지 않으면 안 된다. (2006.2.15)

종교의 한계보인 이라크의 종파충돌

이라크가 시아파와 수니파의 갈등으로 내전 위기에 휩쓸렸다. 최근 양측 간의 충돌은 시아파 성지인 아스카리야 사원에 대한 폭파 테러가 직접적 원인이다. 시아파 민병대가 100여 곳의 수니파 사원을 보복 공격하는 등 양측의 충돌로 200명 이상이 숨졌다.

시아파와 수니파의 해묵은 갈등은 1300여 년 전으로 거슬러 올라간다. 무슬림은 이슬람 창시자 무함마드의 사위이자 제4대 칼리프 이맘 알리가 암살된 후 그의 아들 후세인과 시리아 군벌 무아위야 가문 사이에 일어난 서기 680년 카르빌라 전투를 계기로 시아파와 수니파로 갈라졌다. 카르빌라 전투 이후 무함마드 후손 중에서 칼리프를 선출해야 한다는 시아파와 혈통에 관계없이 칼리프를 뽑아야 한다는 수니파는 끊임없이 갈등을 빚어왔다.

'수니'는 코란과 함께 무함마드의 '순나(말·행동·관행)'를 따르는 사람들을 의미하며, '시아'는 알리와 그 후손들을 따르는 사람들을 말한다. 결국 무슬림의 갈등은 무함마드의 가르침 때문이 아니라 주도권을 둘러싼 암투 때문에 비롯됐다고 볼 수 있다.

이번에 파괴된 아스카리야 사원은 시아파들이 무함마드의 혈통을 잇는 후계자로 보는 제10대 이맘 알리 알하디와 그의 아들로 11대 이맘인 하산 알아스카리의 영묘가 있는 곳이다. 이들은 9세기에 돌연 사라진 12대 이맘 무함마드 알마흐디가 지금까지 살아 있으며, 미래에 이 사원 주변에서 구원자로 나타날 것이라고 믿고 있다.

수니파는 전 세계 13억 무슬림의 다수를 차지하고, 시아파는 15~20%에 머물고 있다. 이라크의 경우 시아파가 인구의 60~65%를 차지하지만 수백 년 동안 소수종파인 수니파의 지배를 받다가 2003년 미국의 이라크 침공 이후 시아파는 과도통치위원회 다수를 점하게 됐으며, 2005년 1월 실시된 이라크 총선 결과 국정을 주도하게 됐다.

세계 곳곳에서 종교를 둘러싼 크고 작은 분쟁이 끊이질 않고 있다. 미국 방위정보센터(CDI)의 통계에 따르면 세계 39개 갈등지역 중 종교 분쟁 지역이 41%인 16개 지역에 달할 만큼 종교는 분쟁의 직접적 배경이 되고 있다. 그 중에서도 한 조상, 한 하나님, 하나의 경전(구약)을 따르는 기독교와 이슬람권의 갈등이 가장 광범위하고 심각하다.

종교는 무엇인가. 예수의 종교관은 유대교에 대해 언급한 내용을 통해 유추할 수 있다. 예수는 당시 유대사회의 주도세력인 서기관과 바리새인들에게 "외식하는 자"라고 질타했고, "회칠한 무덤"에 비유했다. 종교는 형식이 아니라 본질적인 것을 추구해야 한다는 경고다. 그래서 창기 세리 어부 귀신들린 자들을 형제·자매라 부르고 함께 식사를 하는 등 유대교에서는 용인할 수 없는 파격적 행동을 보였다.

석가모니도 죽음을 앞둔 박카리라는 제자를 찾아갔다. 제자가 애써 몸을 일으켜 예배하려 하자 "늙어빠진 이 몸뚱이를 보아야 무슨 소용이 있겠느냐."면서 "진리를 보는 자 나를 보고, 나를 보는 자 진리를 본다."고 말했다. 그는 우리가 진정 귀의하고 예배해야 할 대상은 부처님의 육신이 아니라 부처님의 삶을 통해 보여준 진리라는 것이다.

무슬림들은 서구인들이 "한 손에 칼, 한 손에 꾸란"을 강조하며 이슬람의 호전성과 종교의 강압적 전파를 강조했을 뿐이지, 원래 이슬람(평화와 순종의 뜻)은 '평화의 종교'라고 주장한다. 꾸란에는 "종교는 강요가 없다."고 가르치고 있다. 이슬람이 100년도 안 되는 짧은 기간에 아시아와 유럽, 아프리카 등 광범위한 지역에 전파된 것도 칼이 아니라 여러 사상과 문화를 수용하고자 했던 융화력과 관용성 때문이라고 보고 있다.

그러나 종교가 본질을 외면하고 형식에 치우칠 때 제 역할을 할 수 없다. 어떤 명분으로도 이웃종교를 적대시하고 갈등과 분쟁을 조장하는 것은 반종교적 행위다. 특히 파벌을 조장하는 것은 예수나 석가, 무함마드가 가르친 것처럼 진리, 곧 종교 본연의 모습보다는 자의적 판단과 집단 이익이 우선됐기 때문이다.

오늘 이라크의 종파갈등에서 보듯이 종교가 본연의 모습을 상실할 때 어디까지 변질될 수 있는가 하는 것을 잘 보여주고 있다. 그것은 오늘 한국 종교계가 갖는 한계이기도 하다. (2006. 3. 8)

긍정의 힘, 긍정적 사람

요즘 행복에 관한 이야기가 새삼 주목받고 있다. 그것은 현대인이 과학문명의 발달로 안락한 생활을 누릴 수 있는 상황이지만 실제로는 그렇게 행복하지 못하다는 뜻도 된다.

'공부벌레'만 모인다는 미국 하버드대학에서 탈 벤샤하르 심리학 강사가 개설한 '긍정심리학'이 가장 높은 수강률을 기록했다고 한다. '긍정심리학'은 지난 20세기에 지그문트 프로이트 등의 영향으로 마음의 부정적인 면에만 몰입해온 것에 대해 반성하고 마음의 밝은 면을 규명하면서 이를 북돋우려는 학문의 한 분야다. 긍정심리학자들은 경제적 풍요나 지식, 권위보다는 가족의 유대와 우정, 희망 등이 더 많은 행복을 보장한다고 보고 있다. 그리고 매사를 긍정적으로 보면 사고의 폭이 넓어지고 부정적인 생각이 사라진다고 강조한다.

하버드대학에서는 1년에 평균 1명이 자살할 정도로 학생들의 스트레스가 심각하다. '미래의 행복' '행복의 과학'과 같은 심리상담 강좌가 개설된 것도 이 때문이다. 벤샤하르 강사의 강의에 대한 수강생들의 만족도는 물론 높다. 지난 학기 수강생 23%는 "강의 때문에 삶이 변화했다."고 평가할 정도다.

티베트의 종교지도자 달라이라마는 <행복론>이란 책에서 "삶의 목표는 행복에 있다."고 말했다. 그는 "행복을 찾는 첫 단계는 긍정적인 감정이 얼마나 이로운가, 부정적인 감정이 얼마나 해로운가부터 배워야한다."면서 긍정적으로 세상을 볼 때 행복이 찾아온다고 강조했다. 그리고 "자비심은 인간의 생존에 가장 기초가 되며, 그것 때문에 인간의 삶은 진정한 가치를 갖는다. 자비심이 없다면 삶의 기초가 없는 것과 같다."고 밝혔다.

긍정적 사고는 이처럼 행복의 절대조건이다. 이는 이웃에 대한 배려와 공존, 성공의 기초가 되기 때문이다. 부처님이 기원정사에 머무를 때 나그네가 찾아와 '더 없는 행복'이 무엇이냐고 여쭸다. 부처님은 "어리석은 사람과 가까이 하지 말며, 어진 사람과 가까이 지내며 존경할만한 사람을 존경하라. 이것이 더 없는 행복이다."라고 대답했다. 어리석은 사람은 불행을 몰고 오지만, 어질고 존경받는 사람은 행복을 가져다준다는 것이다.

또 <법구경>에는 "원한을 품은 사람 속에 있으면서 원한을 버리고 즐겁게 살자. 고뇌하는 사람들 속에 있으면서 고뇌에서 벗어나 즐겁게 살자. 탐욕스러운 사람들 속에 있으면서 탐욕에 벗어나 즐겁게 살자."는 구절이 있다. 원한과 고뇌, 탐욕과 같은 부정적인 것에 물들지 말고 긍정적으로 생각할 때 즐겁게 살 수 있다는 것이다.

예수의 행복론은 역설적이다. 제자들에게 더욱 적극적이고 본질적인 행복을 강조했다.

"마음이 가난한 사람은 행복하다. 하늘나라가 그들의 것이다. 슬퍼하는 사람은 행복하다. 그들은 위로를 받을 것이다. 온유한 사람은 행복하다. 그들은 땅을 차지할 것이다. …"(마태복음 5장 1~12절)

마음이 가난하고, 슬픈 일에도 긍정적으로 생각하며 살게 될 경우 행복할 수 있다는 말이다. 그리고 온유하고, 옳은 일에 주리고 목말라 하며, 자비를 베풀고 마음이 깨끗하며, 평화를 위해, 또 옳은 일을 하다가 박해를 받거나 예수 때문에 모욕을 당하고 비난을 받는 사람은 현실을 부정적으로 본 것이 아니라 긍정적으로 생각하며 온갖 어려움을 극복했기 때문에 행복을 느끼게 된다는 것이다.

그렇다면 오늘 종교인은 얼마나 행복한가. 많은 사람이 종교의 문을 두드리지만 종교 역시 행복을 가져다주지 못하고 있다. 그것은 종교가 부처님이나 예수의 가르침을 실천하는데 소홀히 하면서 종교인의 삶을 거의 변화시키지 못하고 있기 때문이다.

특히 종교지도자들이 가난한 자나 박해받는 사람을 끌어안기보다는 부자와 권력층에 더 관심이 많고, 신도수를 늘리고 교당을 크게 짓는 것에 몰두하면서 불평불만, 이기적인 생각으로 세상을 바라보는 종교인들이 늘어나고 있다.

행복지수는 세상을 긍정적으로 보고 자신의 욕망을 줄일 때 높아질 수 있다는 점에서 오늘 종교가 인류의 행복을 위해 해야 할 역할은 어느 때보다 크다고 하겠다.(2006. 4. 5)

다빈치코드와 유다복음

요즘 기독교계를 떠들썩하게 하는 이슈가 댄 브라운의 원작 소설을 영화화한 '다빈치코드' 상영과 고문서 <유다복음>의 공개다. 2003년 3월 첫 출간 이후 40여 개국 언어로 번역돼 4000만부가 팔린 초대형 화제작 <다빈치코드>는 소설 자체로도 숱한 논쟁을 불러일으켰지만 영화의 영향력 때문에 개봉을 앞두고 기독교계가 바짝 긴장하고 있다. 그리고 예수를 로마 병사에게 팔아넘긴 가룟 유다의 역할에 대한 논쟁을 몰고 온 <유다복음> 역시 성경의 권위에 흠집을 낼 수 있어 기독교로서는 여간 찜찜한 일이 아닐 수 없다.

'다빈치코드'는 루브르박물관장의 살인사건을 추적하던 기호학 교수와 암호 해독가인 박물관장 손녀가 레오나르도 다빈치의 명화 '모나리자'의 기호학적 단서 등을 따라 역사 속에 숨어 있는 비밀을 캐낸다는 것이 줄거리다. 특히 예수가 막달라 마리아와 결혼했고, 십자가에 못 박힌 것이 아니라 보통 사람처럼 죽었지만 교회가 이를 숨겼으며, 다빈치의 '최후의 만찬'에서 예수 오른쪽에 앉아 있는 이가 바로 막달라 마리아라고 주장한다.

최근 번역돼 그 실체가 드러난 <유다복음>은 마태·마가·누가·요한복음 등 기존의 4대 복음과는 달리 예수가 유다에게 "너는 그들 모두를 능가할 것이다. 너는 인간의 형상을 빌려 이 땅에 온 나를 희생시킬 것이기 때문이다."라고 한 말에서 보듯이 예수의 요구에 따라 유다가 배반한 것으로 기술돼 있다. 1970년 이집트 골동품시장에서 발견된 <유다복음>은 서기 220~340년 이집트어인 콥트어로 파피루스에 쓴 것이며, 예수의 성육신 사건과 육체적 부활을 부정했던 영지주의파(그노스파)의 시각을 담고 있다. 유다의 배신이 없었다면 예수는 십자가에 못 박히지 않았을 것이고, 인간을 죄로부터 구원하겠다는 신의 계획은 완성되지 못했을 것이라는 주장을 펴고 있다.

'다빈치코드'나 <유대복음> 둘 다 '신성모독'이거나 '반기독교적'이라면서 기독교계에서는 아주 껄끄럽게 보고 있지만 비기독교인은 그 내용이 사실이냐 아니냐 하는 것은 별로 중요하게 생각하지 않는다. 소설은 소설 그 자체로 보고, 영화는 영화로 생각한다는 것이다. 미국 기독교 일각에서 "다빈치코드 상영은 기독교에 대한 심각한 도전이지만 한편으로는 엄청난 기회"라고 보고 있는 것처럼 오히려 예수와 기독교에 대해 더 관심을 높이는 계기도 될 수 있다.

최근 세계문화의 흐름은 '성역' 깨기다. 거꾸로 보고 뒤집어보자는 것이다. 그럴 때 비로소 똑바로 볼 수 있다는 것이다. 또 디지털문화의 특징은 '퓨전'과 '크로스오버'다. 서로 섞이고 경계를 허무는 것이 시대흐름이다. 이제 기독교도 '성역'은 물론 '정통교리'나 신조에 대해서도 되돌아볼 필요가 있다. 실제로 '교리'라는 것은 정통적이고 확고부동한 것은 있을 수 없다. 오늘 기독교의 교파 난립이 역설적으로 이를 방증해주고 있다.

예수는 누구인가. 2000년 전이나 지금이나 예수는 논란의 대상이다. 오늘 기독교계는 '다빈치코드'가 예수에 대해 '정통교리'와는 다른 이야기를 하고 있고, 그로 인해 교회가 '존폐위기'에 처해있다는 요지의 성명서를 발표한데 이어 법원에 상영금지 가처분 신청을 내는 등 강한 거부감을 보이고 있다.

기독교에 대한 도전은 밖에서 오는 것만은 아니다. 오늘 예수의 참모습을 발견하지 못하고, 예수 정신과 멀어지고 있다는 것이 더 큰 위기일 수 있다. 예수는 종교와 계급, 그리고 국가의 경계를 허물고, 가난한 자나 소외받은 자 등 어느 누구와도 스스럼없이 만나는 등 파격을 보여주었다. 그리고 당시 유대사회에서도 보기 힘든 마구간에서 탄생했고, 온갖 어려움 속에 자랐으며, 십자가에 처형되면서 "아바 아버지여 아버지께는 모든 것이 가능하오니 이 잔을 내게서 옮기시옵소서."라며 절규하는 것에서 너무나 인간적인 면모를 보게 된다.

예수에게서 '신성'이니 '초월적 존재'라는 등의 다소 거추장스럽게 보이는 옷을 걷어낼 때 더욱 가까이서 그를 만나게 되고, 생명·사랑·부활의 구세주로 우리에게 다가올 수 있다. 예수가 당시 보여준 삶은 오늘의 시대흐름을 앞서 보여주었다는 점에서 계율과 편견에 사로잡힌 유대교 지도자에게 경고한 내용을 오늘 기독교 지도자들도 그냥 넘겨들어서는 안 될 것이다. (2006. 4. 19)

제2부

아름다운 공동체를 위해

1.

건전한 가정문화,
비전있는 교육

화려한 싱글

"결혼은 미친 짓이야 정말 그렇게 생각해. 이 좋은 세상을 두고 서로 구속해 안달이야(판단력 부족)/ 친구로 만날 수 있는 그런 이혼도 정말 싫어. 좋다가 싫어진다면 떠날 수 있겠지만(인내심 부족)/… /재혼도 미친 짓이야 정말 그렇게 생각해. 이 좋은 세상을 두고 또 서로 구속해 안달이야(기억력 부족)"

시원한 가창력과 넉넉한 외모의 가수 양혜승씨는 '화려한 싱글'로 일약 스타덤에 올랐다. 젊은이들의 결혼 세태를 잘 드러낸 이 노래가 인기를 끄는 것은 '결혼은 판단 부족' '이혼은 인내심 부족' '재혼은 기억력 부족'이란 후렴이 주는 이미지 때문이다.

지난 10년간 이혼건수가 3배 가까이 뛸 정도로 우리 사회는 이혼이 보편화됐다. 이혼이 더 이상 숨길만한 일도 아니고 부끄러운 일이 아니라는 것이다.

그런데 요즘 이혼이 주춤해지고 있다고 한다. 이혼소송 건수가 4년째 감소하고 있다. <2005년 사법연감>에 따르면 2004년 전국 법원에 접수된 이혼소송은 4만824건이며 2001년 4만9380건, 2002년 4만7500건, 재작년 4만6008건으로 내리 감소했다. 이는 일이나 여가생활을 즐기려는 젊은층이 결혼을 기피하면서 혼인 건수 자체가 줄어든 것과도 밀접한 관련이 있는 것으로 풀이된다. 호주제 폐지와 자녀 성 변경 등을 내용으로 하는 민법 개정 움직임이 활발해지면서 법 개정 이후로 이혼을 미루는 사람이 늘어난 것도 한 요인이다.

서울가정법원이 시행하고 있는 협의이혼 신청 후 숙려기간 도입과 이혼 전 상담제도가 이혼을 줄이는 데 큰 성과를 거두고 있다. 서울가정법원이 2005년 3~11월 중 협의이혼 신청 후 일주일의 숙려기간을 거친 결과 4109쌍의 부부 중 708쌍의 부부가 신청을 취하해 평균 취하율이 19.15%에 달했다는 것이다.

이혼소송 건수는 이처럼 줄어들고 있지만 이혼소송을 낸 부부 가운데 45.8%가 결혼한 지 3년 이내였다. 그야말로 '초라한 더블'보다는 '화려한 싱글'이 낫다는 젊은 세대의 혼인 풍조를 반영하고 있다.

그러나 이혼에 따른 가정 해체의 가장 큰 피해자는 자녀다. 이혼가정의 70%가 대부분 미성년 자녀를 두고 있어 부모의 이혼과 그에 따른 가정해체는 자녀에게 엄청난 혼란과 심리적 상처가 뒤따른다. 2000년 통계청에 따르면 우리나라의 전체 가구 중 약 7.8%(114만8000가구)가 편모나 편부 가정인 한부모 가정이다. 한부모 가정은 대부분 부모의 이혼이 원인이다.

더구나 사회안전망이나 복지대책이 미흡한 우리 현실에서 가족해체의 부작용은 국가와 사회의 장래를 위협할 만큼 심각성을 안고 있다. 따라서 우리 사회의 가족문제는 이제 남녀·부부관계 등 단선적인 문제가 아니라 포괄적인 국가적 과제로서 접근해야 한다. 가정의 위기는 국가와 사회의 위기라는 점을 우리 모두가 직시해야 한다는 것이다.

이제 가정해체를 줄이기 위한 근본대책이 나와야 할 시점이다. 특히 한부모가족 자녀에 대한 지속적 관심과 더불어 가정의 가치를 소중히 여기는 사회 분위기 조성이 시급하다. (2005. 10. 26~2006. 5. 8)

가출 사이트

"세계가 넓다 하나, 나에겐 내 집같이 아늑한 곳은 없다. 그것은 간섭도 없고 구속이 없는 절대의 안락경이기 때문이다."

영국의 시인 로버트 번스의 말이다. 집이 중요한 것은 자신을 보호해 줄 수 있는 부모가 있고, 온기 넘치는 사랑이 있기 때문이다. 그래서 영국의 비평가 존 러스킨도 집에 대해 "그것은 평화의 장소이며 모든 위해로부터의 피난처일 뿐만 아니라, 모든 공포와 의혹과 분열로부터의 피난처"라고 했다.

그러나 행복의 근원인 가정의 해체 현상이 날로 심화하고 있다. 부모가 갈라서고 자식이 집을 뛰쳐나가는 것이다. 그래서 가정에서만 맛볼 수 있는 참된 평화와 안락함을 잃어버린 채 살아가는 것이 오늘의 세상 풍경이다.

통계청 등에 따르면 2004년 발생한 청소년 가출 건수는 1만6894건에 이른다. 오늘도 우리 주변에는 집을 뛰쳐나와 길에서 서성거리는 청소년이 많다는 것이다. 청소년 가출은 도피성·충동성 가출도 있지만, 부모나 자신을 둘러싼 환경 문제 때문에 집을 떠난 청소년들도 늘어나고 있다. 그래서 가출이라는 현상에 집착하는 것이 아니라, 가출을 부른 사회적 환경에 대한 정확한 진단과 이에 따른 대책 마련이 시급하다는 것이다.

문득 어디론가 떠나고 싶은 충동은 누구나 느낀다. 갑갑한 일상을 떠나 낯선 곳으로 홀로 떠나가고 싶은 마음은 청소년이라고 해서 없을 순 없다. 그러나 청소년의 놀이마당인 인터넷까지 가출을 유혹하는 세상이다.

한나라당 박재완 의원의 조사에 따르면 국내 인터넷 사이트에는 '가출한 십대들의 모임' '가출카페' 등 9개의 관련 카페가 있고, 이들 카페에는 성매매 등 각종 범죄를 부추기는 글들이 상당수 올라 있다.

가출 청소년이 범죄나 폭력, 집단 자살 유혹 등에 무방비로 노출되면서 가정 문제를 넘어 사회 현안이 되고 있다. 부모와 세상으로부터 철저하게 상처받고 외면받는 이들 청소년에게 따뜻한 손길이 아쉬운 계절이다. (2005. 12. 12)

미 슈퍼볼 MVP와 어머니

미국 프로 스포츠 최고 영예인 슈퍼볼 최우수선수(MVP)로 선정된 한국계 풋볼 스타 하인스 워드의 감동적인 이야기는 자식을 헌신짝처럼 버리는 우리의 세태와 사소한 충격에도 좌절의 늪으로 빠져드는 청소년들에게 경종으로 받아들여지고 있다.

소속 팀 피츠버그 스틸러스를 26년 만에 미국프로풋볼리그(NFL) 정상에 올려놓은 뒤 그는 "어머니는 나의 전부였다."며 감격의 눈물을 흘렸다. 그의 승리가 더욱 빛나는 것은 다문화 가정에 대한 차별과 가난, 부모의 이혼 등 온갖 역경을 딛고 정상에 우뚝 섰기 때문이다.

워드의 영광 뒤에는 어머니 김영희씨의 눈물어린 사랑이 있었다. 워드가 "흔들리는 나를 지탱해준 건 어머니가 일하는 모습"이라고 말했을 정도로 자식의 성공을 위해서라면 어떤 궂은일도 마다하지 않는, 억척같은 한국 어머니의 특유한 희생정신이 있었다. 워드는 "내가 앞으로 아무리 잘해 드려도 어머니가 내게 해준 것을 다 갚을 수 없을 것"이라고도 말했다.

그러나 정작 어머니는 아들이 슈퍼볼을 제패하는 현장에는 없었다. 김씨는 너무 떨려 현장에 갈 수 없다며 애틀랜타의 집에서 텔레비전을 통해 경기를 지켜봤다. 워드는 슈퍼볼을 앞두고 "나와 어머니에게 슈퍼볼 우승은 매우 특별한 것이다. 한국을 위해서도 우승하고 싶다."고 말했다. 어머니에게 슈퍼볼 MVP를 선물한 그는 꿈에 그리던 '한국 방문'이라는 새로운 선물을 드리겠다고 밝혔다.

워드는 이미 피츠버그 스틸러스 구단 역사상 최고의 대우를 받고 있다. 그가 MVP에 오르면서 구단 보너스와 배당금을 합쳐 1000만 달러를 넘게 받게 되는 등 몸값까지 천정부지로 솟고 있다. 그리고 '아메리칸 드림'을 이룩한 그는 '걸어 다니는 뉴스메이커'가 됐다.

워드는 '어머니와의 약속'을 지키기 위해 고국을 찾았다. 우리 사회도 크게 환대했다. 서울시는 '명예시민증'을 주고, 대통령은 오찬에 초대했으며, 대기업은 마케팅에 활용하면서 거액을 지불했다. 정치권은 '국제결혼가정에 대한 차별금지법'을 제정키로 했다.

워싱턴포스트도 이같은 움직임에 대해 "한국인들에게 혼혈아들에 대한 편견을 바꾸는 매우 귀중한 기회를 제공했다."고 보도했다. '워드 열풍'은 우리 사회의 이중성을 적나라하게 드러냈지만 다문화 가정에 대한 편견과 차별문제를 돌아볼 수 있었다는 점에서 다행스러운 일이 아닐 수 없다.

워드는 공식기자회견에서 "예전에는 절반이 한국인이란 것이 부끄러웠지만 지금은 자랑스럽다."고 말했다. 어머니 김영희씨는 "몇 년 전 한국을 찾았을 때 누군가 등 뒤에서 침을 뱉더라."며 고국에서의 냉대를 잊지 못하고 있다. 30년 전 흑인 병사를 만나 워드를 낳은 뒤 이국땅에서 이혼 후 온갖 냉대와 차별을 당하면서도 자식을 최고 스타로 키워낸 김씨의 인생 역정은 자신이 낳은 자식을 끝까지 책임지는 자녀 사랑의 소중함을 일깨워주고 있다.

우리는 다민족·다인종·다문화 사회에서 살고 있다. 이제 남과 나의 '차이'를 인정할 때 비로소 '차별'은 사라질 수 있다는 점을 '워드 열풍'에서 배워야 할 것이다. (2006. 2. 8~4. 9)

독신 시대

현대사회의 급격한 변화는 가족제도라고 해서 예외는 아니다. 부부와 자녀를 근간으로 하는 전통적 가족 형태가 무너지면서 한부모 가족과 독신가족, 동거가족, 미혼모가족, 동성애가족 등 다양한 유형의 가족이 등장하고 있다. 그 가운데 최근 급증하고 있는 가족유형이 독신가족이다.

독신자가 늘어나는 것은 개인 소득의 증가로 능력있는 젊은이들은 결혼보다는 혼자서 사는 것이 더 편리하다고 느끼고 있기 때문이다. 특히 요즘 여성들은 결혼, 출산, 가사라는 전통적 역할 모델을 벗어나 사회적 성공과 고소득에 중점을 두는 새로운 여성상을 추구하는 '콘트라섹슈얼시대'에 살고 있다.

가족형태의 다양화 현상이 가장 빨리 진행되고 있는 곳은 서유럽이다. 프랑스의 경우 전국적으로 3가구당 1가구, 파리 시내에서는 2가구당 1가구가 독신자 가구라고 한다. 자유와 독립을 추구하는 프랑스의 독신자 수가 갈수록 늘고 있다는 이야기도 되지만 독신 가구가 증가하는 이유는 매년 12만건이나 되는 이혼 탓이다. 전체 독신자(25세 이상) 960만명 가운데 편부모 180만명, 이혼 뒤 홀로 사는 남녀 150만명, 배우자와 사별한 남녀 63만명이다.

그러나 프랑스 여성의 평균 출산율도 1인당 1.94명으로, 한국보다 훨씬 높다. 결혼은 줄고 동거나 독신이 늘어나고 있지만 신생아의 절반 가량은 법적 부부가 아닌, 자유 동거 커플 사이에서 태어나고 있기 때문이다. 프랑스는 동성 부부 등 모든 동거가족에게 법적 지위를 부여하는 '팍스법'을 1999년부터 시행한 뒤 날로 다양화하는 가족제도를 현실로 받아들이면서 저출산 문제도 해결하고 있다.

우리나라의 사정은 어떤가. 통계청에 따르면 1인 가구 비중이 2000년 15%에서 2005년 11월 기준으로 17%로 증가했다. 한국여성의 평균 초혼 연령은 1990년 24.8세에서 2004년 27.5세로 상당히 높아지면서 혼자 사는 여성도 늘어났다. 서울시가 2005년 10월 25~39세 여성을 대상으로 실시한 여론 조사에 따르면 서울의 여성 10명 중 4명은 '꼭 결혼하지 않아도 괜찮다.'는 생각을 갖고 있다. 결국 우리나라의 결혼관도 급속하게 서구화하고 있는 셈이다.

독신가족의 증가는 이혼과 성 개방 풍조와도 맞물려 있다는 점에서 바람직한 현상이 아니다. 그래서 프랑스의 독신자 문제는 남의 나라 이야기가 아니다. 우리도 늘어나는 독신자 문제를 해결하기 위해서는 젊은이들에게 성 윤리 교육을 강화하고 가족의 소중함을 일깨워야 한다. 가족은 그 구조와 기능이 아무리 변화한다 하더라도 정서적 공동체이자 사회적 규범의 기본적 틀을 이루는 가치관의 토대이기 때문이다. (2006. 2. 22)

저출산·고령화

2006년 마흔일곱 살인 나소열 충남 서천 군수는 늦둥이 둘째딸을 낳았다. 출산장려운동의 모범이 되기 위해서다. 서천군은 출산장려금 30만원을 지급하는 등 인구를 늘리기에 사력을 다하고 있다. 그러나 1960년 당시 14만9000명에 이르던 인구가 현재 6만명대로 줄어들면서 아기 울음소리를 듣기 어려운 지역이 됐다.

정부나 지자체들이 저출산 문제를 해결하기 위해 뛰고 있지만 여성 1명이 가임기(15~49세)에 낳는 자녀수를 뜻하는 합계출산율은 1.16명(2004년)으로 세계 최저 수준이다.

한국의 출산율은 미국(2.04명·2003년 기준) 프랑스(1.89명·2003년) 영국(1.7 9명·2004년) 등 경제협력개발기구(OECD) 주요 회원국보다 훨씬 낮은 수준이다. 우리나라 인구가 2020년 4996만명을 정점으로 점차 줄면서 2050년에 4200만명으로 감소할 것으로 보고 있다.

가족계획이 범국가적으로 시작된 것은 1962년이지만 1983년에 우리나라 인구가 4000만명을 넘어서면서 "하나씩만 낳아도 삼천리는 초만원"이란 표어가 먹혀들기 시작했다. 합계 출산율이 2.08명으로 떨어진 것이다.

그러나 합계출산율 2.1명이 무너진 것은 인구학에서도 상당한 의미를 갖는다. 아이가 자라는 도중 사고나 병으로 죽기도 하므로 바로 2.1

명을 현재의 인구수 준이 유지되는 선으로 보기 때문이다. 현재 합계출산율이 1.16명이라는 것은 여자 1명이 평생에 걸쳐 겨우 한 명 정도의 아이를 낳는다는 얘기다.

고령화도 심각한 문제다. 우리나라는 이미 2000년 65세 이상 노인이 전체 인구의 7% 이상을 넘는 '고령화 사회'에 들어섰다. 2018년에는 그 비율이 14%를 넘는 '고령 사회', 2026년에는 20%를 웃도는 '초고령사회'에 진입할 것이라는 게 통계청의 전망이다.

저출산·고령화 사회의 부작용으로는 젊은 노동력이 줄어들게 되면서 성장 둔화가 불가피하다. 현재 5% 안팎인 잠재성장률이 2020년대에는 2%대, 2030년대에는 1%대로 떨어질 것이란 게 한국개발연구원(KDI)의 전망이다. 결국 노인들을 부양하기 위해 젊은층이 지출해야 하는 비용과 의료비 같은 사회보장비도 늘어난다. 2000년에는 생산가능 인구 10명이 노인 1명을 먹여 살렸으나 2020년에는 5명이 1명, 2040년에는 2명이 1명을 부양해야 한다.

출산율이 감소하는 것은 자녀 양육비나 여성의 고용여건 악화도 원인이지만, 보다 근본적인 것은 결혼이나 출산 자체에 대한 가치관의 변화이다. 미혼 여성의 3분의 1 정도가 결혼 후에도 아이를 낳지 않거나 한 명만 갖겠다는 것이 최근 여론조사의 결과다.

정부가 뒤늦게나마 저출산·고령화의 심각성을 깨닫고 아이를 낳으면 3세까지 매달 10만원씩 주는 '아동수당제' 도입을 검토하는 등 대책 마련에 나섰다. 이는 경제적 부담을 덜어주겠다는 의도겠지만, 근본적인 출산 장려 유인책은 될 수 없다.

가족의 소중함을 일깨울 수 있는 사회 분위기 조성은 물론, 직장 여성의 고용환경 개선과 제때 직장을 잡고 결혼해 아이를 낳을 수 있는 일자리 창출, 이민 수용 등 근본 대책이 마련돼야 한다. (2006. 2. 28)

가정 경영

새해가 되면 연례행사처럼 직장인의 소망을 묻는 여론조사 결과가 발표된다. 2006년 초 H기업의 조사에서는 40%가 '가정의 행복'을 최대 소망으로 꼽았다. 20대 젊은 세대도 가족 지향적인 것이기는 마찬가지다. D결혼업체의 조사에서는 20대의 62%가 행복한 삶을 위해 결혼이 필요한 제도라고 응답했다.

기업도 맞벌이 부부가 늘어나면서 가정 문제에 부쩍 관심을 기울이고 있다. 근로자의 가족 문제를 챙겨 경쟁력을 키우겠다는 것이 선진국의 추세다. 미국 기업들이 1960년대부터 사내 탁아소를 설치하며 가족 친화 경영을 시작한 것도 근로자의 창의성과 생산성을 높이기 위한 어쩔 수 없는 선택이었다.

요즘처럼 가정이 위기를 맞이한 때도 없다. 삼성경제연구소가 최근 실시한 여론조사에서 국내 경영자들 가운데 절반가량이 회사 경영보다 가정 꾸리기에서 더 어려움을 느끼고 있다고 대답했다. 그야말로 가족에 대한 급격한 변화와 도전은 가정 경영의 어려움을 가중시키고 있다.

물론 가정 경영은 기업 경영의 차원에서 가정 문제를 바라보자는 개념이다. 가정도 이제 주먹구구식으로 꾸릴 것이 아니라 기업 경영의 원칙과 방법을 적용해 체계적으로 관리해보자는 의도이다. 그런 점에서 아버지는 가정이라는 조직을 이끄는 최고경영자(CEO)로서 책임이 막중하다.

예컨대 남녀가 결혼식을 올리고 아이를 낳는다고 해서 저절로 성공적인 가정이 만들어지는 것이 아니듯, 가족 구성원 간에 분명한 목표와 역할 분담이 있어야 한다는 것이다. 또 목표를 달성했을 때 인센티브가 주어져야 하고 좋은 방향으로 가기 위한 브레인스토밍도 필요하다. 물론 모든 과정에서 사랑과 격려, 신뢰와 배려가 바탕이 된다는 게 일반 기업과 다른 점이다.

가정 경영의 대상은 크게 자녀, 부부, 부모가 중심이 된다. 흔히 가정 경영에서 가장 어려운 것은 자녀 경영이라고 한다. 특히 자녀 교육에선 '원칙'을 세워 실천하는 게 가장 중요하다.

"군자는 손자는 안아주지만 자식은 안아주지 않는 법이다."

<예기>에 나오는 말로 자식 교육의 엄격함을 강조한 말이다.

그리고 최근 급증하는 이혼율은 부부 간의 갈등 대처 능력 부족, 즉 부부경영이 실패하고 있다는 것을 뜻한다. 가정 도산을 막기 위해 평소에 충분히 대비책을 마련하는 것도 가정경영의 성공조건이다.

가정은 사회의 기본 단위다. 가정이 붕괴하면 사회나 국가가 온전할 수 없다. 가정경영의 핵심은 가족의 행복이다. 가족의 행복은 가족에 대한 관심과 사랑 그리고 따뜻한 대화가 선행될 때 가능하다.

'가정의 달' 5월을 맞아 가정 경영이 기업은 물론 사회와 국가 경영의 근간이 된다는 점에서, 우리 모두 가족의 소중함을 다시 한 번 일깨웠으면 하는 바람이다.(2006. 4. 31~2009.5.19)

어린이날

요즘 어린이들은 고달프다. 학교생활 외에도 학원·과외에 시달리는 것은 말할 것도 없고, 부모가 직장에 나간 사이 혼자 집에 남아 게임에 빠지다 보면 인터넷 중독이 되기도 한다.

경제협력개발기구(OECD) 국가 중 어린이 안전사고 사망률 최고라는 통계에서 보듯이, 우리 어린이들은 각종 유해 환경으로 인해 위험에 노출돼 있다. 이 모든 것은 장차 나라를 책임질 어린이들이 안전하게 성장하도록 돌봐야 할 기성세대의 무관심 때문이다.

여든네 번째 어린이날을 맞아 부모와 손잡고 놀이공원을 찾고 전국 곳곳에서 풍성한 잔치가 벌어지겠지만, 그 뒤편은 어둡고 우울한 것이 현실이다. 어린이날이 반갑지 않는 아이들이 많다는 것이다. 함께 놀아줄 부모가 없기 때문이다. 이혼부부 가운데 약 70%가 자녀를 두고 있다. 그들은 어린 나이에 가정 붕괴를 경험하고 일시적 또는 장기적으로 한부모가족에서 자랄 수밖에 없는 환경으로 몰리게 된다.

이혼은 흔히 부부에게 상처를 남긴다. 상대를 원망하고 배신감을 느낀다. 그래서 부부가 서로 미워하는 감정이 자녀들에게 의식적, 무의식적으로 전달된다. 자식이 헤어진 배우자를 미워하고 자기편이 되기를 유도하기 때문이다. 자녀는 이혼 부부의 또 하나의 희생물이 되는 것이다.

여기다가 아동학대가 해마다 큰 폭으로 증가하고, 심지어 성폭행 등 인면수심의 범죄를 어른들이 저지르고 있다. 또 한 해 평균 1만 명의 아이가 버려지고 있다니 이 어린이들이 겪는 심적 갈등과 소외는 이루 말할 수도 없을 것이다.

핵가족화로 맞벌이 부부가 늘어나고 이혼가정이 급증하면서 출산과 육아 문제는 국가 현안으로 급속 이전되고 있다. 우리 어린이들이 미래의 능력 있는 주인공으로 성장할 수 있는 환경을 만들고, 그들이 우리 사회에서 누려야 할 권리를 지켜줘야 할 책임은 정부와 어른들에게 있다.

특히 어린이들을 온전한 인격체로 대할 때 건강하고 올바르게 성장할 수 있다는 점을 어른들은 명심해야 한다. 365일 어느 하루도 어린이들에게 관심의 끈을 놓아서는 안 된다. 어린이날을 맞아 온 가족이 어울려 하루를 즐겁게 보내면서 가족의 소중함을 다시 한 번 확인하는 계기가 되기를 기대한다. (2006. 5. 5)

20년 후의 캠퍼스

'디지털 키드'들이 대학가의 주역으로 등장하면서 대학문화도 예전의 모습은 찾아볼 수가 없다. 탈춤과 풍물, 대자보에서 힙합과 테크노, 컴퓨터게임, 그리고 인터넷으로 그 중심축이 이동했다. 1990년대 초에 전염병처럼 창궐했던 포스트모더니즘 열풍을 기점으로 대학은 저항 공동체로서의 기능이 해체되기 시작했다. 대학가는 취업이 최대 현안으로 등장했고 '나 홀로 잘사는 법'이 신세대 담론으로 인기를 끈다.

이념서적을 읽고 막걸리와 파전으로 밤을 새워가며 시대의 아픔을 토로하던 세대, 학교 공부는 뒤로한 채 최루탄에 맞서 싸웠던 세대, 이들이 바로 암울했던 1980년대의 대학인이었다. 1980년대는 독재·인권탄압에 대한 저항과 민주화를 위한 거대한 공감대가 대학생들 사이에 형성됐지만 지금은 학생운동을 묶어 줄 수 있는 특별한 사회적 이슈도 없이 그야말로 다양함과 새로움의 물결이 넘쳐날 뿐이다.

성균관대 한덕웅 교수가 조사·발표한 '20년간 대학생의 가치관 변화'라는 논문에도 젊은이들의 생각이 '나라의 안전'에서 '개인의 행복'을 중시하는 쪽으로 바뀌었음이 드러났다. 1982년 18개 가치항목 순위에서 2위를 차지했던 '나라의 안전'은 1992년 11위로 떨어진데 이어 2002년에는 17위로 추락했다. 반면에 1992년 4위를 차지했던 '개인의 행복'은 2002년 가장 중요한 가치로 뛰어올랐다. 또한 시대상황에 따른 가치관의 변화가 큰 것으로는 '신나는 생활' '즐거움'에 대한 선호를 들 수 있다. 요즘 대학생들이 공부는 물론 사회문제에 대한 별다른 관심도 없이 너무 소비문화에 젖어있고 자기 자신만 생각한다는 비판을 뒷받침해주고 있다.

일부 대학 총학생회장 선거에서 비운동권이 당선되는 등 대학가에 탈정치화를 넘어 현실주의 바람이 강하게 불고 있다. 특히 취업 특강에는 발 디딜 틈조차 없을 정도로 붐비고 있고, 등록금 동결 등을 요구하는 목소리는 갈수록 커지고 있다. 결국 이러한 현상은 90년대 후반 외환위기 이후 갑자기 늘어난 청년실업자와 30~40대의 조기퇴직 붐은 대학생을 '현실화'의 길로 내몰았다고 볼 수 있다.

더욱이 정보통신기술의 발달로 각종 정치집회 역할을 인터넷의 각종 사이트가 대체하고, 민주화가 상당히 진행돼 대학생들의 정치적 이슈에 대한 관심도 자연스럽게 감소했다. 우리사회의 소모적 보·혁 갈등이 오히려 대학생들을 정치에서 멀어지게 했다고 분석된다.

물론 대학생들의 이같은 변화에 대해 우려하는 목소리가 없는 것은 아니다. 정치 무관심을 뛰어 넘어 '공동선'을 멀리 하는 사회풍토로 확산될 가능성이 있기 때문이다. 대학생들이 기성세대의 인습적인 개인주의나 사회적 부조리에 대한 고민과 비판없이 온통 취업과 개인 취미 추구 등 현실적인 문제에만 신경을 쓰게 될 경우 사회변혁의 원동력을 상실할 수 있다는 것이다.

요즘 젊은이들은 자유분방하고 생기발랄하다. 매사에 당차고 거침이 없다. 그러나 그들은 순간의 재치는 뛰어나지만 논리적 사고와 진중한 고민의 흔적을 찾을 수 없다. 20년 후의 대학 캠퍼스는 과연 어떤 모습일까. (2003. 4. 9~2006. 4. 1)

서한샘과 송성문

요즘 베스트셀러 참고서를 펴낸 송성문씨와 서한샘씨가 화제다. <성문종합영어>의 저자인 송씨는 30년간 우직하게 모은 국보·보물급 문화재 27점을 국립중앙박물관에 기증한 데 이어 최근 전적류 문화재 19건을 추가 기증했다. 또 1980년대 독특한 강의방식과 자신의 이름을 딴 <한샘국어>로 큰 인기를 끈 서씨가 11년간의 '외도'를 접고 학원 강사로 돌아왔다.

1967년에 첫 선을 보인 <성문종합영어>는 70, 80년대에 대학을 다닌 세대에게는 '바이블'과 같은 존재였다. 송씨는 책의 수입금으로 문화재를 구입했다. 귀중한 전적류 문화재가 재생용으로 제지공장에서 양잿물에 씻겨 내려가는 것을 보면서 문화재 구입에 나섰다. 국보급 문화재 1점에 집 한 채 값을 주었던 까닭에 출판사나 저자는 큰 부자는 못된다는 것이 주변의 설명이다.

서씨는 서울 구산동에 '한샘학원'을 설립, '팔자'인 강사로 나섰다. 1991년 서울시 교육위원, 1996년 국회의원에 당선되면서 강의를 접었던 그는 교육전문 케이블방송국이 부도나고, 국회의원 재선에 실패하면서 쓰라린 좌절을 맛보았다. 국어교재를 다시 만들면서 재기에 나선 서씨는 400여개의 프랜차이즈 학원을 거느릴 정도로 명성을 회복했다.

오늘 우리사회의 최대 현안가운데 하나가 고령화문제다. 물론 노인에게는 오래 살 수 있어 행복할 수도 있지만, 사회적으로는 그들의 부양문제를 생각하지 않을 수 없다.

미국의 39대 대통령 지미 카터는 그가 대통령직에서 은퇴한 뒤 오히려 더욱 아름답고 가치 있는 삶의 모범을 우리에게 보여주고 있다. 그는 국내외의 어려운 사람들을 돕거나 교회의 봉사활동에 적극 참여하는 등 노년기를 아름답고 충만한 삶으로 장식하고 있다. 재선에 실패한 뒤 고향으로 돌아온 그에게 100만 달러 이상의 농장 빚이 있었지만, 아직도 자신이 할 일이 남아있다면서 새 일을 찾아 나선 것이다.

현대인은 직장에서 은퇴한 이후 또다시 자신이 일 해온 시간과 만큼 더 살아야 한다. 그래서 젊을 때 노년시절을 위해 준비를 서두르지 않으면 안 된다. 그리고 노년세대는 생활비를 줄이기 위해서라도 건강을 지켜야 한다.

미국 스탠퍼드 대학은 오는 2030년이 되면 선진국 국민의 평균 수명이 100세에 이를 것이라고 밝혔다. 노화 방지 기술과 질병 치료법의 발달로 평균 수명이 크게 늘어날 것이라는 것이다. 청년기보다 훨씬 더 긴 노년기를 보내야 하는 시대를 살아가고 있는 우리다.

송씨와 서씨 모두 인생의 황혼기에 접어들었다. 30여년 만에 '개정판'을 낼 정도로 고집스럽게 <성문종합영어>를 지켜왔던 송씨, 외도를 통해 인생의 쓴맛까지 본 서씨 모두 아름다운 노년을 보내고 있다. 인생은 '공수래공수거(空手來空手去)'라 했던가. 그러나 아름다운 노년, 그것은 오로지 자신에게 달려 있다. (2003. 4. 15)

천재 경영론

천재란 보통사람에 비해 극히 뛰어난 지적능력을 선천적으로 가진 사람이다. 이탈리아의 의학자 체자레 롬브로조는 걸출한 천재 중에는 정신병자나 정신병질환자가 많다면서 '천재 광기설'을 주장했다. 반면에 미국의 심리학자 루이스 터먼은 2세부터 14세까지의 지능지수 140 이상의 아동에 대한 조사를 통해 "천재아는 지능이 높을 뿐 아니라 건강·체격·정서성에서도 보통아 이상이었다."고 보고했다.

재계는 한동안 '천재 경영론'으로 떠들썩했다. 얼마전 '마누라와 자식만 빼고 다 바꾸라.'던 이건희 삼성 회장이 앞으로 전개될 두뇌경쟁의 시대에는 뛰어난 인재, 창조적 인재가 국가경쟁력을 좌우한다면서 빌 게이츠처럼 수만명을 먹여살릴 수 있는 천재를 육성해야 한다고 주장했다.

그러나 구본무 LG회장은 "천재는 조직에서 소외되거나 위화감을 조성할 가능성이 높다."며 "천재보다는 유능한 CEO를 발굴, 육성하는 게 중요하다."고 말했다. 두 회장의 견해에 대해 누구의 말이 옳다거나 그르다는 것을 떠나 인재 육성의 중요성을 강조하고 있음은 분명하다.

어느 조직이건 핵심인재가 있게 마련이다. 그들이 변화를 이끌고 조직문화를 주도하게 된다. 핵심인재가 제 역할을 제대로 수행할 때 그 조직은 살아남게 된다. 그래서 격변하는 환경변화를 주도해나갈 수 있는 인재 양성은 아무리 강조해도 지나침이 없다. 특히 디지털 세상은 거리, 시간, 속도, 대화방식, 매체, 사회성격 등의 변화를 불러 왔다. 그래서 디지털 혁명 시대를 이끌어나갈 인재양성은 모든 조직의 최대 과제라고 할 수 있다. 특히 새로운 지식기반경제 체제에서 중요한 것은 두뇌자원이다.

삼성그룹이 세계적 기업으로 우뚝 설 수 있었던 것은 인재양성을 소홀히 하지 않았기 때문이다. 고 이병철 삼성그룹 회장은 "기업은 사람이다. 나는 내 일생을 통해서 대략 80%는 인재를 모으고 기르고 육성시키는데 시간을 보냈다."면서 인재 제일주의를 강조했다. 역량 있는 인재의 유치와 개발은 장기적으로 기업의 성패를 결정짓는 가장 중요한 요소로 인식되고 있다.

마이크로소프트사의 빌 게이츠 회장은 회사에 꼭 필요한 사람이라고 판단이 되면 면접을 볼 수 있도록 자신의 전용 헬기를 보낼 정도다. 지식정보화시대로 압축되는 21세기 경영의 성패는 효율적인 시스템을 활동해 창조적인 일을 해내는 인재 풀에 달려 있기 때문이다.

우리나라 대기업도 '리크루트 투어'가 일상화되고 있다. 해외 출장 중에서도 인재 확보에 적잖은 시간을 들인다. 최고 기업은 최고 인재가 만든다는 판단에 따른 것이다. 물론 인재 육성 프로그램을 가동하는 것은 우수 인재를 유치하는 것 이상으로 중요하다.

인재전쟁에서 이기는 길은 누가 더 많은 슈퍼 브레인을 육성하느냐에 성패가 달려 있다. 그리고 핵심인재 양성에 있어 중요한 것은 가능성 있는 인재의 발굴과 그에게 보내는 무한한 신뢰이다. 이들이 중간에 실패를 하더라도 끝까지 믿어주는 것이다. 실패를 거울삼아 새로운 도전을 하게 하는 전략이다. 일부 대기업이 전직 임원들의 투서로 세무조사를 받는 등 총수의 '황제 경영' 논란이 일어나는 것도 결국 인재관리에 실패했기 때문이다. (2003. 6. 26~2006. 4. 12)

초등생 자살

가상공간의 '또 다른 나' 아바타. 요즘 사이버공간에서 사용자의 역할을 대신하는 애니메이션 캐릭터 아바타에 청소년들이 빠져들고 있다. 실제 자신의 사진을 유료사이트에 올려 각종 명품과 엽기 스타일의 액세서리 등으로 치장하는 등 실생활에서 한번쯤 해보고 싶은 욕구를 '가상의 나'인 아바타를 통해 해결하고 있는 것이다. 그래서 뚜렷하게 돈벌이가 되지 않던 인터넷사업에서 아바타는 그야말로 '황금알을 낳는 거위'가 됐다.

달마다 20만원 넘게 이용 요금을 물 정도로 인터넷 게임에 몰두했던 11살의 초등학생이 어머니의 꾸중을 듣고 스스로 목숨을 끊는 사건이 발생했다. 평소 친구들과 놀기보다는 혼자 컴퓨터로 시간을 보내는 것을 좋아하던 이 학생은 그 동안 아바타 아이템을 구입하는데 170만원을 썼다. 콘텐츠 제공업체는 '060 서비스'를 이용하거나 부모의 주민등록 번호만 알려주면 아바타 아이템을 쉽게 구입할 수 있도록 하고 있으며, 아바타 경연대회 등을 개최하는 방식으로 구매를 부추기고 있다.

게임의 세계가 워낙 흥미진진하다 보니 자녀들은 쉽게 중독에서 헤어나지 못한다. 최근 정보통신부와 한국정보문화진흥원이 전국 초·중·고생 2781명을 대상으로 조사한 결과 초등학생의 5%, 중·고등학생의 4.2%가 정상적인 생활이 어려울 정도로 인터넷 중독에 빠져 있는 것으로 나타났다.

인터넷 중독증은 마약이나 알코올 중독증에 비교할 만큼 사회에 미치는 파장이 크다. 이는 게임에 탐닉한 나머지 편집증과 정신분열적 망상에 이르러 가상공간과 현실을 혼동하는 것이다.

인터넷은 이제 우리 생활에서 뗄 수 없는 존재가 됐다. 모든 것을 인터넷에만 의존하려는 사고방식이 인터넷 중독증의 시작이 될 수 있다. 인터넷은 어떻게 사용하느냐에 따라 약이 될 수도, 아니면 독이 될 수도 있다. 청소년들이 게임 중독으로 정서적 이상증후군을 앓거나 극단적으로 목숨까지 잃는 불행한 사고를 방지하기 위해서는 무엇보다 부모나 교사 등 주변의 사람들의 적극적 관심이 무엇보다 중요하다. 특히 자녀들과 자주 대화를 가지면서 하루 중 컴퓨터 사용시간을 정하거나 인터넷은 공부를 위해 사용한다는 원칙을 세우고 이를 지키는지 관심을 가질 필요가 있다.

우리나라도 정보통신(IT)강국의 위상을 지켜나가기 위해 정보화 역기능 해소에 적극 관심을 가져야 할 때다. 최근 들어서는 인터넷 등기소 서류 위변조 가능성 등이 제기되면서 우리 전자정부의 허점이 드러나고 국민의 불신을 사게 됐다. 그뿐만 아니다. 해킹, 컴퓨터 바이러스 유포, 개인정보 침해, 불법 스팸 메일이 넘쳐나고 있다.

정보화 역기능 가운데 하나가 어린 청소년들을 병들게 하는 인터넷 중독이다. 요즘 젊은 맞벌이 부부들은 아이들의 인터넷게임 중독과 밤낮없이 날아드는 음란성 스팸메일 때문에 잠을 설치고 있다. 또 다른 청소년의 자살을 막기 위해서라도 어른들이 건전한 인터넷문화를 정착시키기 위해 앞장서고, 특히 온갖 상술로 어린 영혼을 좀먹는 불량 콘텐츠 업체에 대한 단속 등 범정부적 차원의 대책이 시급한 시점이다. (2003. 6. 27)

체벌

"애들 전체가 떠들었는데 한 애만 골라서 때리고, 따귀 때리고, 걔가
화나서 '아이씨' 그러니까 끌고 나가고…."

"도저히 못 참아서요. 억울하니깐."

성남의 한 치안센터를 찾은 아이들은 방송과의 인터뷰에서도 분을
삭이지 못했다. 담임교사가 '부당하게 체벌한다.'며 15명이 집단으로
몰려가 신고를 한 것이다. 학생들의 예상치 못한 행동에 경찰은 적이
당황했고, 학교도 "수업시간에 한 아이가 책을 펴지 않아 담임선생이
이를 나무라는 과정에서 만들어진 오해로 밝혀졌다."고 해명했다.

체벌에 대한 논란은 어제오늘의 문제가 아니다. 플라톤이 "체벌은
사람을 일깨우는 효과가 있다."고 주장하는 등 그리스·로마시대에도
체벌 논쟁은 있었다. 그러나 체벌의 교육적 효과보다는 아동인권 보호
차원에서 학교 체벌을 금지하는 나라가 늘고 있다.

교육인적자원부에 따르면 우리나라 초·중·고교 10곳 가운데 6곳
이상이 학생 체벌을 인정하고 있지만, 체벌을 불허하는 학교도 2003년
27.7%에서 2004년 35.9%로 증가했다.

요즘은 대부분의 가정이 한두 명의 자녀밖에 두지 않고, 자녀를 때려
서 가르치는 부모도 거의 없다. 체벌은 시대에 맞게 민주적이고 학생들

이 납득할만한 방식으로 바뀌어야 할 때가 됐다.

그런데 아직도 교실마다 "차렷! 선생님께 경례!"라고 구령을 외치는 군대식 인사법이 통용되고 있다. 교육부와 국가인권위원회가 여러 차례 '두발 자율화'를 권고하는데도 대부분의 일선학교가 꿈쩍도 하지 않고 있다. 요즘 두발 통제에 대한 항의 시위가 벌어지듯이 군대식 학교 운영방식에 대한 집단반발도 크다.

이제 학교가 단순히 입시와 지식전달을 위한 협소한 장소가 아니라 민주주의를 몸소 배우고, 민주공화국 예비 시민으로서의 자질과 덕성을 갖추어 나가는 넉넉하고도 열린 공간으로 바뀌어야한다. 그래서 학생의 인권이 보장되고, 교사와 학생 사이에 자유스러운 소통 문화가 형성돼야 한다.

요즘 아이들은 충동적이다. 부모나 교사의 꾸중에도 반발하기 일쑤다. 초등학생들의 집단행동도 달라진 아이들의 행태를 잘 대변하고 있다. 결국 아이들의 생각이 달라진 만큼 교육방법도 달라져야 할 때가 됐다.

그동안 체벌이 가장 손쉽고 효율적인 통제수단으로 남용돼 온 것이 사실이다. 체벌은 불가피한 경우에 한정돼야 하며, 순수 한 교육자적 양심에 따라 이뤄져야 한다는 것이다. 그리고 교사와 학생 간의 신뢰가 무너진 열악한 교육환경을 타개해나가야 할 몫도 역시 교사의 양 어깨에 놓여 있는 만큼 매 없는 교단문화를 만들어가는 데 소홀히 해서는 안 될 것이다.

대법원이 최근 제시한 체벌 관련 가이드라인, 즉 '이유를 알리지 않고 매를 드는 교사의 감정적 행위' '낯선 사람이 보는 데서 공개적으로 모욕 줄 때' '학생이 못 견딜 모욕감'을 수반하는 체벌은 삼가야 된다는 점을 교사들은 이참에 다시 한 번 명심해야 할 것이다. (2004. 10. 17~2006. 4. 22)

곡학아세

중국의 한나라 황제 경제(景帝)는 즉위 후 천하의 어진 선비를 찾다가 주변 반대를 무릅쓰고 원고생(轅固生)이라는 학자를 등용한다. 그는 90세의 고령이었으나 직언을 잘하는 대쪽같은 선비로도 유명했다.

그는 자신을 늙은이라고 깔보는 등 엉큼하고 비열한 재상 공손홍(公孫弘)에게 "결코 자신이 믿는 학설을 굽히어 이 세상 속물들에게 아첨하는 일이 있어서는 안 되네(無曲學以阿世)."라고 충고했다. 공손홍은 절조를 굽히지 않는 고매한 인격에 감동해 원고생의 제자가 됐다.

헌법재판소의 수도이전 위헌 판결을 맹비난하는 등 노무현 정부에 우호적인 글을 써온 도올 김용옥(중앙대 석좌교수)씨가 신동아 1990년 1월호에 실린 노태우 대통령에 대한 예찬 논조의 글 때문에 곤욕을 치렀다. '곡학아세', 즉 자기가 배운 것을 올바르게 펴지 못하고 그것을 굽혀가면서 세속에 아부하고 있다는 것이다.

인터넷 미디어를 통해 확산되고 있는 이 기고문에서 도올은 "나는 나의 아내를 사랑한다. 그런데 나는 이 순간 노태우를 더 사랑한다.", "모차르트의 오페라 연주를 바라보는 살리에르처럼 저는 위대한 당신을 바라보았다."고 노골적으로 예찬했다. 물론 몇 달 뒤 "노는 이미 이 나라 대통령이 아니다. 노에 대한 지지도가 10% 미만이라면, 그는 완벽하게 리더십을 상실한 것"이라고 비판하는 등 등을 돌리고 만다.

네티즌들의 반응은 차갑다. 도올을 '곡학아세의 대표적 인물'로 보는 이들도 있다. 물론 당시 정치적 상황을 고려해야 한다는 이들도 있지만, 노태우 정권이 5공의 연장선상에 있다는 점에서 도올의 '노비어천가'는 그가 자랑하는 철학자의 양심과는 거리가 멀다는 지적이다.

지식인은 역사·사회적 생산물인 사상·이론을 포함한 지식을 생산하고 유통시키는 역할을 담당해왔다. 그래서 때론 지배계급의 이데올로기 생산을 맡았고, 부르주아 지배질서를 정당화시키기도 했다.

그렇지만 지금은 지식의 생산기지 역할을 해온 학자들의 역할이 축소되고 네티즌 등 개인 중심의 새로운 물결이 지식사회를 지배하고 있다. 그것은 거대담론이 힘을 잃고 미세하고 현장 중심의 시민사회가 오고 있기 때문이다.

또 최근 논란이 되고 있는 지식의 위기는 권력과 야합하면서 자초한 측면이 없지 않다. 한국의 지식사회가 죽었다는 것도 여기에 근거한다. 특히 1980년대에 배출된 진보성향 학자들이 참여정부 들어 권력과 결탁하면서 지식인 사회 황폐화를 촉진했다. 물론 제도권 지식인들의 무능과 나태도 많은 문제가 있지만 진보적 지식인의 낙후성과 폐쇄성이 도마에 올랐다.

이제 지식인들이 정치권력과 불가근불가원을 유지하며 배우고, 가르치고, 연구하는 자신들의 본령으로 돌아가는 것은 물론, 이념과 무관한 진리 추구라는 공통분모를 유지·확대하는 지식공동체를 가꿔가야 할 때다. '곡학아세'의 지식인이 더 이상 나와서는 안 될 것이다. (2004. 11. 30~2006. 5. 7)

사학법과 교육논리

우리나라는 개인이나 공공단체가 학교법인을 설립해 교육 사업을 할 수 있다. 다만 학교 경영은 일반 기업과는 달리 공익성 때문에 교육 당국의 지시와 감독을 받아야 한다. 그러나 개정 사립학교법(사학법)이 논란을 빚는 것은 학교법인의 학교 경영 의사결정 구조의 근간인 이사 선임권을 제한하면서 헌법에서 보장된 재산권을 크게 훼손하고 있는 점 때문이다.

정부와 여당이 한나라당과 사립학교의 반대에도 전교조 등 사회단체를 등에 업고 사학법 개정에 나선 배경에는 학교 운영의 투명성을 제고하고 사학재단의 독주를 막겠다는데 목적이 있다. 그러나 보수단체나 사학에서는 이념적 교직단체인 전교조가 개방형이사를 장악하고 학교 경영에 일일이 간섭하면서 그동안 실시해온 좌편향적 이념 교육을 더욱 강화되고, 학교 구성원 간의 갈등도 심화될 것으로 보고 있다.

여기다가 개정 사학법에 대한 위헌 시비도 끊이질 않고 있다. 헌법상 기본권인 재산권의 본질적 내용을 훼손하고, 사학의 자율성을 과도하게 침해하고 있다는 것이다. 이런 점에서 학내 문제로 파행 운영되는 사학법인에 교육부가 파견한 임시이사가 기존 이사들과의 협의없이 정이사를 선임해 학교법인의 지배구조를 바꿀 수 없다는 서울고법 민사5부의 판결은 학교법인의 헌법상 기본권과 자율권을 다시 한 번 확인했다는 점에서 큰 의미가 있다.

이번에 문제가 된 상지대 사태는 1992년 김문기 전 이사장이 학교 돈으로 부동산 투기를 하고 교비를 횡령하는 등 학교를 파행적으로 운영했다며 교수와 학생들이 그의 퇴진을 요구하면서 불거졌다. 그 후 관선이사가 재단에 파견돼 학교 경영권을 접수했고, 대법원에서 무죄 판결을 받은 김 전 이사장은 재단 소유권을 돌려줄 것을 요구했다.

재판부가 김 전 이사장의 손을 들어줌에 따라 설립자나 기존 이사들의 의사와 상관없이 전체 이사 수의 4분의 1을 개방형 이사로 강제하는 것을 골자로 하는 개정 사학법의 재개정에도 영향을 줄 것으로 보인다. 대법원의 최종 판단이 남아 있지만, 정치권이 사학의 재산권과 학교 운영권을 침해하는 위헌적 독소 조항이 있다면 사학법의 재개정을 통해 그것을 제거해야 할 것이다.

2005년 한국교육통계연보에 따르면 중학교의 22.4%, 고등학교의 44.8%, 전문대학의 91.1%, 대학의 84.9%가 사학이며, 중학생의 18.9%, 고등학생의 49.3%, 전문대학생의 95.7%, 대학생의 78.4%가 사립학교 재학생이다.

그동안 사학이 제 역할을 다하지 못한 측면이 있지만 사학이 건학이념과 교육철학을 살려가면서 창의적인 교육을 실시할 수 있도록 학생 선발권과 교육과정 편성권을 비롯한 학교행정의 자율권을 보장하는 것이 세계적인 추세다. 자율과 책임의 두 수레바퀴가 정상적으로 돌아갈 때 교육의 목표가 달성될 수 있다는 것이다.

이제 정치권은 사학에 대해 부정적 측면만을 부각시킬 것이 아니라 미래의 국가 동량인 인재를 키워나가는 데 힘을 북돋워줄 필요가 있다고 본다. 그러기 위해서는 교육 문제는 정치논리가 아닌 교육논리로 해결해야 한다는 것을 잊어서는 안 될 것이다.(2006. 2. 16)

본고사형 논술

논술고사는 '제시된 주제에 관해 필자의 의견이나 생각을 논리적으로 서술하도록 하는 시험'이다. 그러나 각 대학이 신입생을 선발할 때 수능이 변별력이 없다며 논술을 본고사나 다름없이 어렵게 출제하면서 교육인적자원부와 갈등을 빚고 있다.

교육부는 논술고사가 학력고사로 변질될 경우 공교육 정상화에 역행한다는 점에서 '논술 가이드라인'을 각 대학에 내려 보냈다. 그러나 일부 대학이 제한된 범위에서 정답을 구하는 형태로 특정 교과의 지식을 평가하는 문제들을 출제했다고 문제를 삼았다. 특히 일부 대학은 논술에서 풀이 과정을 요구하는 수리논술 문제를 출제하거나 인성·적성 검사를 실시한 대학도 영어나 한문 등 외국어 능력을 측정하는 문제, 수학과 관련된 풀이문제, 맞춤법, 사자성어 등 단순 지식을 측정하는 선다형 문제를 냈다는 것이다.

대입 논술고사의 난이도를 놓고 또다시 논란이 일고 있는 것은 참으로 안타까운 일이다. 논술 내용을 놓고 벌이는 교육부와 대학 간의 줄다리기로 피해를 보는 것은 수험생이기 때문이다.

우선 논술 비중을 높여 놓고 가이드라인만 제시한 채 수험생의 혼란 방지를 위해 끝까지 대학을 지도·감독하지 않은 교육부에 일차적 책임이 있다. '논술 소동'은 이미 2005년에도 발생해 큰 혼란을 빚었는데도 교육부는 보완책을 세우지 않은 채 대학에 일임한 상태였다. 그러고는 "논술 가이드라인을 지키지 않는 대학에 행·재정적 제재를 가하겠다."는 엄포만 놓더니, 정작 본고사형 논술고사를 실시한 대학을 적발한 후에는 하나마나한 '개선 요구'로 한발 물러서고 말았다. 결국 교육부가 논술 혼란을 수습하려는 의지가 있는지 의심받게 되는 것이다.

논술은 학생들에게 종합적 사고력을 증진시키는데 일차적 교육 목표가 있다. 이 시대 가장 필요한 덕목인 창의성을 길러주자는 것이다. 그래서 교육 현장에서 입시 위주의 암기식 교육을 지양하고 독서와 작문교육을 강화하고 토론식 수업을 장려하여 종합적 사고력, 즉 이해력·분석력·적용력·비판력·창의력·통합력 등을 계발하도록 한다는 그 뜻이 있다. 그러나 대학들은 우수 학생을 가려내기 위해 논술시험의 난이도를 크게 높이면서 수험생들에게 상당한 혼란을 주고 있다.

그렇다고 논술은 하루아침에 얼렁뚱땅 익힐 수 있는 과목은 아니다. 프랑스와 같은 선진국처럼 초등학교부터 독자적으로 사고하는 능력과 이를 가장 적절하게 표현하는 방법을 일상적으로 훈련받을 필요가 있다. 수험생들은 당장 그렇게 하지 못한다고 하더라도 평소에 독서를 통해 세상을 보는 안목을 기르고, 창의성이나 비판능력을 키우는 등 차근히 논술에 대비할 필요가 있다.

대학은 내신 성적 신뢰도가 추락하고 수능 변별력이 점점 떨어지고 있기 때문에 논술을 어렵게 출제할 수밖에 없다고 주장한다. 물론 학생 선발권을 궁극적으로 대학에 돌려줘야 하지만, 당장 당국과 대학 간의 갈등으로 피해를 보는 것은 수험생들이다. 우선 일선 고교에서 논술 지도에 애를 먹고 있고, 학생들은 사설 학원을 찾고 있다. 교육부는 수험생의 혼란이 없도록 대학 감독권을 강화해야 한다. (2006. 2. 23)

애환의 졸업장

올해도 졸업식장에는 화제가 만발했다. 가난으로 학업을 중단했던 70대 할머니의 늦깎이 대학 졸업은 물론, '금혼 학칙'으로 대학을 떠났다가 학칙개정에 따라 재입학해 40년 만에 학사모를 쓴 '회한의 졸업', 물에 빠진 초등학생을 구한 뒤 목숨을 잃은 천상의 아들을 대신해 아버지가 받은 명예졸업장 등 가슴 저린 사연도 많았다.

그러나 가정형편 때문에 수업료를 내지 못해 졸업장을 못 받은 안타까운 이야기도 들린다. 서울시내의 고등학교별로 10명 정도가 나중에라도 수업료를 낸 뒤 '애환의 졸업장'을 받아야 하는 딱한 처지에 놓여 있다. 여기다가 경기도 교육청은 "학교장은 수업료 징수기일 경과 후 체납이 2월 이후 된 자에 대하여는 출석 정지 처분을 할 수 있다."는 조례안까지 제정했다. 수업료나 입학금을 내지 못할 경우 두 달간 출석을 정지할 수 있다는 교육인적자원부 훈령에 근거한 것이다. 교육부나 교육청은 물론 각 급 학교까지 나서 학생들에게 돈이 없으면 학교에 나오지 말라고 강요하고 있는 셈이다.

참여정부 들어 더욱 벌어진 양극화는 교육계도 예외는 아니다. 부유층 자녀는 외국 유학까지 가고 있지만 가정 형편 때문에 학교조차 다닐 수 없을 정도로 딱한 처지에 놓인 아이들도 많다. 2004년 교육부의 국감자료에 따르면 172만 명의 고교생 중 수업료를 내지 못한 학생이

6.1%인 10만 4672명에 달한다. 또 학원비나 과외비가 소득 상위 20%인 고소득층(23만 원)과 하위 20% 저소득층(3만 5500원) 간에 6.5배나 차이가 날 정도로 교육의 불평등, 즉 '빈익빈 부익부' 현상은 나날이 심화하고 있다.

교육부는 최근 2005년 1조 3000억원을 시작으로 2010년까지 총 8조원의 정부 재정을 낙후지역과 저소득층, 소외계층의 교육격차 해소 등을 위해 투입하겠다고 발표했다. 특히 교육양극화 해소를 위해 취학 전 어린이에 대해서는 유아교육비 무상지원을 확대하고 초중고 단계에서는 방과 후 학교를 운영하겠다는 것이다.

그러나 양극화 해소는 '평등주의'나 하향평준화가 아니다. 2008학년도부터 대입 수능시험을 등급제로 바꿔 전국 1등부터 2만 4000등까지 같은 점수를 주기로 한 것이나, 엄연히 존재하는 학교 간 학력차를 무시하고 본고사도 금지하는 등의 현행 입시정책은 교육 양극화 해소와는 거리가 멀다. 더구나 이런 정책은 사교육비를 줄이지도, 저소득층의 교육기회를 넓혀 주지 못한다. 결국 공교육이 정상화돼 저소득층 자녀들도 재능과 잠재력을 최대한 개발할 수 있도록 제도화해야 한다. 학교가 열심히 가르쳐서 가난의 세습을 막는 수밖에 없다.

한국교육개발원에 따르면 초·중·고교생의 해외 유학이 1998년에 1562명에 불과했지만 2004년에는 1만 6446명으로, 6년 동안 무려 10배 이상이나 늘어났다. 교육의 양극화가 국내를 벗어나 외국으로까지 그 무대를 넓혀가고 있는 셈이다.

조령모개식의 교육정책에 대한 불신과 공교육의 부실 탓이다. 결국 공교육이 정상화되지 않는다면 정부가 입버릇처럼 외치는 교육의 양극화 해소도 공염불이 될 것이고, 등록금 때문에 졸업장을 받지 못하는 딱한 청소년들도 사라지지 않을 것이다. (2006. 3. 4)

교육 양극화

한국 사회의 교육열이 유달리 높은 것은 신분 중심 사회였던 조선 시대까지 거슬러 올라간다. 양반과 평민, 특히 사농공상의 위계질서가 철저했던 조선 시대 평민들은 늘 신분 상승을 꿈꾸며 살았다. 그래서 혼란기에는 돈으로 양반의 신분을 샀던 것이다.

그러다가 광복 이후 학벌을 통한 신분 상승이 가능한 사회로 바뀌면서, 자녀의 입신출세를 위해 부모들의 머릿속에는 '맹모삼천지교(孟母三遷之敎)'란 말이 떠나지 않았다. 그래서 좋은 학교가 있는 지역의 집값은 폭등하고, 가계 지출에서 사교육비 비중은 점점 높아졌다. 2005년 서울대 진학률 1, 2, 3위를 차지한 서울의 강남·서초·송파구의 집값이 8·31 부동산종합대책에도 불구하고 고공행진을 거듭하는 것은 집값과 교육 열풍이 무관하지 않다는 사실을 증명한다.

정부는 요즘 '양극화 해소'에 사활을 걸고 있다. 그래서 교육 평준화 정책도 더욱 강화되고 있다. 이러한 상황에서 2005년 말 "현재 시범운영 중인 자사고 6개를 20개 정도로 확대할 필요가 있다."고 말하는 등 자립형 사립고 확대론자였던 김진표 교육부총리도 소신을 접지 않을 수 없게 됐다. 결국 민족사관고 등 자사고 때리기에 나선 것이다. 당장 해당 학교는 김 부총리가 사실을 왜곡하고 있다며 반발했다.

오늘 우리나라 교육정책은 그야말로 조령모개식이다. 그것은 이념의 잣대나 정치 논리로 접근하고 있기 때문이다. 대표적 사례가 실업계 고교를 놓고 벌어진 혼선이다. 정동영 열린우리당 의장이 실업계 고등학교 방문을 계기로 '교육 양극화 해소'를 정치 구호로 내걸면서 실업계 고교 졸업생의 대학입학 정원 외 특별전형 비율을 놓고 거의 한달 동안 논란을 거듭했다.

결국 당초 정원의 10%에서 5%만 확대하는 방향으로 고등 교육법 시행령을 개정하기로 결론이 났지만, 실제로 현재 3%인 실업고 출신 특별전형 비율마저 대학들이 채우지 못하고 있는 현실을 두고 볼 때 거의 실현 불가능한 정책이다.

산업기술인력 양성이라는 실업고 설립 취지를 살리기 위해서는 오히려 노후 실험실습 기자재 대체 등 실업고의 충실한 교육 여건 조성에 힘을 쏟는 것이 바람직하다는 지적이다.

서울지역의 학군을 현재의 11개에서 5~7개로 광역화해 서울 강남의 집값을 잡겠다는 발상도 그렇다. 현행 평준화 체제 아래서 학교 선택권을 다소 넓히는 대안이 될 수 있지만, 반면에 강남 거주 학생들은 가까운 학교를 놔두고 강북 학교로 배정받는 불이익을 당할 수 있기 때문이다. 강남에 배정된 강북 학생들이 통학 때문에 강남으로 대거 이주하려 하면 오히려 강남 집값이 뛸 가능성도 있다. 결국 정부·여당의 좌충우돌식 교육 정책 때문에 피멍이 드는 것은 우리 학생들이다.

지금 세계는 무한경쟁 시대로 접어들었다. 그래서 지식기반 사회에서는 우수한 인적자원 육성만큼 중요한 것이 없다. 교육정책이 '양극화 해소'나 '평등주의' 등 정치논리에 빠져 더 이상 오락가락해서는 안 된다. 지금은 장기적 안목에서 학교교육의 목표를 분명히 설정하고, 그것을 위해 국가 역량을 결집해야 할 때다. (2006. 3. 25)

천재 교육

현대사회의 특징은 정보화, 세계화, 다원화로 요약할 수 있다. 특히 기존의 가치체계가 붕괴되면서 전통적인 학습 방법에도 큰 변화가 요구되고 있다. 그러나 학교 교육이 시대 흐름을 따라잡지 못하면서 그 한계를 여실히 드러내고 있다. 미국 공립고교 입학생의 30%가 졸업을 못하고 중도에 탈락한다는 소식이다. 2005년 10월과 2006년 1월 치러진 토익 시험에서 중·고교생으로 990점 만점을 받아 화제가 된 광주의 두 형제도 잇달아 학교를 그만뒀다. 획일적 교과과정과 진학 위주의 수업이 가져온 폐단이다.

부산 과학영재고등학교의 영재교육은 모범사례로 꼽힌다. 3학년 학생들이 2005년 1·2학기 수시에서 서울대에 24명, KAIST 117명, 포항공대 16명이 합격했고 프린스턴과 스탠퍼드 등 미국 대학에도 7명이 입학허가를 받아냈다고 한다. 첫 졸업생이 될 137명 전원이 국내외 명문대에 합격한 것이다.

이 학교는 수학·과학 분야에 특별한 재능을 가진 학생들을 전국에서 선발한 뒤 일반 고교에서 배우는 공통교육과정은 1학년 때 모두 끝낸다. 7개 기초과목은 아예 시험에서 일정 점수만 따면 과목을 이수한 것으로 인정해 준다. 그리고 KAIST와 포항공대 등 대학에서 정식학점으로 인정해 주는 '심화선택(AP)과목'을 개설해 대학 졸업에 필요한 학점(145학점)의 27%를 고교에서 미리 따는 것이다.

주말이나 방학 때는 서울대·포항공대 등의 교수들로부터 배우며 직접 연구 프로젝트를 진행하는 R&E(Research & Education) 프로그램도 84개를 운영하고 있다. 3~4명이 한 팀을 이뤄 1년 동안 함께 연구를 진행한 뒤 논문으로 발표한다. 결국 부산 과학영재고는 우수한 학생들을 선발해 차별화된 교육으로 큰 성과를 거두고 있는 셈이다.

3개월만에 6년 과정의 초등학교를 졸업하면서 초등교육법 규정에 어긋난다는 교육부와 법적 다툼까지 벌여야 했던 8세 신동 송유근군의 경우도 마찬가지다. 송군은 고입·대입검정고시 합격, 인하대 합격 등 1년이 안 되는 단기간에 놀라운 성취를 보였다. 송군이 학교 규정에 묶이게 됐다면 이런 능력이 개발됐을지는 의문이다.

중국 춘추시대 제자백가서의 하나인 <관자>에는 "일 년 계획은 곡식을 심는 것만 한 것이 없고, 십 년 계획은 나무를 심는 것만 한 것이 없고, 평생 계획은 사람을 키우는 것만 한 것이 없다(一年之計 莫如樹穀, 十年之計 莫如樹木, 終身之計 莫如樹人)."는 기록이 나온다. 마이크로소프트의 빌 게이츠 회장도 2005년 주지사들 앞에서 "망가진 미국 공교육을 살리지 않고, 많은 고교생이 외면하는 수학·과학 교육을 강화하지 않고서는 중국과 인도를 상대하기 어렵다."고 강조했다.

지금은 핵심 인재 양성의 중요성이 어느 때보다 강조되고 있다. 선진국은 영재의 조기 발굴과 육성, 더 나아가 고급 두뇌 자원의 관리와 활용에 상당한 투자를 하고 있다. 그러나 우리의 교육 현실은 아직도 획일적 평등주의에서 벗어나지 못하고 있다. 이제 다양한 인재를 발굴해 국가의 동량으로 키우기 위해 교과과정과 수업 방법 등 전면적인 교육 개혁이 필요한 시점이다. (2006. 4. 14)

스승의 날

"……다음 세대의 주인공들을 교육하는 숭고한 사명을 담당한 선생님들의 노고를 바로 인식하고 존경하는 기풍을 길러 혼탁한 사회를 정화하는 윤리 운동에 도움이 되고자 이 '스승의 날'을 정한다."

충남 강경여고 청소년적십자(RCY) 단원들이 1958년부터 와병 중이거나 퇴직한 교사들을 위문해온 전통을 살리고 '스승의 은혜'를 되새기기 위해 RCY 중앙회가 1964년 '스승의 날'을 제정하면서 발표한 결의문의 일부다.

서울지역 초중고교장협의회가 해마다 선물이나 촌지 수수 문제를 부각시키는 사회여론 때문에 아예 '스승의 날'에 자율휴업하기로 결정했다고 한다. 물론 2005년부터 일부 학교에서 시행했으나, 2006년에는 교장협의회의 결정에 따라 이미 2월 수업계획을 세울 때 이를 반영했다.

교사들은 항상 교직에 대한 보람과 긍지를 느끼면서 살아간다. 그리고 우리사회에 교권 존중의 풍토가 조성되기 위해 단순히 스승의 날에 학교 문을 닫는 것으로만 해결될 수는 없다. 물론 해마다 이때만 되면 촌지 문제가 부각되면서 교권이 추락하는 것을 목격해왔던 교육계가 아예 휴교 조처를 내릴 수밖에 없었던 사정은 충분히 이해할 만하다.

그러나 학교 문을 닫아거는 것이 합리적이거나 바람직한 모습으로 비치지는 않는다. 오히려 스승의 날 본연의 취지를 살리고 사제의 정을 돈독히 할 수 있는 행사는 어떤 것이 있는지 등을 진지하게 논의할 필요가 있다.

예부터 제자는 스승의 그림자도 밟지 말아야 한다는 말이 있다. 또 "임금과 스승과 아버지의 은혜는 다 같다(君師父一體)."고 말할 정도로 스승은 존경의 대상이었다. 우리 사회가 점점 개인주의가 득세하면서 남을 존경하는 풍토가 사라지고 있다. 덕과 학문, 예능을 고루 갖춘 신사임당과 같은 사표(師表)가 사라지게 된다는 것은 우리 사회의 비극이다.

한국교총이 최근 발표한 교권 침해 사례에서 보듯이, 학부모가 교사에게 폭언·협박하고 심지어 아이들 앞에서 손찌검하는 추태가 교육 현장에서 일어나고 있다. 교육의 한 축인 교권이 무너져 내린 상황에서 교육 정상화는 불가능하다.

이제 '스승의 날'의 취지를 살려 '혼탁한 사회를 정화하는 윤리 운동에 도움이' 되기 위해서는 교사 스스로 교권 회복에 나서야 한다. 중국 북송의 정치가인 사마광은 <자치통감>에서 "경서를 가르치는 스승은 만나기 쉽고, 사람을 인도하는 스승은 만나기 어렵다."고 말했다. 그러려면 인성교육에 더 많은 관심을 가져야 한다. 참스승상은 일류학교에 많은 제자를 보낸다고 세워지는 것이 아니다. 참된 인격자로 가르칠 때라야 참스승을 찾는 제자들이 늘어날 것이다.

교사 스스로 존경받는 풍토를 만들어나가는 것도 물론 중요하다. 그러기 위해서는 교사들의 자정 노력과 시대흐름에 맞는 교사상도 정립해나가야 한다. (2006. 4. 18)

교원 성과급

교육인적자원부가 2002년부터 시행해온 교원 성과급 제도를 대폭 개선해 우수 교원에게 더 많은 성과급을 주는 방안을 추진하겠다는 것은 시의적절한 조치로 보인다. 전교조가 그동안 성과급 반납 투쟁을 벌이는 바람에 소신 없는 교육부가 눈치를 보느라 유명무실하게 운용돼 온 이 제도가 본래 취지를 살릴 수 있게 됐다니 그나마 다행이다.

교육부가 "일반직 공무원과의 형평을 감안해 교원 성과급의 차등 지급 폭을 넓히라."는 중앙인사위원회의 지적을 받고 한국교총과 전교조에 의견을 내달라는 공문을 보냈더니 두 단체가 한목소리로 반대하고 나섰다고 한다. 이 단체들은 교직 사회의 갈등 우려라는 그럴 듯한 명분을 내세웠지만, 이는 '철밥통'을 끝까지 지키겠다는 의도나 다름없다.

성과급 제도는 경쟁사회에서 살아남기 위해 대부분 직장에서 채택되고 있는 제도다. 최근 출범한 자유교원조합이 창립선언문에서 교원 자질 향상을 위해 "전체 교원 40만명 중 4만명 정도는 억대 연봉을 받으면서 일할 수 있는 여건 조성이 필요하다."고 주장한 것을 새겨들을 필요가 있다.

선의의 경쟁을 통해 구성원들의 자질을 향상시키는 데 기본 취지가 있는 성과급 제도는 교직사회라고 해서 예외가 될 수 없다. 또 교육 경쟁력을 높이기 위해 교사 평가제를 확대하고 능력에 따라 급여를 차등 지급하는 것은 세계적 추세다.

　교육부는 더 이상 교원단체의 눈치를 살필 것이 아니라 성과급의 차등 폭을 넓혀야 한다. 경쟁의 무풍지대인 교단에 변화의 바람을 불러일으키고 공교육의 신뢰를 회복할 수 있는 교원 평가제 도입도 주저해서는 안 될 것이다.(2006. 5. 7)

한총련

한총련 등 남측 대학생과 북측 대학생 대표가 오늘부터 금강산에서 열리는 '남북 대학생 대표자 회의'에서 채택할 공동결의문 초안에 '반통일 호전세력 청산' 등 북측의 주장을 그대로 담아 논란이 일고 있다. 더구나 평택 미군기지 반대시위를 주도하고 있는 한총련이 또다시 정부의 승인 아래 이 같은 반미·친북 논리를 천명한다는 점에서 참으로 우려스러운 일이다. 우리는 이 시점에서 1997년 대법원이 한총련을 '이적단체'로 규정한 사실을 새삼 상기하지 않을 수 없다.

한총련은 이번 행사를 앞두고 공개한 공동결의문 초안에서 "조국 강토에 대한 그 어떤 외세의 침략정책도 반대하며, 외세와 야합하여 민족의 머리 위에 핵전쟁의 불 구름을 몰아오려는 반통일 호전 세력을 청산하기 위한 운동을 더욱 발전시켜 나갈 것"이라고 밝혀 북측의 반미 주장을 그대로 받아들이고 있다.

또 북측은 개막 연설문에서 "우리 민족끼리의 이념을 실천하는 길에 민족의 통일과 평화, 남북 대학생들의 희망찬 내일이 있다."는 등 '우리 민족끼리'를 유난히 강조함으로써 이번 행사가 북한 정권의 대남 선전·선동에 휘말려들 가능성도 크다.

2005년 5월에도 한총련은 금강산에서 '6·15 공동선언 실천 남북 대학생 상봉 모임'을 갖고 '남북 대학생 민족자주 반전 평화 공동선언'

을 채택해 물의를 빚었다. 그런데도 북한의 인권과 핵 문제 등으로 한반도를 둘러싼 국제 정세가 민감하게 돌아가는 상황에서 정부가 이 같은 친북·반미 행사를 허락한 것은 온당한 처사로 볼 수 없다.

그러나 이번 행사에 남측에서 한총련 외에도 각 대학 총학생회장과 동아리연합회 회장 등이 분단 이후 처음으로 남측 학생 대표단의 이름으로 참가하는 만큼 국민의 우려를 씻을 수 있는 건전한 대화가 이뤄지기를 기대한다. (2006. 5. 10)

2.

우리 사회의
애환과 희망

버스기사의 죽음

2004년 5월 어느 날, 어버이날을 앞두고 자녀들의 마음은 벌써부터 들떠있었다. 황금연휴를 맞아 부모를 모시고 야외로 나가거나 공연장을 찾는 가족도 눈에 띄었다.

물론 이러한 사회적 분위기와는 달리 요즘 60, 70대 노년층의 소외감은 점점 커지고 있다. 우리 사회의 주도층이 40대 이하 젊은층으로 급속히 이전되면서 요즘 '사오정·오륙도(45살이 정년, 직장인의 평균 정년인 56살까지 다니면 도둑이라는 뜻)'라는 농담이 직장인 사이에 오갈 정도로 갈수록 조기퇴직바람이 거세다. 이 같은 직장인 조로화현상은 고령화 사회를 살아가는 노인들에게 그 피해가 고스란히 돌아가고 있다.

20대 초반의 두 젊은이가 운전 중인 66살의 버스기사를 폭행해 숨지게 한 어처구니없는 사건이 TV를 통해 안방으로 전달되면서 국민을 우울하게 했다. 이들은 할아버지뻘 되는 운전기사에게 욕설을 퍼부으면서 멱살을 잡거나 밀어 넘어뜨리는 등 반윤리적 행위를 자행했다. 2남1녀의 가장으로 어려운 살림을 꾸려가던 운전기사는 바닥에서 몸을 추슬러 다시 운전석으로 돌아왔지만 곧바로 운전대를 잡은 채 의식을 잃고 말았다.

인간이 동물과 다른 점은 바로 경로효친사상 때문이다. 그러나 급속한 산업화 과정에서 전통가치관이 붕괴되면서 어른에 대한 경시풍조도 확산됐다. 인터넷이나 게임, 모바일 등 첨단기기에 빠져들고, 가정이나 학교에서 인성교육이 제대로 이루어지지 않게 되면서 남을 배려할 줄 모르고 매사를 부정적으로 보는 습관만 길러진 것이다.

맹자는 <이루편(離婁編)>에서 "도(道)는 손 가까운 일상생활에 있는 것이다. 사람은 먼 곳에서 구하려 한다. 즉 어버이를 섬기고 어른을 존경하는 것이 사람의 도리다. 또 도덕은 인정에 근본을 둔 극히 쉬운 것인데 사람은 특별히 어려운 것이라 생각하고 그것을 구하려 한다. 이런 것은 모두가 잘못된 것이다."라고 말했다. 부모와 이웃 어른에게서 사람의 도리를 배우지 못한다면 정도를 간다는 것은 어렵다는 것이다.

요즘 우리 전통사회에서 가장 자랑거리였던 스승과 제자관계도 마찬가지다. '스승의 그림자조차 밟지 않는다.'던 우리의 전통적 스승관이 무너진 지 오래다. 제자들이 스승을 고발하고, 심지어 폭행하는 사태까지 벌어지고 있다. 자녀의 잘못을 깨우쳐 주는 선생님에게 오히려 폭행·폭언을 하는 부모 밑에서 자란 아이들이 배울 것은 뻔하다.

우리 사회는 천박하고 예의 없는 집단으로 추락하고 있다. 각자 자기 주장만 내세울 뿐 남의 말은 들을 생각은 하지 않는다. 술 취한 젊은이들에게 힘없고 의지할 곳 없는 노인들이 폭행당하는 사회, 어른들이 설 땅을 잃고 천덕꾸러기가 돼버린 사회, 윤리도덕이 땅에 떨어져 비틀거리는 오늘 우리 사회를 다잡을 수 있는 이들은 누구인가. 어이없는 남편의 죽음에 대해 부인은 카메라 앞에서 말을 잇지 못했다.

"부모 같은 사람을 폭행해서 사람이 가도록 만들어…." (2003. 5. 4~2006. 4. 1)

살인의 흔적

1986년 9월, 경기도 화성에서 하의가 벗겨진 채 목 졸린 한 여인의 시신이 발견됐다. 동일 수법의 강간 살인사건이 연이어 터지면서 특별수사본부까지 설치됐지만 수사진이 결국 허탈감에 빠질 정도로 범인은 흔적을 남기지 않았다. 형사들은 비오는 날 밤 여경에게 빨간 옷을 입히고 함정수사까지 벌였지만 다음날 아침 돌아온 것은 음부에 우산이 꽂힌 또 다른 여인의 시신이었다.

2003년 최고의 흥행을 기록하면서 대종상을 휩쓴 '살인의 추억'은 화성연쇄살인사건이 배경이다. 10차례에 걸친 엽기적 범행에도 단서조차 잡지 못하고 있는 수사진의 모습은 분노와 동시에 웃음을 던져 준다. 얼굴없는 범인을 추적하는 과정에서 보여 주는 팽팽한 긴장감 속에서도 웃음을 선사한 이 영화는 결국 '대박'을 터뜨렸다.

1986년 9월15일부터 경기도 화성군 태안읍을 중심으로 반지름 3㎞ 안 4개 읍·면에서 부녀자 10명이 잇따라 성폭행당한 뒤 피살됐다. 1986년부터 4년 7개월 간 잇달아 일어난 10건의 살인 가운데 1991년 4월 2일 마지막으로 발생한 사건의 15년 공소시효가 결국 만료됐다.

2003년 3월 25일 시효가 끝난 대구 '개구리소년' 사건에 이어 화성연쇄살인 사건도 시효가 만료됨에 따라 강력범죄에 대한 공소시효 연장 논란이 일고 있다. 일본 형법을 바탕으로 한 현행 형법은 1954년 이후 살인죄 공소시효를 15년으로 정하고 있지만, 정작 일본은 2004년 사형에 해당되는 범죄의 공소시효를 25년으로 늘렸다. 공소시효제도가 범죄자의 방패막이 역할을 한다거나 흉악범에게 면죄부를 준다면, 이 같은 연쇄 살인 흉악 범죄도 영구 미제 사건으로 남을 수 있다는 우려가 제기되고 있는 것이다.

전대미문의 잔악한 화성 연쇄 살인 사건은 수사를 위해 단일사건으로 가장 많은 연인원 205만여명의 경찰이 동원되는 등 경찰 역사에 남을 진기록도 이어졌다. 유전자 분석을 최초로 도입하는 등 과학수사기법도 동원됐다. 경찰은 그동안 이렇듯 남모를 고통을 겪으며 범인 검거에 나섰지만 결국 꼬리를 잡지 못했다. 이 사건을 맡은 적이 있는 전직 경찰관은 "사건을 해결하지 못한 나는 실패한 형사고, 피해자 가족의 입장에서 보면 죄인"이라고 말했다. 이 사건이 주는 교훈은 경찰 스스로 알고 있다는 점에서 타산지석으로 삼아야 할 것이다.

2003년 6월엔 7년 전 여관 관리인 장모씨를 살해한 3인조 강도가 지문 조회로 검거됐다. 당시 숙박부에 남겨진 범인의 지문이 유일한 단서였으나 17세 이전이었던 범인의 지문은 경찰에 등록돼 있지 않았다. 그러나 미제사건에 남다른 관심을 보여 온 한 경찰관이 2003년 초 다시 이 사건의 기록을 뒤지다가 범인들이 나이가 들어 지문을 등록했을지 모른다는 생각에 당시 채취한 지문을 조회했다.

그사이 성년이 된 범인의 지문은 과연 예측대로 등록돼 있었다. "범행 후 비 오는 날만 되면 당시의 기억이 되살아나 괴로웠다."며 '살인의 추억'에서 벗어나지 못한 범인들은 결국 경찰의 4개월간의 추적 끝에 검거됐다. 범인은 언젠가는 꼬리가 잡힌다는 교훈이 화성사건에도 적용될 수 있을까. (2003. 6. 25~ 2006. 4. 2)

131일만의 영결식

"이제는 잊고 싶다. 뭐라 할 말이 없다."

대구지하철 참사에서 유일하게 인정사망 판정을 받은 김대규씨의 조카 세훈씨. 그는 2003년 5월 26일 국립과학수사연구소에서 삼촌의 유품인 불탄 지팡이의 손잡이 부분을 넘겨받아 시신 없는 장례를 치렀다. 결혼조차 못한 삼촌은 조카에게 얹혀살았고, 그날도 일거리를 찾아 지하철을 탔다가 참변을 당했다.

대구지하철 참사 희생자 합동영결식이 6월 29일 사고 발생 131일 만에 이뤄졌다. 사망자 보상과 추모묘지·공원조성 문제 등을 숙제로 남겨둔 채 영결식을 치렀지만 희생자 가족의 씻을 수 없는 상처만은 그대로 가슴에 묻어둘 수밖에 없었다.

지금도 지하철만 보면 가슴이 덜컹 내려앉는다는 희생자 유족들은 전례없는 대형 참사를 겪고도 여전히 안전대책이 없다는 데 분노한다. 참사를 겪은 대구지하철이나 대구소방본부, 전국 지하철과 정부 당국의 안전 불감증은 과연 치유불가능인가.

전국궤도노조연대회의가 실시한 '지하철 안전 운행 관련 여론조사'에 따르면 54.6%가 대구참사와 같은 사고가 재발할지도 모른다는 불안감에서 벗어나지 못하고 있다. 특히 대구는 68.2%였다.

한국화재소방학회 등이 서울 등 5개 도시 지하철 안전실태를 조사한 결과를 보면 여전히 지하철 안전은 사각지대에 있다. 열차 비상벨 설치율이 61%에 불과하고, 지상으로 단번에 올라갈 수 있는 직통 피난계단이 설치된 역사가 한 곳도 없다.

그리고 잦은 전철사고 원인의 대부분은 전동차와 전기·통신장비 노후 때문으로 밝혀지고 있다. 지하철 승무원들을 대상으로 한 설문조사에서 절반 이상이 기계와 장비 작동상태가 불량하다고 답변했다.

지금 세계 곳곳에서 때와 장소를 가리지 않고 테러가 발생하고 있다. 알카에다 등 이슬람 과격세력들은 미국과 그 동맹국들을 겨냥하고 있다. 특히 테러가 효과의 극대화를 위해 많은 시민이 이용하는 다중시설을 겨냥한다는 점에서 피해규모가 상상을 초월할 수 있다. 더구나 지하철은 테러에 취약하다는 것이 2005년 7월 런던 테러에서도 증명됐다.

대구지하철 참사 뒤 정부에서 "다시는 안전사고가 없도록 만반의 태세를 갖추겠다."고 다짐했다. 당시 다중이용시설 안전점검, 국가적 구난시스템 마련 등 사후대책이 나왔고 소방방재청도 설치됐다. 그러나 비슷한 사고는 계속되고 있다.

지하철은 학생 노인 근로자 등 다중이 타는 대중교통수단이다. 돌이켜보면 대구참사는 땅바닥에 떨어진 직업의식, 이웃에 대한 무관심, 안전 불감증 등 온갖 사회적 병폐들을 한꺼번에 드러냈다.

지하철을 이용하는 시민은 항상 불안하다. 승객의 생명을 지킨다는 각오로 지하철 방재 시스템을 강화하고, '사고철'이라는 오명을 듣지 않기 위해서는 종사원들도 언제나 유비무환의 정신으로 긴장을 늦춰서는 안 된다. 다음 세대마저 '사고공화국 국민'으로 만들지 않기 위해서라도 뼈아픈 반성과 대책이 필요한 시점이다. (2003. 6. 29~2006. 4. 12)

25년간의 은폐

"흡연은 중독성 입니까?"

"그렇습니다."

"암을 유발합니까?"

"그렇습니다."

1997년 3월 20일 '라크'와 '체스터필드' 담배를 제조하는 리게트그룹이 미국 담배회사로는 처음으로 담배 유해론을 법정에서 인정했다. 50여년 동안 줄기차게 제기돼온 담배 유해논쟁은 번번히 담배회사의 승리로 막을 내렸지만 이번에는 시민단체와 주정부가 값진 승리를 거두었다. 그리고 담배회사들은 '담배가 중독성이 있다.'는 경고문을 담뱃갑에 표시하기로 각 주정부와 합의했다.

세계 각국에서 담배의 유해성 여부를 놓고 법정공방이 벌어지고 있다. 유해성 여부로 원고와 피고의 주장이 팽팽히 맞서면서 승패도 엇갈리고 있다. 미국 대법원은 2006년 3월 주정부를 제외한 개인의 배상판결로는 최대인 5550만 달러를 흡연 피해자에게 배상하라고 요구했다. 그동안 16차례의 배상판결이 있었으나 2003년도엔 2000년에 내려진 1450억 달러의 손해배상금 판결이 뒤집혀 담배회사가 승소하기도 했다.

현재 국내에서 진행 중인 담배소송은 모두 3건으로, 1심판결도 내리지 못한 채 7년째를 맞고 있다. 1999년 폐암 환자 6명을 포함해 가족 31명의 원고인단이 국가와 KT&G(당시 한국담배인삼공사)를 대상으로 제기한 것이 국내 첫 담배소송이다. 다른 나라에서는 거의 검증되고 입증된 흡연과 폐암의 직접적 인과 관계조차도 우리 법원에서는 애써 외면하고 있는 것은 문제가 아닐 수 없다.

담배가 건강에 해롭다는 것은 세상이 다 아는 일이다. 그러나 공기업인 KT&G가 각종 실험을 통해 담배가 암을 유발한다는 사실을 확인하고도 25년간이나 국민에게 이를 알리지 않아 비난을 사고 있다. 1999년부터 "국가가 담배의 유해성을 제대로 홍보하지 않아 피해를 봤다."며 국가를 상대로 진행 중인 담배소송의 원고 측 대리인 배금자 변호사가 공개한 KT&G 중앙연구원의 자료에 따르면 담배연기 성분 3900종 중 발암성이 있거나 독성이 강한 물질이 40종에 이르고 있다.

세계보건기구도 담배를 마리화나보다 더 중독성이 강한 독극물로 분류할 정도다. 흡연과 폐암의 인과관계는 역학적인 연구 결과와 독성학, 생화학, 병리학적으로도 증명됐고, 흡연과 폐암의 인과적 관련성은 여러 학자들 사이에 명백한 사실로 인정되고 있다. 그러나 정부는 흡연이 갖는 위험성과 중독성을 국민에게 낱낱이 알려야 함에도 재정수익의 확대에만 혈안이 됐었다.

건강은 국민 모두가 누려야 할 기본적 권리이며, 국가는 국민 건강을 보장해야 할 의무가 있다. 정부는 담배의 유해성에 대한 홍보와 함께 적절한 흡연규제 등 실효성 있는 대책을 세워야 한다. 특히 간접흡연의 피해를 줄이기 위해 금연구역 규정이 제대로 지켜지도록 철저한 관리·감독이 뒤따라야 할 것이다. (2003.7.1~2006. 4. 12)

가짜 국산

추석이 다가오면 대목을 노린 '가짜국산'까지 나돌면서 차례상 준비에 바쁜 주부들을 짜증나게 하고 있다. 특히 값싼 중국산을 국산으로 속이는 등 원산지를 허위로 표시해 판매하기 때문이다.

그동안 중국산 김치를 헐값에 들여와 국산으로 둔갑시켜 거액을 챙기거나, 중국산 냉동 참조기를 수입한 뒤 국산이라고 속여 홈쇼핑 업체와 서울 유명백화점에 납품해 부당이득을 챙긴 업자들이 구속되는 등 외국산 농축수산물을 국산으로 속여 파는 사례가 잇따랐다.

이들 업체가 이런 '가짜국산'을 대규모로 유통시킬 수 있었던 것은 일부 공무원의 유착이 있었기 때문이다. 통관절차 등 각종 편의를 봐주는 대가로 수천만원의 뇌물을 챙긴 세관 공무원이 구속되기도 했다. 토종 농산물만 취급해 소비자 신뢰도가 높은 것으로 알려진 우체국 통신판매망과 농협중앙회 하나로마트가 국내산으로 둔갑한 중국산 도토리묵가루와 청포묵가루 등을 판매하다 적발된 사건도 유통과정을 챙기고 단속해야 할 공무원 등 관계자들의 직무유기를 고스란히 보여주고 있다.

또 양심을 팔아 이윤을 남기는 업체들이 활개를 치고 있는데도 정부의 단속은 이에 미치지 못한다. 더욱이 중소업체들이 대기업 납품권을 따내기 위해 더 싼 재료를 찾다가 중국산이나 썩은 식품까지 쓰는 등의 구조적 문제점이 해결되지 않는 한 불량식품 근절은 어렵다는 것이다.

2006년 4월에는 '더원'과 '레종' 등 가짜 국산 담배를 무더기로 중국에서 밀수해 시중에 유통시킨 혐의로 수입업자들이 구속됐다. 가짜 담배는 육안으로는 진품과 구별하기 불가능할 정도로 정교하게 만들어졌으며, 주로 룸살롱이나 나이트클럽, 당구장, 노점상 등 주로 담배지정판매업소가 아닌 곳을 통해 유통된다. 그런데 이들 가짜 담배의 니코틴과 타르 함유량은 국산 정품에 비해 최고 9배까지 많은 것으로 확인됐다.

지금은 가짜가 판치는 세상이라고 해도 과언이 아니다. 유명패션 브랜드를 모조한 '짝퉁' 뿐만 아니라 가짜 의약품·양주, 엉터리 자동차·항공기 부품 등 모든 제품에 반드시 위조 상품이 등장한다. 오늘날 전 세계 교역량의 7%가 위조품으로 이뤄지며 이를 액수로 환산하면 연간 2500억 달러가 넘는다는 통계도 있다. 위조 시장이 날로 커지는 배경에는 첨단기술 보급으로 위조가 쉬워졌고 세계화 바람이 위조품 시장을 글로벌화했으며 처벌이 가볍고 범죄조직과 얽혀있기 때문이라는 것이 전문가들의 진단이다.

그 중에서도 전자상거래의 맹점이 고질적인 문제로 지적됐다. 서울세관에 따르면 가짜상품 적발 건수 중에서 인터넷에서 적발한 건수의 비율이 2002년 4%에 불과했으나 2003년 23%에 이어 2005년 67%로 크게 늘어난 것으로 나타났다. 특히 샤넬이 265억원 규모로 전체 가짜상품 중 16.6%를 차지하는 등 인기 상품일수록 가짜가 많다.

가짜상품을 만들거나 밀수하고도 양심의 가책을 느끼지 않는 업체나 이들 상품을 버젓이 팔고도 '별일 아니다.'는 유통업체, 명절 대목이면 으레 형식적 단속에 나서는 당국의 뒷북행정이 사라져야만 가짜상품이 진짜로 둔갑시키는 파렴치한 범죄행위가 이 땅에서 발붙일 수 없게 될 것이다. (2004. 9. 22~2006. 4. 15)

도박공화국

17대 국회 첫 국정감사가 시작된 2004년 10월 4일 국방부 국감장 주변에서 일부 의원 보좌진이 '내기 포커'를 해 빈축을 산 데 이어 5일에는 인적이 드문 산속에 대형 천막을 쳐놓고 도박을 벌인 주부도박단 40명이 경찰에 무더기로 검거됐다. 한판에 70만~100만원씩 모두 4600만원의 판돈을 걸고 속칭 '딜 20' 도박판을 벌인 주부 도박단의 경우 자신의 의지로는 조절할 능력을 상실한 도박중독 환자로 봐야 할 것이다. 도박중독은 가정과 나라를 파괴하는 사회적 질병이란 점에서 국가가 형법으로 다스리고 있다.

그러나 국가는 특별법으로 카지노나 경마, 복권 등 사실상의 도박 행위를 인정하고 있다. 공공기금을 마련한다는 취지로 발행하는 복권도 사행심을 부추긴다는 점에서 도박과 다를 바 없다. 공공기관이 주도하고 있으니 온 국민을 상대로 도박판을 벌이는 셈이다.

공익 목적의 국책사업으로 시행된 내국인 상대의 강원랜드 카지노 사업이 지역경제 활성화라는 당초 취지와는 달리 천문학적 규모의 재산 탕진과 도박중독, 자살 등 각종 사회 문제를 낳고 있다는 점이 이번 국감에서도 지적됐다. 메인카지노 개장일인 2003년 4월 18일부터 지난 8월 말까지 VIP 상위 100인의 도박자금 규모는 1조3794억원으로, 이 중 한 사람은 576억원의 도박자금으로 133억원을 날렸다.

현재 외국인 전용 카지노는 모두 13곳으로 제주도 8곳을 비롯해 서울, 부산, 인천, 경주와 속초에 각각 한 곳이 있다. 정부가 관광산업 진흥과 시·도별 형평성 차원을 명분으로 내세워 외국인 전용 카지노 설립 요건을 완화했다. 2006년 7월부터 모든 특1급 호텔에 카지노 설립이 가능해진 것이다. 2004년 11월 서울 두 곳과 부산 한 곳에 외국인 전용 카지노 신규 허가를 내주었을 당시 선정 과정에도 의혹이 제기됐는가 하면 정가에는 '대선 자금설'과 '대북 지원설' 등이 나돌 정도로 카지노 신규 허가에는 늘 잡음이 뒤따르고 있다. 벌써부터 국내 카지노 업계의 동반 부실에다 '도박공화국'의 오명이 점쳐지고 있다.

우리나라는 카지노 뿐 아니라 경마 경륜 경정 소싸움 복권 등 합법적 도박이 성행하고 있다. 최근에는 스크린경마장의 난립과 불법도박업 성행, 장외발매소 증가 등으로 사행산업에 쉽게 노출되고 있다. 특히 로또복권을 비롯한 수십종에 이르는 복권도 도박심리를 부추기고 있다.

대형 카지노에서 거액을 탕진하고 죽음을 택한 사건이 잇따라 발생하는 사건은 도박의 극단적 종말을 말해주고 있지만, 도박에 손을 댄 대부분이 재산상의 손실을 보게 된다는 점에서 더 이상 방치해서는 될 것이다. 특히 도박에 빠질 수 있는 여건을 만든 국가와 사회에 더 큰 책임이 있다.

도박은 중독성을 갖고 있다. 해독이 다른 어떤 중독보다 강하고 파괴적이다. 알게 모르게 중독 상태가 이어지면 자신은 물론이고 가정과 사회의 도덕성을 파괴하게 된다. 특히 도박의 한탕주의는 성실하게 일해서 돈을 버는 것을 우습게 보는 도박심리를 근절시키는 것이 무엇보다 중요하다. 이제 놀이와 도박을 구분해 건전한 놀이문화를 정착시키는 것도 정부가 관심을 가져야 할 부분이다. (2004. 10. 6~2006. 4. 17)

술 소송

"술은 입을 경쾌하게 한다. 술은 또다시 마음을 털어놓게 한다. 이리하여 술은 하나의 도덕적 성질, 즉 마음의 솔직함을 운반하는 물질이다."

독일의 철학자 이마누엘 칸트의 저서 <인간학>(1798)에 나오는 말이다. 술은 작가에겐 영감의 원천이었으며, 수많은 작품이 술집을 무대로 삼고 있다. 그러나 술은 과하면 건강을 해치는 등 부작용도 많다. 그래서 <법화경>에는 "사람이 술을 마시고, 술이 술을 마시고, 술이 사람을 마신다."고 했을까.

우리 사회도 잘못된 음주문화로 골머리를 앓고 있다. 최근 삼성경제연구소가 펴낸 한국 음주문화 보고서에 따르면 음주로 인한 경제·사회적 비용은 연간 14조원을 넘으며, 직장인 가운데 83%가 주 1회 이상 술을 마시고 4명 가운데 1명은 알코올중독의 초기 단계에 접어든 것으로 나타났다.

우리나라는 예로부터 음주에 대해 지나치게 관대하고 술을 강권하는 등의 잘못된 음주문화가 자리잡고 있다. 그에 따라 우리나라는 40대 사망원인 중 간질환이 2위를 차지할 정도로 술로 인한 질환과 음주운전 사고, 범죄, 생산성 저하 등 그 대가를 톡톡히 치르고 있다.

2004년 10월에는 마침 한 시민단체가 "술 소비자들의 알권리를 침해한 채 술을 판매해 신체적·정신적 피해를 보았다."며 국가와 술 제조·판매 업체 등을 상대로 손해배상 청구소송을 제기했다. 이들은 소장에서 "'지나친 음주는 간경화나 간암을 일으키며, 운전이나 작업 중 사고 발생률을 높입니다.'라고 모호하게 표기하는 것은 소비자 보호법상 소비자로서 보호받을 권리를 무시한 것"이라고 주장했다. 즉 주류 판매시 적정 알코올량, 표준 음주량 등 음주의 기본 상식을 제대로 표기하라는 것이다.

이어 2005년 4월 "술 때문에 몸 망쳤다."면서 59명이 집단 소송을 제기했다. 알코올 중독으로 사망한 사람의 유가족, 알코올 중독 환자와 그 가족들로 구성된 '알코올 소비자 권리보호센터' 회원들은 국가와 국내의 대표적 소주회사인 (주)진로를 상대로 거액의 '술 소송'을 냈다.

모두 2억1700만원을 요구했다. 이들은 소장에서 "진로는 표준 음주량을 술병에 전혀 표기하지 않고 모호한 경고문구만 넣었다."며 "적정량을 조절해서 마시지 못하게 함으로써 술로 인한 피해자들이 양산되고 있는 실정"이라고 주장했다.

이들은 국가에 대해서도 "국민의 술 소비량이 세계 1, 2위를 육박하고 술이 건강에 막대한 영향이 있다는 점을 알면서도 술 판매, 제조에 아무런 규제를 하지 않는 것은 국민을 보호해야 하는 국가로서의 의무를 다하지 않은 것"이라고 주장했다.

우리나라는 1인당 음주량이 세계 2~3위로 '술 권하는 사회'라는 오명까지 듣는 만큼 음주문화를 개선하는 것은 시급한 과제이다. 정부는 이참에 기업 위주의 정책에서 벗어나 선진국처럼 건전 음주 관련 교육과 음주규제 정책을 강화하는 등 술 소비자들을 위한 종합대책을 내놓을 때가 됐다고 본다. (2004. 10. 12~2006. 4. 22)

성수대교

"사과만 안 깎아 먹였어도……."

"그때 아이를 붙잡고 우산을 바꿔줬어도, 단 1초만 지연시켰어도 살 수 있었을 텐데……."

32명의 무고한 목숨을 순식간에 앗아간 한강 성수대교 붕괴 참사 10주년을 맞아 유족들은 아직도 그때의 악몽에서 헤어나지 못하고 있다. 무학여고 장세미양의 담임이었던 유갑례 선생의 귓가엔 당시 사과를 안 먹였으면 죽지 않았을 거라고 울부짖다 까무러치곤 하던 세미 엄마의 절규가 생생하다.

'8학군 욕심' 때문에 강남 근로자아파트로 이사했다가 딸을 잃은 환경미화원 황모씨도 그때 다른 가족의 우산을 가져간 선정이에게 자기 우산으로 바꿔주기만 했었더라도 죽지 않았을 거라면서 목메어 울었다.

그 동안 딸을 잃은 아버지가 자식을 그리워하다 끝내 스스로 목숨을 끊는 등 생존자와 유가족들의 상처는 아직도 아물지 않고 있다. 물론 사랑하는 딸을 잃은 어머니가 숨진 딸을 대신해 10년째 남몰래 이웃에게 사랑을 베푸는 등 사회봉사로 아픔을 달래는 이들도 있다.

오늘도 한강은 흐른다. 한강의 11번째 다리로 1979년 10월 준공된 성수대교는 1994년 10월 21일 참사 이후 1998년 새로운 다리가 세워졌고 최근 8차선으로 확장 개통되는 등 옛 상흔은 말끔히 지워버렸지만, 피해 가족들의 눈가엔 여전히 눈물이 고여 있다.

우리나라는 성수대교 참사 이후 10년 동안 삼풍백화점 붕괴, 괌 KAL기 추락, 대구지하철참사 등 대형사고가 끊이질 않았다. 결국 안전불감증이 여전히 대형사고를 낳고 있는 것이다.

2006년 3월 무료 개장 행사로 6만여명의 인파가 몰리면서 35명이 다친 서울 롯데월드 사고는 얄팍한 상혼과 안전불감증이 빚은 예고된 인재였다. 이날 롯데월드는 3만 원 정도의 입장료 및 시설이용료가 무료라고 전국적으로 광고를 하면서 휴일을 맞이한 학생들이 몰려들어 참사를 빚었다. 새벽 4, 5시부터 몰려든 인파는 오전 7시를 지나면서 이미 적정 인원을 넘어 정상적인 입장이 불가능한 상황이었는데도 아무런 조치를 취하지 않았다.

우리의 이제 질서의식도 되돌아볼 필요가 있다. 외국처럼 유치원부터 질서교육을 강화해 '질서는 편하고 좋은 것'이란 사실이 몸에 배도록 해야 한다.

우리사회는 1960년대부터 경제개발을 최우선 과제로 내세우면서 많은 것을 이룩한 반면 잃은 것 또한 그에 못지않았다. 결국 과정을 무시한 채 결과만을 중시하게 됐고, 남보다 빨리, 더 크게만 외형을 갖추면 큰 소리 치는 사회가 됐다. 남이야 어찌 되건 나만 잘 먹고 잘 살면 된다는 이기주의도 팽배했다. 이제 우리사회도 눈앞의 이익만 좇는 공무원이나 기업, 단체가 더 이상 존재할 수 없고, 선진시민의식이 자리 잡을 때 후진국형 대형 참사도 사라지게 될 것이다. (2004. 10. 21~2006. 4. 22)

피싱 경계령

"당신의 계좌를 확인해 주세요(Please Verify Your Account)."

은행, 인터넷 쇼핑몰 등 유명 업체의 위장 홈페이지를 만든 후 불특정 다수의 이메일 사용자에게 이 같은 내용의 메일을 발송, 위장된 홈페이지에 접속하도록 유도해 계좌번호 주민번호 등의 금융정보를 빼내가는 '피싱' 사건이 국내에서도 발생, 검찰이 수사에 나섰다. 우리나라도 결코 대형 인터넷 금융사기의 안전지대가 아님을 보여주는 사례다.

개인정보(private data)와 낚시(fishing)의 합성어인 피싱(phishing)은 신종 개인정보 편취 수법으로, 그동안 금융기관이 인터넷 금융 서비스 이용자들에게 이 같은 피싱 피해를 경고해 왔다.

이번 사건을 보면 범인은 미국 오클라호마에 소재한 PC를 이용, 국내 K대학 서버를 해킹해 피싱 화면을 설치한 뒤 외국계 A은행 예금주로 보이는 불특정 다수에게 스팸메일을 보내 금융정보 획득을 시도했다. 문제의 피싱 화면에 접속한 IP(인터넷주소) 22개 가운데 9개가 국내 IP로 확인됐다. 그러나 이들 접속자가 화면에 해당 정보를 입력하지 않아 금융 피해가 없었던 것은 천만다행이다.

미국의 경우 피싱 피해 규모가 수억 달러에 이르면서 상원이 2004년 7월 피싱 방지 법안을 통과시켰다. 특히 미국의 대표적 피싱 추방단체인 안티피싱워킹그룹(APWG)에 따르면 2004년 7월 미국에서 신고된 1974건의 피싱사건 가운데 우리나라 서버가 이용된 경우가 16%로 미국에 이어 두 번째다. 이처럼 우리나라가 정보 경유지로 이용되고 있는 것은 인터넷 인프라 수준이 높은 반면 보안의식이 취약하기 때문이다.

2006년 2월만 해도 피싱 경유지 신고건수가 총 118건으로 1월 78건에 비해 51%나 늘었다는 것이다. 2005년 8월 125건의 피해가 접수된 이후 계속 줄어들던 신고 건수가 다시 증가하고 있다는 것이다.

피싱은 정상적인 웹 서버를 해킹해 허위 인터넷 사이트를 만든다는 점에서 해커들에게 우리나라 웹 서버는 해킹에 무방비로 노출돼 있다는 것이 드러난 셈이다. 이는 곧 이를 관리하는 기업·기관들의 보안의식이 매우 우려할만한 수준이라는 것을 말해준다. 정부는 국가 전산망이 이중삼중의 보안시스템을 갖췄다고 강조해 왔지만 아직도 무방비 상태나 다름없다. 이제라도 기업은 물론이고 주요 전산망을 국가안보 차원에서 빈틈없이 관리해야 한다.

인터넷은 정보 열람과 이메일 교환뿐 아니라 쇼핑과 예약, 학습이나 인터넷뱅킹 등에 이르기까지 일상생활에서 빼놓을 수 없는 중요한 존재가 된 지 오래다. 그러나 인터넷 사용이 일상화되면서 병리적인 현상도 덩달아 늘어나는 추세다. 사이버 공간을 이렇게 혼탁하게 방치한다면 큰 혼란이 일어날 수 있다.

최근 텔레뱅킹이나 휴대전화를 이용한 금융서비스 과정에서 개인정보를 알아내 남의 계좌의 돈을 빼내 가는 범죄가 심심찮게 발생하고 있다. 인터넷 강국인 우리나라가 자칫 피싱의 온상으로 오인받지 않기 위해서라도 정부는 정보화시대에 걸맞은 정보보호정책을 마련해야 할 것이다. (2004. 10. 27~2006. 4. 22)

패스트푸드

하루 세끼씩 한 달 동안 맥도널드 햄버거만을 먹어가며 자기 몸에 오는 변화를 카메라에 담은 체험적 다큐멘터리 '슈퍼 사이즈 미(Super Size Me)'가 2004년 11월 12일 개봉됐다. 이 생체실험을 자청한 모건 스펄록 감독은 비만의 책임을 물어 맥도널드사를 고소한 두 소녀에 관한 TV뉴스를 보다가 영화 제작을 결심했고, 6만5000달러의 이 소자본 영화는 미국은 물론 유럽 각지에서 화제를 불러일으키면서 지금까지 제작비의 400배가 넘는 2700만 달러의 대박을 터뜨렸다.

과연 패스트푸는 인체에 해로운가. 국내에서도 한 환경운동가가 이 영화를 본받아 4주 예정의 패스트푸드 실험을 하다가 24일 만에 '건강 악화'를 이유로 중단했다. 그는 패스트푸드로 하루 세 끼 식사를 하는 것 외에도 한두 차례 간식을 먹은 결과 체중이 3.4kg 늘어났는데, 근육량은 오히려 1.3kg 줄고 그 자리에 지방 4.8kg이 채워졌다고 한다. 더욱이 간효소 수치(GPT)는 75U/l 로 실험 전보다 3.4배나 늘어났다는 것이다. 이 수치는 4~43 사이가 정상이고, 100을 넘으면 당장 치료를 시작해야 한다.

패스트푸드는 과도한 열량과 설탕·소금·화학조미료 등 각종 첨가물로 인해 요즘 만병의 근원이라고 하는 비만의 가장 큰 원인으로 지목되고 있다. 게다가 음식에 쓰이는 재료의 질이 낮고 비타민과 무기질 등 필수 성분이 부족한 것으로 알려져 있다.

오죽했으면 미국에서는 '정크푸드(쓰레기음식)'라고 했을까. 삼계탕이나 갈비 등 고칼로리 음식을 끼니마다 먹는다면 역시 건강에 이상을 일으킬 수 있다는 점에서 이번 실험은 논란의 여지가 있지만, 패스트푸드에 길들어 김치와 된장찌개 등 고유음식을 멀리하는 우리 아이들과 '살과의 전쟁'을 벌이는 어른들에게 큰 경종을 울리고 있다.

우리나라 국민 가운데 비만자는 2002년 22.6%에서 2003년 24.6%, 2004년 30.7%로 해마다 늘어나는 추세다. 비만이 각종 질병의 원인임을 감안하면 개인적 식생활 관리 차원의 문제로만 방치할 일이 아니다. 국민 65%가 비만증인 미국의 경우 비만은 가장 심각한 '질병'으로 부시 대통령에 의해 '전면전'이 선포된 상태다. 우리나라의 상황은 더 이상 방치할 수 없는 수준이다.

우리나라 청소년은 과거와 비교해 몸집이 부쩍 커졌지만 체질은 더욱 허약해졌다. 특히 비정상적으로 살찐 경우가 수두룩하며, 심지어 정상 체중의 50%를 넘어서는 고도비만 학생도 적지 않다. 공부에 짓눌리고 TV와 컴퓨터 게임에 매달리느라 운동이 모자란 탓이다.

특히 청소년들의 허약체질은 어제 오늘의 문제가 아니다. 외국의 경우 패스트푸드 판매를 학내에서 금지하는 등 청소년 체질개선을 위한 시책을 펴고 있지만, 우리 당국은 아직 손을 놓고 있다. 당국은 '건강한 신체에 건전한 정신이 깃든다.'는 교훈을 되새겨 청소년 체질개선 프로그램 시행 등 대책 마련에 적극적으로 나서야 할 시점이다.

물론 국민 각자가 자신의 건강을 지키는 것보다 더 중요한 것은 없다. 과잉 칼로리·영양이 비만을 초래한다는 점에서 음식물은 골고루 섭취하는 게 가장 중요하다는 것을 깨닫고 이를 지켜나가야 할 것이다.
(2004. 11. 12~2006. 4. 23)

성전(性戰)

"미국 남성의 92%, 여자의 62%가 자위행위에 빠져 있으며 동성애를 한 번 이상 경험한 남성이 37%, 여성이 19%에 달한다. 여성의 50%가 혼전관계, 26%가 혼외정사를 즐기고 있다."

미국 생물학자 앨프리드 킨지 박사가 1만8000명을 대상으로 조사·분석한 <킨지 보고서>는 뉴스위크가 "다윈의 진화론 이래 이보다 더 충격적인 과학서는 없었다."고 할 정도로 큰 파장을 몰고 왔다. 특히 1953년에 펴낸 여성의 성행동에 관한 보고서는 12개국에서 번역돼 당시로서는 경이적이라 할 25만부가 한 달 새 팔렸다.

당시 금기시해온 동성애 자위·혼외정사·매춘 등을 주제로 끌어내면서 한바탕 여론의 질책을 받았고, 기독교계도 신도들에게 이 책을 읽지 말도록 권했다. 그러나 이 책은 성생활에 대한 고정관념을 무너뜨리고, 성을 학문적 연구 대상으로 격상시켰다는 평가를 받고 있다.

1950년대 미국 사회는 성에 대해 완고했다. 여성의 오르가슴을 경멸하고 순결을 강조했다. 그러나 요즘 미국 사회가 보수화 물결로 출렁이고 있다. 킨지의 일대기를 다룬 영화 '킨지'를 놓고 부시 대통령의 재선에 큰 공을 세운 기독교단체들이 음란오락물의 제작을 지원하면 처벌하는 내용의 입법까지 추진하는 등 '성전(性戰)'을 벌이고 있다. 이들은 이혼과 성병 증가, 포르노물의 범람 같은 사회병리에 책임이 있는데도 킨지를 미화하고 있다는 것이다.

우리나라 청소년들도 개방적인 성의식을 갖고 있다. 2006년 3월 한 스포츠신문이 수도권 대학 신입생 394명(남 185, 여 209)을 대상으로 실시한 여론 조사에서 응답자의 51.3%가 결혼 전에 순결을 지키지 않아도 된다고 밝혔으며, 70.1%는 성관계를 갖더라도 결혼을 하지 않아도 된다고 응답했다.

그리고 응답자의 28.2%, 즉 10명중 3명은 성관계 경험이 있었다. 이는 2003년 5월 조사 당시 15.8%에 비해 거의 두 배에 달하는 수치다. 그리고 결혼을 전제로 하지 않는 이성 학생 간의 동거에 대해 절반이 넘는 58.1%는 '사랑하더라도 동거는 자제해야 한다.'고 응답했지만, '동거해도 무방하다.'는 응답자도 41.6%에 달해 충격을 주고 있다.

성은 두 얼굴을 갖고 있다. 아름답기도 하지만 반면에 추한 모습을 보인다. 유엔에이즈계획이 발표한 자료에 따르면 2004년 한 해 동안 310만명이 에이즈로 사망했다. 성도덕의 문란이 가져온 대가이다. 성에 대한 올바른 가치관 정립이 시급함을 보여준다.

그동안 정부는 2004년 9월 성매매특별법을 시행하는 등 건전한 성문화 정착을 위해 노력하고 있지만 별로 달라진 게 없다. 성매매집결지 업소나 종업원들은 줄었지만 인터넷을 통한 성매매, 스포츠마사지, 출장마사지 등 유사 성행위 업소가 주택가까지 파고드는 등 성매매 단속 강화에 따른 '풍선효과' 또한 만만치 않다.

미국은 우리보다 앞서 성 문란의 폐해를 경험했다. 그래서 기독교단체가 음란물 제작 반대운동에 나서는 등 건전한 성문화 정착을 위해 앞장서고 있다. 우리가 미국 기독교의 '성전'을 주목해야 할 이유가 여기에 있다. (2004. 11. 24~2006. 4. 2)

부패 체험

공직자의 청렴한 자세는 아무리 강조해도 지나침이 없다. 공자는 제자이자 유능한 정치인인 재여(宰予)가 대낮부터 침실에 들어 있는 것을 보고 이렇게 질타했다.

"썩은 나무에는 조각할 수 없고, 거름흙으로 쌓은 담은 흙손질을 할 수 없는 것이니, 재여를 나무란들 무엇하랴!(朽木不可雕也 糞土之牆不可杇也 於予與何誅)"

이는 오늘 우리 공직자에게 주는 말이기도 하다. 한국의 부패 수준, 특히 정치인과 고위공직자의 부패는 거의 개선되지 않고 있다. 정권이 바뀔 때마다 부패 척결을 약속하지만 권력 핵심부부터 먼저 썩어들어가는 것을 국민은 수없이 목격했다.

부패감시 국제단체인 국제투명성기구의 조사에서도 2004년 한국의 부패인식지수(CPI)는 10점 만점에 4.5점에 그쳤다. 전 세계 조사대상 146개국 가운데 47위이다. 2000년 경실련 부정부패추방운동본부의 조사에서는 공무원 한 명이 시민으로부터 뇌물을 제의받은 횟수가 한 달 평균 0.745번으로 나타났다.

부패방지위원회가 주한 외국인들을 대상으로 공모한 '부패 체험수기, 부패 방지 제안'에도 한국이 '부패공화국'임이 적나라하게 드러났다. 미국인 B씨는 출입국 관리 공무원을 돈 봉투로 매수하는 장면을 목격했다. 그는 "돈을 주는 사람이나 받는 사람이나 아무런 죄책감을 느끼지 못하는 것 같았다."고 밝혔다.

오늘날 한국처럼 구조적이고 관행화된 부정부패가 판을 치는 나라도 이 지구상에서 드물 것이다. 계층이나 신분, 분야를 가리지 않고 악취가 풍기는 것은 '전체가 그렇게 하니까'라는 오래된 전통에다 지위를 남용한 공직자들의 윤리의식 부재가 그 원인이다. 그리고 이들이 특혜와 무임승차를 통해 검은 돈을 거머쥐게 되지만, 그 결과는 여러 사람에게 손실을 안겨준다. 삼풍백화점 붕괴사건에서 보듯이 뇌물이 오가면서 부실공사를 눈 감아 주게 되고, 그 결과 다수의 생명과 재산을 앗아가는 것이다.

외국인들은 한국사회의 부패 원인으로 부패에 관용적인 문화를 꼽고 있다. 공직자 부패를 근절하기 위해서는 일벌백계 정신으로 부패를 용납하지 않는 원칙 확립과 청렴한 공직자상을 만들어가는 것이 무엇보다 시급하다는 것이다.

이제 부정부패를 근원적으로 해결하기 위해서는 어렸을 때부터 정정당당하게 겨루는 페어플레이 정신과 땀 흘려 번 돈이 가장 귀하며 가치가 있다는 것을 교육하고, 명예를 중시하는 사회가 되도록 국민 모두가 노력해야 한다. 그리고 권력과 지위를 이용해 벌어들인 돈으로 흥청거리는 졸부보다는 가난하지만, 청빈의 삶을 자랑스럽게 생각하는 사회풍토가 자리 잡아야 한다. 이제 의식과 제도, 관행 등에 물들어 있는 부정부패문화를 극복해내기 위한 지속적이고도 종합적인 처방에 대해 우리 모두 고민해야 할 때다. (2004. 12. 17~2006. 5. 7)

농촌총각 장가보내기

조선시대의 혼인은 신랑신부의 개인적 결합이 아니라 같은 계층 가문들 간의 정치·경제·사회적 연대였다. 특히 양반의 혼인은 대를 이을 후손을 얻는 장치 외에도 가문의 정치·경제·사회적 영향력을 강화하기 위한 중요한 수단이었다. 사모관대를 한 신랑이 말을 타고 신부 집에 가서 족두리를 쓰고 원삼을 입은 신부와 결혼하는 풍습은 1960년대 농촌 사회까지 이어졌다. 그러나 우리 결혼문화는 60년대 중반 이후 진행된 산업화·도시화의 영향으로 급속한 변화를 겪게 된다.

흔히 사람은 두번 태어난다는 말이 있다. 첫째는 부모로부터 태어남을 뜻하고, 둘째는 혼례를 통해 가정을 형성하면서 새로운 탄생을 경험한다. 그런 점에서 결혼은 인륜대사이다. 그런데 초혼 연령의 상승과 여성들의 결혼기피 현상 등으로 요즘 농촌에는 노총각들이 늘어나고 있다. 달라진 결혼문화로 농촌 총각들이 직격탄을 맞고 있는 것이다. 우리 여성들이 힘든 '농사꾼'의 아내로 살기가 싫은 것이다.

농촌 황폐화 문제는 어제오늘의 이야기가 아니다. 노인인구는 느는데 아이 울음소리는 들리지 않은 지 오래다. 한 지방 자치단체가 '농촌 총각 장가 보내기' 사업에 발벗고 나섰다. 예천군은 농촌 총각 결혼을 위해 1인당 600만원씩 지원, 동남아 여성과의 결혼을 주선하고 있다. 그리고 이들에게 만남과 결혼, 정착까지 전 과정을 지원하는 것이다.

아직도 국제결혼에 대한 거부감은 없는 것은 아니다. 그러나 요즘은 다반사처럼 흔해졌다. 국제결혼 비율은 2000년 3.7%에서 2003년 8.4%, 2005년 13.6%로 빠르게 커지고 있다. 특히 작년에 농어촌 남성은 10명 중 4명이 외국 여성을 아내로 맞았다.

한 가지 안타까운 것은 한국인 남편과 외국인 부인의 이혼율이 1년 전보다 51.7%나 늘어났다는 점이다. 베트남 등 가난한 나라에서 한국으로 시집온 외국 신부들은 언어와 생활·문화 습관이 달라 적응에 어려움을 겪고 있는데다가 원만하지 못한 가정생활은 폭력과 불화로 이어지는 경우가 적지 않기 때문이다. 외국 배우자들이 한국 문화에 빨리 정착할 수 있도록 체계적인 교육 등 지원프로그램을 마련하고, 특히 이들 사이에 태어난 2세들에 대한 정부 차원의 지원이 뒤따라야 할 시점이이다.

그러나 국제결혼은 이 같은 난관에도 늘어날 가능성이 크다. 그야말로 세계화 시대를 맞아 인종과 국경의 장벽이 무너진 것도 중요한 원인이기도 하지만 남초(男超)현상 때문에 외국에서 신부를 구하는 사례는 더 늘어날 것이라고 한다. 우리나라는 여자 100명당 남자가 남한은 101.4명이어서 '신부난'은 여전히 풀리지 않을 것 같다. 그러나 다행인 것은 북한은 96.6명으로 여자가 많아 통일이 되면 남녀성비가 균형을 이룬다는 계산이다.

국제결혼은 이제 대세다. 유대 속담에 "인생에서 늦어도 상관없는 것이 두 가지가 있다. 결혼과 죽음이다."라고 했지만, 농촌 총각들의 사정은 딱하다. 그들이 장가들지 못하는 것은 우리나라 여성들이 능력있고, '환경 좋은' 남편을 고르고 있기 때문이다. 우리나라 젊은이들은 '결혼의 세계화' 시대에 걸맞게 좋은 배필을 찾아 세계의 결혼시장을 누빌 날이 다가오고 있다. (2004. 12. 28~2006. 4. 1)

부실 도시락

끼니조차 어려웠던 시절, 가난한 제자의 빈 도시락통을 확인한 담임 선생님은 매끼 밥그릇의 절반을 덜어 놓고 먹기로 결심한다. 제자들은 37년 뒤 은사의 회식 자리에서 여전히 밥그릇의 절반을 덜어내는 선생님의 모습을 보고 진한 감동을 받는다. 작가 이청준이 쓴 창작동화 <선생님의 밥그릇>에 나오는 이야기이다. 실제로 이청준은 자신의 옛 중학생 시절 은사를 떠올리며 이 작품을 썼다고 했다.

장년이면 대부분 학창 시절 도시락에 얽힌 추억을 갖고 있다. 쭈그러진 양은도시락에 김칫국물이 넘쳐 붉게 물든 밥이지만 서로 정답게 반찬을 나눠 먹으며 이야기꽃을 피우던 아름다운 시절을 떠올린다. 그야말로 따뜻한 정을 나누던 도시락이었다.

제주도 서귀포에 이어 군산시도 그 도시락 때문에 눈총을 받고 있다. 결식아동에게 제공한 점심 도시락이 함량미달이었기 때문이다. 이번 부실 도시락 사건을 고발한 시민단체 '탐라자치연대'는 "도시락 내용물이 결식아동에게 격려는커녕 힘을 빼놓고 있다면 이건 보통 문제가 아니다."라고 지적했다. 서귀포시는 국민의 분노가 들끓자 담당 과장을 관리·감독 소홀의 책임을 물어 직위해제하고 도시락을 직접 구입해 결식아동들에게 전달하는 등 부산을 떨고 있다.

결식아동 지원은 국민의 세금으로 집행되고 있다. 그것도 선진국에

비하면 턱없이 부족하다. 그런데도 담당공무원은 이를 마치 자신의 돈으로 선심이라도 쓰는 양 일을 처리한다. 또 얼마 전 대구에서 일어난 '장롱 속 어린이 아사 사건'과 관련, 경찰이 담당공무원의 직무유기 여부에 대해 조사하고 있다고 한다. 어느 누구도 의지할 수 없는 불우 이웃을 돌봐야 할 담당 공무원까지 손을 놓고 있는 것이다.

또 가정 형편이 어려워 2005년 급식비를 내지 못한 초·중·고 학생이 2004년보다 28%나 늘어났다고 한다. 정부가 2006년 저소득층 자녀의 학교 급식비 지원을 2004년 보다 12.4% 늘려 잡았다고 하지만, 당장 급식비를 내지 못하는 딱한 처지의 학생들은 교육행정의 사각지대에 놓인 셈이다.

급식비 미납 학생이 급증하는 것은 정부의 학교 급식 지원 대책에 구멍이 나 있다는 의미로 볼 수 있다. 그동안 학교는 미납 학생 가정에 안내장이나 전화로 납부를 독려할 뿐이고, 교육당국은 급식비를 내지 못하는 이유조차 제대로 파악하지 못한 것으로 밝혀졌다. 식사 시간에 끼니를 거른 채 굶고 있어야 하는 청소년의 절망감은 이루 말할 수 없을 것이다.

학교 급식은 초·중·고·특수학교의 99.4%가 실시하고 있으며, 시·도교육청은 전체 학생 대비 6.8%의 저소득층 자녀 52만6000명에게 급식비를 지원하고 있다. 앞으로 급식비 지원이 필요한 학생들이 누락되는 사례가 없도록 하기 위해서는 학생들의 가정 형편을 가장 잘 파악하고 있는 학교와 시·도교육청이 협력해 대책 마련에 나서야 한다. 정부는 교육 양극화 해소 차원에서 급식비 미납 실태를 정확히 파악하고 교육 현안의 최우선 과제로 다뤄야 한다. 이참에 그동안 지적돼온 결식아동 지원과 급식의 질 향상, 안전성 등 학교 급식의 종합대책도 내놓아야 할 것이다. (2005. 1. 12~2006. 4, 21)

철새와 AI

"제 떠나왔던 도래지로 날아가려는 겨울 철새는 맹목적이다/ 공중에서 비행기를 만나도 피하지 않는다 한 마리 꼬까도요새/ 비행기와 충돌했다 새의 몸은 엔진 속으로 빨려 들어가고 엔진이/ 망가진 비행기는 허둥지둥 회항한다."

시인 이해리는 '철새는 그리움의 힘으로 날아간다'는 주제로 거대한 비행기도 무서워하지 않고 도래지를 다시 찾아가는 철새의 강인함을 이렇게 노래했다. 자기가 떠나온 늪지대의 물소리, 바람소리가 그리워 한 목숨 분쇄되는 장애물도 두려워하지 않고 구만리장천을 날아가는 철새의 의지는 결코 '맹목적'일 수 없다는 것이다.

한반도는 사계절이 분명하고 광활한 내륙과 넓은 바다로 둘러싸여 있어 수많은 자연생물이 서식하고 있다. 봄에는 강남 갔던 제비가 돌아오고, 가을이면 북녘 땅의 기러기가 찾아온다. 그래서 우리 조상들은 국경을 초월하여 푸른 창공을 마음대로 날아다니는 철새를 반기면서 철이 바뀜을 확인하곤 했다. 우리나라의 조류 372종 가운데 266종이 철새라고 하니 상당수가 국경을 초월해 살아간다고 볼 수 있다.

요즘 철새가 조류인플루엔자(AI)의 주범으로 지목되면서 공포의 대상이 됐다. 철새가 조류독감의 매개체라는 것은 북방지역 철새 이동경로 상에 있는 러시아와 카자흐스탄, 몽골에서 지난 7~8월 잇따라 AI가 발생했다는 점 때문이다. 그러나 이에 대한 반론도 만만찮다. 방역 당국에서 철새 배설물을 채취해 분석했지만 AI 바이러스는 단 한 번도 검출되지 않은데다가 국내 대표적 철새도래지 해남 고천암과 순천만 인근에서는 AI가 발생하지 않았다는 것이다.

AI는 국제통화기금(IMF)이 세계경제 5대 위험요소 가운데 하나로 지목할 정도로 그 파장이 크다. 인간을 사망에 이르게 하는 AI가 확산될 경우 경기침체를 불러올 수 있다고 우려하고 있다.

아시아개발은행(ADB)도 아시아에서 확산되고 있는 AI 문제가 1982년 이래 처음으로 세계 경기 침체를 불러일으킬 수 있다고 경고했다. ADB는 <2006년 경제 전망 보고서>에서 "AI가 인간 대 인간 감염이 가능해지면 이로 인한 아시아 경제 타격은 최대 3000억 달러에 이를 것"이라고 밝혔다.

세계보건기구(WHO)에 따르면 전 세계에서 AI로 숨진 사람은 109명으로 늘어났다. 지금까지 AI의 인간 감염이 확인된 국가는 중국과 인도네시아, 베트남 등 9개 나라다. 사망자가 가장 많은 곳은 베트남으로 모두 90여명이 감염돼 42명이 숨졌다. 이어 인도네시아에서 23명, 태국에서 14명이 AI로 사망했다.

아직도 AI의 발생 원인에 대해 뚜렷이 밝혀진 것이 없고, 백신이나 치료약이 제대로 개발되지 않은 상태다. 이러한 상황에서 말 못하는 철새에게 누명을 씌우기보다는 하루 빨리 그 원인을 찾아내 AI의 공포로부터 벗어나는 것은 우리 인간의 몫이다. 어쨌든 해마다 수십만 마리의 철새가 날갯소리를 내며 펼치는 비상군무의 장관을 보는 즐거움도 앗아가는 게 아닌가 하는 아쉬움이 남는다. (2005. 10. 13~2006. 4. 12)

짝퉁 김치 V기생충 김치

한국은 김치 종주국이다. 김치가 세계인의 건강식품으로 위상을 확보하고 있는 데 대해 자부심도 갖고 있다. 그런데 불량 중국 김치의 수입물량이 2005년 들어서만 80% 가까이 늘어나면서 김치 종주국의 자존심도 무너지고 있다

값이 싼 탓에 중국산 김치가 식당이나 단체급식 등을 통해 제공되면서 대부분 소비자가 자신도 모르게 중국산 김치를 먹고 있다. 수입 물량으로 볼 때 벌써 우리 국민 한 사람이 1.8kg의 중국 김치를 먹었다고 한다.

김치에 대한 교역량이 늘어나면서 당장 국민의 관심 사안은 위생문제다. 최근 중국산 수입식품에서 발암물질과 납 등 각종 위해물질이 잇달아 검출된 데 이어 이번에는 조사대상 16개 제품 중 56.3%에 이르는 9개의 중국산 김치에서 회충, 구충, 동양모양선충, 사람등포자충 등 4종류의 기생충 알이 나온 사실이 밝혀져 충격을 주고 있다. 이들 기생충은 최근 국내에서 거의 발견되지 않은 것으로, 사람의 장기를 손상시키고 여러 질병을 유발할 수 있다는 것이다. 이는 우리나라와는 달리 중국의 경우 채소 재배 때 비료로 인분을 사용하기 때문이라는 게 전문가들의 분석이다.

1995년까지 우리나라 초등학교에는 채변검사가 연례행사처럼 실시

됐다. 당시 학생들은 학교에서 나눠주는 구충약을 먹고 얼굴이 노랗게 되거나 심한 경우 결석까지 한 경험을 갖고 있다. 기생충 감염률이 1971년만 해도 84.3%에 이르렀지만 기생충 박멸운동의 결과 1997년에는 2.4%로 뚝 떨어졌다. 그러나 최근 들어 기생충 감염률이 다시 높아지고 있다. 질병관리본부는 2004년 6~12월 전국에서 추출한 2만 370명을 대상으로 기생충 감염실태를 조사한 결과 3.7%가 각종 기생충에 감염돼 1997년 조사 때보다 1.3%포인트 높아졌다고 밝혔다.

중국산 김치에 대한 불신이 커지면서 수출길이 막히자 중국 국가질량감독검사검역총국이 보복에 나섰다. 한국산 김치와 고추장 등에서 기생충 알이 검출됐다며 이례적으로 수입 중단 조치를 취한 것이다. 실제로 현지 법인 관계자들은 기생충 알이 검출됐다는 한국산 메이커 식품류는 최근 수출한 적이 없어 유사품일 수 있다는 것이다.

중국에서 한국의 인기 드라마 '대장금'의 열기가 상상 외로 뜨거워지면서 음식과 패션, 여행 등 다양한 분야에서 관련 상품 1300여종이 쏟아져 나왔다. 특히 중국 식당들은 약삭빠르게 한국 특선 요리를 선보여 톡톡히 재미를 봤다.

중국에서 '대장금' 열풍으로 김치 수요가 늘면서 한국 유명업체의 상표를 도용하는 '짝퉁 천국' 중국 현지에서 만든 '짝퉁김치'가 이번 조사 대상이었을 가능성이 크다. 결국 한류 열풍에 대해 그동안 마뜩찮게 생각해온 중국 정부가 이 참에 '대장금' 후폭풍까지 잠재우겠다는 의도로 '기생충 김치' 검사 결과를 내놓았을 가능성이 크다는 것이다.

어쨌든 한중 양국에서 일어난 김치 파동은 식품의 안전성 문제를 다시 한 번 일깨워줬다는 점에서 큰 의미를 찾을 수 있다. 보건당국은 소 잃고 외양간 고치는 식의 일 처리를 언제까지 되풀이할 것인지 묻지 않을 수 없다. (2005. 10. 23~2005. 11. 1)

굶주린 도사견

도사견(土佐犬)은 일본의 고치현 도사(とさ)가 원산지다. 1800년경 일본의 아키타견을 비롯한 토종개들이 서양 개들과의 싸움에서 연속적으로 패하자 화가 난 투견인들이 '마스티프', '그레이트 데인' 등 초대형 개들과의 교배를 통해 개량한 것으로 알려져 있다. 투견할 때 정면승부를 좋아하며 중간에 싸움을 말리지 않으면 죽을 때까지 싸움을 계속하는 근성을 가지고 있다.

부모의 이혼으로 외가에 맡겨진 초등학생 권모(9)군이 외조부모마저 시골에서 농사일을 위해 1개월여 집을 비운 사이 혼자 집을 지키다 굶주린 도사견에 물려 숨진 안타까운 일이 발생했다. 요즘 인명사고로 언론에 자주 등장하는 '도사견'은 순수 견종이 아니라 식용을 목적으로 가둬 기르던 개가 상당수다. 아무리 좋은 개라도 애정을 갖고 보살펴주지 않는다면 천방지축 망나니가 될 수 있다는 것이다.

권군은 저녁 늦게까지 친구와 놀다 집으로 돌아왔다가 변을 당했다. 요즘 맞벌이부부가 늘어나면서 아이들은 부모의 보살핌을 제대로 받지 못하고 자란다. 그래서 인터넷과 게임 등에 빠져들면서 상당한 사회문제가 되고 있다. 부모 없는 권군은 더욱 그럴 수밖에 없었다. 권군이 다니던 학교 관계자는 "말수는 적지만 선생님 말을 잘 따르는 착한 학생이었다."고 말했다. 권군의 집과 시신이 안치된 병원을 찾은 민주노

동당 권영길 대표도 "아침에 보도를 보고 너무 가슴이 아파 이렇게 급히 달려 왔다."며 당 차원에서 도와줄 것을 주문했다. 이 학생에겐 아무런 위로가 될 수 없는 말이다.

가정 해체 등으로 의지할 곳 없는 아동들이 급증하고 있다. 그러나 이들을 보호해줄 시설은 턱없이 부족하다. 어렵게 시설에 입소한 아동들도 부모 밑에서 자라는 아동처럼 인성교육이나 특기교육을 받을 수 있어야 하는 데 현실은 그렇지 못하다. 시설 운영자 대부분은 아동들에겐 이런 과외를 해 줄 여력이 없고, 그런 명목의 국가나 지방자치단체의 지원금이 전무하다. 따라서 시설아동에 대한 지원 프로그램 자체가 바뀌어야 할 시점이다.

부모로부터 버림받은 아이의 경우 국내 입양을 늘리는 것도 한 방법이다. 해외 입양은 가난하고 힘들었던 시절 우리의 어두운 자화상이지만, 지금도 우리나라는 '아동수출국'이라는 오명을 씻지 못하고 있다. 보건복지부에 따르면 아동 입양은 2005년 3562명 중 해외 입양이 2101명(약 59%)을 차지하고 국내 입양은 1401명에 불과했다. 특히 장애 아동은 해외 입양이 700여명인 데 비해 국내 입양은 20명을 밑도는 실정이다.

가족 해체의 가장 큰 피해자는 자녀다. 이혼가정의 70%가 대부분 미성년 자녀를 두고 있어 이들의 양육 문제를 해결하고 부모의 이혼에 따른 자녀의 정신적 상처를 치유하는 것이 우리 사회의 큰 현안이다.

그러나 권군처럼 버려지는 아이들에 대한 제도적 혹은 사회적 보장은 전무한 실정이다. 특히 이번 사건은 이혼 가정의 아픔과 이를 외면한 우리 사회의 단면을 보여주는 것이어서 더욱 안타까움을 더해준다. 이제 소년소녀가장과 저소득 모자가정, 재가 노인 등 어려운 이웃에 대한 국민의 관심이 절실한 시점이다. (2005. 11. 13~2006. 5. 10)

1000번째 사형수

세계에서 가장 오래된 성문법인 고대바빌로니아의 함무라비법전(기원전 1750년쯤 제정)에는 여러 형벌이 예시돼 있다. 당시 형벌의 기본은 '눈에는 눈'이라는 탈리오의 법칙을 적용해 환자를 죽게 한 의사는 손을 절단했고, 주인의 명을 거역한 노예는 귀를 잘랐다. 물론 죄질이 약할 경우 태형이나 인두로 낙인을 찍는 방법을 쓰기도 했지만 대부분의 범죄는 사형으로 다스렸다.

그리고 사형 집행 방법은 절대군주국가일수록 잔인했다. 기원전 451년 형벌을 본격적으로 체계화한 로마는 주로 원형극장에서 많은 시민이 지켜보는 가운데 사형을 집행했다. 정교하게 기획 연출하는 끔찍한 연극이었다. 로마 황제들은 군중심리를 이용했고, 관중은 사형 장면을 즐겼다. 콜로세움에서의 피의 참극은 불행하게도 수백년간 지속됐다.

1976년 미국에서 사형제도가 부활된 이후 1000번째로 예정됐던 사형수가 형 집행을 하루 앞둔 2005년 11월 29일 종신형으로 극적 감형됐다. 1000번째 사형 집행은 2일 예정된 다른 수감자에게 넘어갔다. 우리나라는 현재 21명을 죽인 '희대의 연쇄살인마' 유영철을 비롯해 모두 62명이 사형 확정으로 수감돼 있지만 1997년 12월 이후는 한 건도 집행하지 않고 있다. 국가인권위원회가 사형제 폐지 권고안을 내는 등 사형제 폐지 쪽으로 여론이 기울고 있지만, 아직 찬반논란은 끊이질 않고 있다.

러시아 대문호 도스토예프스키는 작품 <백치>에서 "사형은 영혼의 모독"이라면서 사형제 폐지를 주장했다. 맹자도 "좌우의 신하들이 꼭 죽여야 한다고 하여도 불가하고, 모든 대부들이 꼭 죽여야 한다고 한 연후에도 다시 한번 살펴보고 죽여야 하는 것이다."라고 신중한 사형집행을 권고했다.

아직도 북한 같은 인권후진국에는 공개 처형이 자행되고 있다. 인류 역사에서 보듯이 사형제도의 남용을 줄이고, 재판관의 오판을 막기 위해 사형제를 폐지해야 한다는 공감대가 우리 사회에서 확산되는 것은 다행한 일이다. (2005. 11. 30)

스트레스

연말이 되면 괜히 마음이 조급해진다. 지난 연초의 계획이 제대로 이뤄지지 않았거나 남은 기간에 마무리해야 할 일들이 밀려오기 때문이다. 특히 직장인들은 계속되는 송년 모임의 술자리 때문에 오리려 몸이 망가지기 일쑤다. 눈코 뜰 새 없이 돌아가는 연말을 맞아 많은 사람이 과도한 스트레스에 시달리고 있다.

스트레스는 생체의·평형을 깨뜨릴 수 있는 모든 외부의 자극을 이르는 말이다. 즉 외부로부터 주어지는 압력에 의해 내적인 긴장감을 느끼게 되는 것이다. 이 말을 처음 사용한 캐나다의 내분비학자 한스 셀리에는 스트레스가 일어나는 단계를 경고기·저항기·피폐기로 나누고, 스트레스를 적절히 해소하지 못할 경우 저항력이 떨어져 결국 죽게 된다고 말했다.

최근 "스트레스가 병을 일으킨다."는 속설도 호주 연구진에 의해 과학적으로 입증됐다. 이들은 스트레스를 받는 동안 몸에서 생성되는 뉴로펩타이드Y(NPY) 호르몬이 신체 면역체계를 약화시켜 질병을 유발한다는 것을 밝혀냈다. 하지만 NPY의 영향을 줄이는 약을 개발하는 데는 수년이 걸릴 것이라고 말했다.

스트레스는 해로운 것만은 아니다. 우리 삶의 과정에서 자연스럽게 나타나는 현상이다. 스트레스는 목표를 성취하도록 힘을 주며, 삶의 활력을 불어넣기도 한다. 그것을 어떻게 다루느냐에 따라 우리의 건강과 행복은 크게 영향을 받게 된다고 볼 수 있다.

그러나 대부분의 스트레스는 화(火)로 연결된다. 세계적 평화운동가인 틱낫한 스님은 “화는 마음의 독이다.”라고 말했다. 그래서 우리의 마음을 고통스럽게 하는 화를 다스려 잃어버린 행복을 찾아야 한다고 주장한다. 또 그는 많은 사람이 마음을 비우지 못하기 때문에 지속적으로 고통받고 있다고 강조했다. 우리 자신을 자유롭게 풀어놓으라는 것이다.

우리를 스트레스로 몰아넣는 연말, 몸과 마음을 자연, 즉 모든 구속에서 자유로운 상태로 되돌려 놓아보자. (2005. 12. 6)

개 사랑 에티켓

한국은 '식견국(食犬國)'이란 오명을 쓰고 있지만 개 사랑만은 유별나다. 애완견 인구가 300만명에 이르고, 애견산업의 시장 규모도 2조원대에 달한다는 것이다. 더구나 병술년 개띠 해를 맞아 개를 기르는 가구가 부쩍 늘어날 것으로 보인다. 그러나 외형적으로 시장 규모가 커졌지만 애완견 문화는 초보 수준에 머물고 있다.

외국 언론에까지 화제가 된 2005년 6월의 '개똥녀' 사건은 애완견 문화의 한 단면을 보여준다. 지하철에서 애완견의 배설물을 치우지 않고 도망치듯 자리를 뜬 여성의 사진이 인터넷에 올라오면서 누리꾼의 비난이 쏟아졌다. 물론 현행 철도법에는 지하철에 개를 데리고 탑승하지 못하게 돼 있다. 이로 인해 애완견을 공공장소에 데려갈 경우 반드시 기본예절과 법규를 지켜야 한다는 목소리가 거세졌다.

개는 주인을 잘 만나면 사람보다 더한 대접을 받는다. 애견 전용 미용실에서 비타민 샴푸 목욕과 오일 마사지로 털 손질을 받고, 계절마다 4~5벌씩 새옷을 갈아입는다. 수십만원을 호가하는 '저택(?)'에서 살거나 성형수술을 받기도 한다. 특별히 선택받은 애견들은 유치원에도 다닌다. 마지막 순간 사람 못지않은 예우를 받으며 세상을 떠나는 애견도 있다. 애견장례업체를 통해 초특급 장례 서비스를 받는 것이다.

그러나 개가 사랑만 받는 것은 아니다. 개에 대한 애증이 엇갈리고 이웃 간의 분쟁이 끊이질 않는 것은 말 못하는 개 때문이 아니라 그 주인 때문이다. 개를 관리하는 주인의 예절 실종이 가장 큰 문제다. 개를 데리고 나갈 때 배변봉투를 가지고 다니는 사람은 아직도 많지 않다. 공공시설에 개 배설물을 방치할 경우 남에게 불쾌감을 줄 수 있는데도 말이다.

최근 자신의 개를 제대로 관리하지 못해 행인을 물어 다치게 한 사람이 과실치상 혐의로 불구속 입건됐다. 개 사랑은 남에게 피해를 주지 않고 개를 잘 관리할 때만이 빛날 수 있다. (2006. 1. 3)

쌀밥

"보릿고개 밑에서/ 아이가 울고 있다./ 아이가 흘리는 눈물 속에/ 할머니가 울고 있는 것이 보인다./ 할아버지가 울고 있다./ 아버지의 눈물, 외할머니의 흐느낌,/ 어머니가 울고 있다./ 내가 울고 있다. …"

시인 황금찬은 풀뿌리와 나무껍질로 연명하며 '보릿고개'를 넘던 시절 이야기를 이렇게 시로 읊었다. 1960년대까지만 해도 우리나라는 가을에 거둔 쌀로는 겨울 한 철 나기도 어려웠다. 그래서 이듬해 봄보리가 날 때까지 굶주릴 수밖에 없었다.

연례행사처럼 찾아드는 춘궁기를 모면할 수 있었던 것은 1971년 개발한 '통일벼' 덕이다. 통일벼는 일반 벼 품종보다 40% 정도 소출이 많아 그야말로 '녹색혁명'을 가져왔다. 1977년에는 유사이래 최고인 660만톤을 생산하며 자급자족이 가능해졌고, 헥타르당 수확량도 4.94톤으로 세계 최고 기록을 세웠다. 물론 요즘은 쌀이 남아돌아 걱정이다. 2006년에는 재고량이 적정치인 600만석을 훌쩍 넘어선 754만석에 이를 것으로 농림부는 보고 있다.

그동안 국민 생활이 풍요해지면서 식단에도 급격한 변화의 바람이 불었다. 요즘에는 웰빙 바람으로 백미, 백설탕, 흰 밀가루, 흰 소금, 조미료 등 오백 식품을 피하고 현미오곡밥 등 건강식이 유행이다. 여기다가 다이어트나 바쁜 일과로 끼니를 거르는 이들도 많아졌다. 그래서 쌀 소비는 1984년 이후 21년째 줄어들고 있고, 2005년 1인당 쌀 소비량은 80.7킬로그램에 불과했다. 보릿고개가 완전히 끝나지 않았던 1970년에도 지금의 1.7배인 136.4킬로그램을 소비했으니 그만큼 쌀밥이 우리 식단에서 외면받고 있는 셈이다.

최근 쌀 소비량이 줄어들면서 쌀 개방으로 고통당하는 농민들의 시름이 더욱 깊어지고 있다. 결국 전남 장흥군의 '쇠똥구리 마을'에서 생산된 적토미 80킬로그램 한 가마가 일반 쌀값보다 10배가량 높은 200만원에 팔리는 현실을 감안할 때 농민도 이제 양질의 쌀을 생산하고, 정부도 '녹색혁명'에 버금가는 획기적인 쌀 소비 정책을 내놓아야 할 때가 된 것 같다. (2006. 1. 11)

황우석 파동

'황우석 파동'이 우리 사회에 던진 교훈은 너무 크다. 황우석 서울대 석좌 교수팀의 논문 조작이라는 거대한 '사기행각'(?)이 들통나면서 국민은 충격에 휩싸였다. 황 교수는 MBC 'PD수첩'의 폭로로 차세대 성장동력인 생명공학을 이끌 '국민적 영웅'에서 '세기적 사기꾼'으로 전락했다.

물론 황 교수의 업적을 놓고 사회 일각에서는 반론이 없는 것은 아니다. 이 사건이 단순히 황 교수 개인에게 국한된 것이 아니라 권력층과 정부부처, 줄기세포 관련 학자 등 여러 이해 당사자들 사이에 얽히고설킨 사건이라는 점에서 해명해야 할 부분이 없는 것은 아니다.

황 교수 사태로 우리 사회는 많은 것을 잃었다. 우선 과학계가 정치적 입김이나 언론의 과장보도에 휘둘리면서 연구 성과를 객관적으로 검증하고 평가하고 견제할 수 있는 기회를 놓쳐버렸다는 것이다.

그렇지만 황 교수 파동은 국내 줄기세포 연구의 현주소를 짚어보는 기회가 됐다. 특히 환자 맞춤형 줄기세포 연구는 학문적으로 기초부터 발전시켜 나가면서 차근차근 임상으로 연결시켜야 하는데, 아직 학문적 연구 단계에 있는 줄기세포를 임상치료 측면에서 과대포장하면서 이 같은 문제가 생겼다는 것이 전문가들의 진단이다.

2004, 2005 사이언스 지 논문조작 파동은 과학연구가 성과주의에

매달릴 때 어떻게 타락할 수 있는가를 잘 보여주고 있다. 황 교수가 논문에서 주장해온 환자맞춤형 줄기세포뿐 아니라 세계최초로 만들었다는 체세포 복제 줄기세포도 존재하지 않는다는 것이다. 결국 과학자의 과도한 성취욕과 명예욕, 물욕이 이번 사태의 가장 큰 요인이겠지만 과정보다는 결과만을 조급하게 요구하는 우리 사회의 풍토도 적잖게 영향을 주었다. 특히 일찍이 없었던 '과학영웅'에 대한 대중의 열광은 감성적인 애국주의를 분출하면서 이성적 토론과 비판의 여지마저 봉쇄했다.

일본 열도의 역사를 60만년 이전으로까지 끌어올려 민족적 자부심을 한껏 드높인 고고학자 후지무라 신이치(藤村新一)의 구석기 유물발굴 조작 사건도 마찬가지다. 그의 발굴 결과는 '베이징 원인'에 비견되면서 교과서에 올랐고, 발굴지는 사적으로 지정됐다. 그런데 그것이 가짜라는 사실이 마이니치신문의 특종으로 폭로되면서 일본은 하루아침에 세계적인 웃음거리로 전락했다. 후지무라의 조작이 20여년간 들통나지 않고 오히려 더욱 대담하게 역사 조작을 계속될 수 있었던 것은 일본 사회 전반에 깔린 국익우선주의와 '기념비적 업적'에 고무된 사회 분위기에 눌려 그 어느 누구도 반론을 펼 수 없었기 때문이다.

과학 선진국으로 가는 과도기에서 우리는 많은 것을 배웠고, 잘못에 대한 대가도 톡톡히 치르고 있다. 연구 윤리의 확립과 정직성이 얼마나 소중한가도 뼈저리게 경험했다. 한국 과학의 수준을 한 단계 끌어올리는 일이야말로 과학자들이 해야 할 몫이요, 이번 파동에서 꼭 배워야 할 교훈이다. 그러나 이번 사태로 인해 줄기세포는 물론 생명과학분야의 연구가 위축되거나 정부의 연구지원이 축소되는 일은 없어야 할 것이다. (2006. 1. 12)

셋방살이 애환

우리나라의 주택 보급률은 2004년 기준으로 102.2%에 이른다. 그러나 자가 보유율은 54.2%에 불과하다. 나머지는 남의 집에 세들어 산다. 서울의 경우 주택 보급률은 89.2%에 그치고, 자가보유율은 52.4%에 머물러 있다. 이러한 상황에서 '빈곤층'이 내 집을 마련한다는 것은 사실상 불가능하다. 주택 구입 능력이 매우 낮은 최저주거기준 미달 가구도 23%에 달한다는 것이다.

그런데도 정부의 서민주택 정책은 여전히 겉돌고 있다. 그동안 무주택 서민의 주거 안정을 위한 각종 정책이 쏟아졌지만 실제로 이들에게 거의 도움이 되지 못했다. 민간 임대 아파트 시공 업체들의 부도로 보증금조차 못 건지고 거리로 쫓겨나는 참담한 경험을 한 서민이 한둘이 아니다. 정부가 부동산 정책을 내놓을 때마다 강남 집값은 들썩였다. 그것은 다름 아닌 공무원의 탁상공론 때문이었다.

참여정부는 서민을 대변한다고 했지만 실은 부자들을 위한 정책을 펴왔다. 그 대표적 사례가 부동산 정책이다. 신행정복합도시와 혁신도시, 기업도시 등을 명분으로 전국을 투기장화하면서 땅과 돈을 가진 이들에게만 그 혜택이 돌아갔다. 국회 재정경제위 소속 한나라당 이한구 의원은 "2002년 1천354조5000억원이던 전국 땅값이 참여정부 들어 3년째인 2005년에는 2천176조2000억원으로 821조7000억원이나 올랐다.”며 “이는 김영삼(YS) 김대중(DJ) 정권 시절의 지가 상승폭에 비해 각각 10.6배, 13.1배에 달하는 수준”이라고 주장했다. YS, DJ 정부 때에는 전국 땅값이 각각 6.4%, 4.9%이 올랐지만 현 정부가 집권한 3년 간의 상승률은 60.7%에 달한다는 것이다.

이 의원은 “노 대통령 재임기간 전체 땅값 상승분의 74.3%(610조 2000억원)는 수도권에서 발생했다.”며 “이는 부의 불평등 정도가 이전 정권 때보다 심해졌다는 얘기로, 거꾸로 가는 국토균형발전 정책을 반증하는 것”이라고 비판했다. 지자체별 지가상승률은 경기도가 106.0%로 가장 높았고 행정수도이전 대상지인 충남(81.1%), 서울(67.3%)이 그 뒤를 이었으며, 광주(14.8%) 부산(17.2%) 대구(18.2%) 등 3곳이 땅값이 가장 적게 오른 지역군으로 분류됐다.

돈 많은 부모를 둔 사람이 아니면 젊은 시절 누구나 셋방살이의 애환이 있다. 아이가 많다고 방을 얻을 수 없었던 사정은 말할 것도 없고, 주인집 눈치 보느라 아이에게 큰소리 한번 제대로 하지 못하고 살았다. 정부의 부동산 정책이 겉돌다보니 집 없는 서민의 아픔은 옛날보다 나아진 게 없다.

참여정부의 조령모개식 부동산 정책이 또다시 도마에 올랐다. 요즘 입만 열면 ‘양극화 해소’를 외치는 정부가 사글세방을 전전하는 서민의 원성을 사고 있다. 월세 중개 수수료를 2~3배 올린 것이다. 고위직 공무원에게는 몇 만원이 눈에 들어올 턱이 없지만 서민에겐 피땀어린 돈이다. 건교부는 논란이 일자 “실태를 다시 파악해서 시정하겠다.”고 밝혔지만, 이는 탁상행정이 빚은 대표적 사례로 기록될 만하다.

그동안 이 정부가 내건 서민정책이 서민에게 고통만 안긴 것은 아닌지 돌아봐야 할 시점이다. (2006. 2. 20)

환경의 '분노'

1840년 열대 밀림에 숨어있던 신전을 발견하면서 그 실체가 드러나기 시작한 마야는 고도로 발달한 과학문명을 가진 고대 국가이다. 세계 7대 불가사의 가운데 하나인 마야문명이 몰락한 것은 가용 자원을 넘어선 인구 증가, 삼림 파괴와 침식, 가뭄, 전쟁 등이 주된 이유였다.

풀리처상을 받은 베스트셀러 작가인 재레드 다이아몬드 미국 UCLA 지리학과 교수는 <문명의 붕괴>라는 책에서 마야문명의 붕괴 원인을 이같이 진단하고, 세계는 생물의 종 감소와 경작지 감소, 사막화, 습지대의 상실, 목초지의 황폐화, 염화, 토양 침식, 물 부족, 수질 악화 등 환경재앙에 따라 역사상 처음으로 전 세계적인 붕괴의 가능성을 경고했다. 특히 인류역사의 수많은 문명의 붕괴 원인을 환경재앙에서 찾고 있는 그는 현대는 지구촌 시대인 만큼 한 사회가 붕괴의 조짐을 보이면 곧 다른 대륙에 있는 부유한 사회도 어떤 형태로든 영향을 받지 않을 수 없다고 보고 있다. 최근 지구 곳곳에서 벌어지는 자연 재해가 그 징조일 수 있다는 것이다.

필리핀 중부 레이테주 귄사우곤 마을을 휩쓴 대규모 산사태도 무분별한 벌목과 지구온난화에 따른 기상이변에서 그 원인을 찾고 있다. 리니냐 현상으로 인한 집중호우가 2주 동안 계속돼 지반이 물러진데다 진도 2.6의 가벼운 지진이지만 해발 800m의 산악지대를 일순간에 진흙더미로 만들어 마을 전체를 송두리째 삼켜버렸다.

1991년에도 레이테 남부에서 집중호우와 산사태로 인해 6000여명이 숨진 이후에도 15년간 비슷한 대형 자연재해가 네 번이나 발생했다. 이번 산사태로 사망자가 1800명에 달할 것으로 보고 있다.

자연재해는 전 지구적 현상이다. 2004년 12월 인도네시아 수마트라 앞바다에서 발생해 23만여명의 목숨을 앗아간 쓰나미(지진해일)는 히로시마에 투하된 원자폭탄 250만개와 맞먹을 정도의 위력을 가졌다. 2005년 8월과 9월에 허리케인 카트리나와 리타가 미국 남부 지방을 휩쓸어 1200여 명이 숨지고 6000여 명이 실종되는 참사도 발생했다. 또 그 해 10월에는 파키스탄 지진 참사로 7만4000명이 숨졌다. 인도양의 몰디브와 남태평양 투발루처럼 녹은 빙하 탓에 해수면이 높아져 바다 밑으로 잠길 위기에 처한 섬나라들도 생겨나고 있다.

생태계 위기는 인간이 산업화와 개발이라는 명분으로 자연을 무분별하게 파괴하면서 일어났다. 인간은 자연의 일부이며 자연의 생태계가 파괴될 때 인간의 생존도 위험에 빠질 수 있다는 점을 인식해야 한다. 그래서 자연의 소중함을 인식하고, 그 터전 위해 인간의 삶도 달라지지 않으면 생태계 위기에서 벗어날 수 없다. 또 지구온난화로 인한 환경재앙을 막기 위한 국제적 협력은 물론 자연재해 등 긴급사태에 대한 국제 공조도 화급한 과제 가운데 하나다.

자연재해는 자연과 인간, 인간과 인간 사이의 조화로운 공존의 패러다임을 찾지 않고서는 해결될 수 없다. 그렇지 않으면 '환경의 분노'를 우리는 도저히 감당할 수 없을 때가 오게 될 것이다. 믿음의 조상 노아 가족을 제외하고 전지구촌을 물바다로 만든 노아홍수 사건이 성경의 이야기만 아니라 우리 시대 이 지구상에서도 일어날 가능성이 점점 커지고 있다. (2006. 2. 21)

인면수심

중국은 기원전 3~1세기경 몽골 지방에서 활약하던 유목민족인 흉노의 침입을 받았다. 후한의 역사가 반고(班固)는 <한서>에서 흉노에 대해 "오랑캐들은 머리를 풀어 헤치고 옷깃을 왼쪽으로 여미며, 사람의 얼굴을 하였으되 마음은 짐승과 같다(夷狄之人 被髮左衽 人面獸心)."고 표현했다. 여기에 나오는 '인면수심'은 본래 미개한 종족으로서의 북쪽 오랑캐, 즉 흉노를 일컫는 말이었지만 지금은 '사람의 얼굴을 하였으나 마음은 짐승과 같다.'는 뜻으로 쓰이고 있다. 다시 말하면 사람의 도리를 지키지 못하고 배은망덕하거나 행동이 흉악하고 음탕한 사람을 일컫는다.

한 50대 남자가 한 동네에 사는 열 한 살짜리 초등학교 여자아이를 성추행하고 그것도 모자라 살해한 뒤 불에 태워서 버린 엽기적 사건이 최근 발생했다. 경찰은 인면수심의 범행을 저지른 그가 2005년 다섯 살 아이를 성폭행한 혐의로 조사받을 당시 부모에게 합의를 종용하는 등 아동 성폭력의 심각성을 제대로 인식하지 못한 것으로 드러났다. 법원까지도 "동종 전과가 없고 피해자 추행의 정도가 그리 심하지 않다."면서 이 남자를 집행유예로 풀어주는 등 아동 성 범죄자에 대한 온정적 대응이 어린 소녀들을 죽음으로까지 내몰았다.

미성년자에 대한 성범죄는 비친고죄여서 피해자 신고 없이도 당연히 수사를 개시해야 한다. 합의해도 참작 사유가 될 뿐 법적 효력이 없는 사실을 알면서도 경찰이 성범죄 합의를 종용하는 경향은 성범죄 수사가 까다롭고 성가시다는 인식을 갖고 있기 때문이다. 나아가 사법기관이 아동에 성적 집착을 보이는 '소아기호증' 등 정신의학적 문제를 무시한 채 아동 성폭력 사건을 처리하고 있는 것도 문제다. 성폭력 범죄자의 11.4%가 동종 범죄 전과자라는 점에서 특히 어린이를 노리는 성범죄자는 별도 관리해야 한다.

우리나라에서 발생하는 성폭력 사건은 최근 수년간 해마다 1만3000건을 넘는다고 한다. 그러나 이는 공식적인 통계 수치일 뿐이다. 당하고도 얘기조차 못하는 성폭력 피해의 특성으로 볼 때 실제로는 그보다 훨씬 많다. 성폭력 피해자중 절반이 미성년자이며 그중에서도 13세 이하가 절반을 차지하고 6살 이하 어린이도 14%나 된다. 성폭력 범죄자의 절반은 대체로 가까이 있는 면식범이다. 범죄행위가 드러날까 두려워 살인을 서슴지 않는 이유가 여기에 있다. 세상이 이러니 딸을 둔 부모들의 근심이 이만저만 아니다.

현행법상 20세 미만 청소년 성폭행범의 신상공개, 성범죄자 수감 명령, 치료감호 등의 제도가 도입돼 있다. 그러나 경찰이나 법원이 아동 성폭력 사건을 소홀히 다뤄 제 구실을 못하고 있다. 결국 아동 성폭력 사건을 줄이기 위해서는 수사·판결 전담자를 두거나, 미국 캘리포니아주에서 시행하는 것처럼 성범죄자들이 도심에 거주하지 못하게 하고 평생 전자족쇄를 채우는 방안 등 특단 조치를 고려해야 할 것이다.

특히 정치권에서도 상습 성 범죄자에게 '전자팔찌'를 채우게 하는 법안의 입법화를 서둘러야 하며, 우리 사회에 성 범죄가 발붙이지 못하도록 성 윤리 교육 등 근본 대책도 마련해야 할 것이다. (2006. 2. 22)

불법 파업

해마다 봄이 되면 노동자들의 파업이 줄을 잇는다. 이른바 '춘투'는 개별 직장의 투쟁이 아니라 상급기관인 노동단체가 주동이 돼 대규모 파업 투쟁을 정례화하면서 붙여졌다.

'춘계투쟁'의 약칭인 '춘투'는 본래 매년 봄 노사교섭을 통해 그 해 임금을 결정해온 일본의 투쟁 방식에서 그 유래를 찾을 수 있다. 1955년 노동운동가 후토다 가오리의 제창으로 시작된 '춘투'는 산업별로 임금 교섭을 벌여 유리한 조건을 획득하자는 뜻에서 출발했다. 일본은 1월 중순 경영자 측 대표인 '닛케랜(일경련)'과 최대 노동조합단체인 '랜고(연합)'가 단체교섭을 통해 임금수준을 결정하지만 합의가 안 될 경우 파업을 전개하게 된다.

파업(쟁의권)은 근로자가 사용자에 대해 자기들의 주장을 관철할 수 있는 최후 수단이다. 그러나 연례행사처럼 돼 있는 파업은 불법적인 것이 상당수다. 불법 파업에 대해 법과 원칙을 강조하면서도 물밑으로는 노조와 적당히 타협하는 등의 접근 방식이 노사 충돌의 악순환 고리를 끊지 못했다.

특히 2005년 12월 뉴욕시가 대중교통노조의 불법파업에 대해 손해배상 청구소송을 내 법원으로부터 노조가 하루에 100만 달러의 벌금을 내도록 하는 판결을 이끌어 내면서 불법파업의 사슬을 끊은 것은 우리와는 비교되고 있다.

한국철도공사 노조가 파업 나흘 만에 깃발을 내린 것은 불법 파업에 대한 국민 여론의 악화와 정부·철도공사의 강경 대처, 노조 지도부의 파업 명분 및 동력 상실 등이 복합적으로 작용했기 때문이다. 여기다가 눈덩이처럼 불어나는 철도공사의 부채 문제를 해결하기 위한 자구 노력은 외면한 채 '국민의 발'이자 산업의 동맥인 철도를 마비시켰다는 점에서 노조의 파업은 국민의 공감은 처음부터 기대할 수 없었다.

이번 파업으로 4조5000억원의 부채를 안고 있는 철도공사는 분규기간에 또다시 130억원대의 손실을 추가했고, 시멘트와 수출입 컨테이너 등 운송 지연 등으로 관련 업계도 적잖은 피해를 보았다.

이철 사장은 "징계 수위 등은 열차가 정상화된 이후 사규와 법률에 따라 결정하겠다."고 밝혔지만 사전 구속영장이 청구된 파업의 핵심 주동자는 물론 2244명의 직위해제자 처리 결과에 따라 파업의 불씨가 여전히 남아 있다. 그러나 해고자 전원 복직이라는 무리수를 둔 노조는 혹을 떼려다 혹을 붙이는 격이 되고 말았다. 힘으로 모든 문제를 해결할 수 있다는 철도노조의 불법파업은 노사 모두 패배자로 만들었고, 결과적으로는 그 부담을 국민에게 떠넘긴 셈이다.

노사문제 해결은 대화와 타협이 원칙이다. 그것도 합법적 테두리에서 가능하다. 국민경제의 발목을 잡는 파업은 지구상 어느 나라도 용인하지 않고 있다. 이번 철도노조의 사실상 '백기 투항'은 불법파업이 우리사회에 발붙일 수 없다는 점을 강력히 시사한 것이다. 특히 정부와 철도공사의 원칙 고수와 신속한 대처도 새로운 노사문화 정립에 중요한 선례로 남을 것이다. 노동계는 파업 만능주의에서 벗어날 때가 됐다. (2006. 3. 6)

웃음 철학

요즘 기업이나 병원 등에서 '웃음 효과'에 많은 관심을 쏟고 있다. 최근 일본 오사카의대 이와세 박사팀이 웃음치료로 암세포를 잡아먹는 세포(NK)가 14%나 증가한다는 사실을 밝혀내는 등 웃음이 신체의 면역체계를 강화해준다는 사실이 알려지면서 '웃음치료'에 나서는 병원이 늘어나고 있다. 또 직원들의 자발적인 참여와 창의력·경쟁력·생산성 강화는 물론 조직문화의 활성화 차원에서 '유머경영'을 실천하는 기업들도 증가하는 추세다. IBM, HP, AT&T 등 세계적 기업은 아예 유머 컨설턴트를 고용해 직원들에게 즐겁게 일할 수 있는 방안을 연구한다.

웃음은 쾌적한 정신활동에 수반된 감정의 반응이다. 물론 웃음에는 미소와 고소(쓴웃음), 홍소(입을 크게 벌리고 떠들썩하게 웃음), 냉소, 조소, 실소 등 여러 가지가 있다. 싱글벙글 웃는 것은 만족감을 나타내고, 능글능글 웃는 것은 비밀을 감추고 있는 것이며, 히죽히죽 웃는 것은 악의를 나타내는 등 여러 형태의 웃음이 감정에 따라 나타난다. 아동기 이후는 정신적, 사회적인 웃음이 많아지며 그 표현은 미소로 변하게 되고, 청년기 이후가 되면 유머가 발달한다는 것이다. 유머는 자기를 객관시하고, 웃음의 자료를 제공하려는 마음에서 생겨난다고 볼 수 있다.

그러나 웃음은 기분을 전환시켜주고 생활에 활력을 준다는 점에서 그 의미는 크다. 그리고 웃음은 기쁨에 대한 표시이자 긍정적 반응을 보일 때 나타나는 것이기 때문에 상대방을 감동시킬 수 있는 최고의 수단이다. 더구나 "웃는 얼굴에 침 못 뱉는다."는 말처럼 대인관계에서 미소만큼 효과적 대화는 없다. 그리고 '웃는 사람에게는 많은 복이 온다(笑門萬福來).' '한번 웃으면 한번 젊어지고, 한번 노하면 한번 늙는다(一笑一少 一怒一老).'는 말도 웃음의 위력을 잘 말해주고 있다.

'시사풍자 코미디'의 새 장을 연 김형곤씨가 마지막 남긴 '온 국민이 웃다가 잠들게 하라.'는 글이 잔잔한 감동을 주고 있다. 그는 "밤 10시부터 12시 사이에 TV에서 코미디나 시트콤 같은 밝고 즐거운 방송을 해주면 웃다가 잠들 텐데 현재 그 시간대에는 고발성 프로그램이 대부분이라 국민들의 잠자리는 언제나 뒤숭숭하다."면서 "'악몽으로부터 국민을 보호하라!' 이런 피켓을 들고 방송국 앞에서 일인시위라도 하고 싶은 심정"이라고 주장했다. '웃음전도사' 김씨의 '웃음철학'을 엿볼 수 있는 대목이다.

전문가들은 웃을 때 우리 몸속 근육의 3분의 1 이상이 운동하게 된다고 말한다. 그래서 웃고 난 후에는 근육의 긴장이 이완돼 편안함을 느끼고 소화기 활동이 왕성해진다는 것이다. 아직까지 원인을 제대로 밝히지 못한 기능성 질환의 90%가 스트레스, 성격, 우울증 등에서 유발되기 때문에 이 역시 웃음이 보약이라고 한다. 결국 웃음이 종합비타민인 셈이다.

그러나 요즘 세태가 각박해지면서 웃을 일이 점점 사라지고 있다. 그리고 정치권은 삭막하다 못해 매몰차다. 유머는 찾아볼 수 없고 조소와 경멸뿐이다. 김씨는 "밤 10시 넘어서는 정치인들 얼굴이 절대 방송에 안 나오게 해야 한다."고 말했다. 정치가 더 이상 실망을 주지 않는다면 김씨의 말처럼 국민은 웃다가 잠이 들고, 악몽에서도 벗어날 수 있을 것이다.(2006. 3. 13)

수도권 버스 전쟁

1903년 고종 황제 즉위 40주년을 맞아 미국 공관을 통해 칭경식(稱慶式) 의전용으로 들여온 승용차가 한국 최초의 자동차이다. 1985년 5월 자동차 등록대수가 100만대, 1997년 7월 1000만대를 돌파했고, 2010년 이전에 자동차 2000만대 시대를 열게 될 것으로 보인다. 한국은 세계 5위의 자동차 생산국, 13위의 자동차 보유국으로 자동차산업의 양적인 측면에서는 선진국 대열에 진입했지만 교통 혼잡 및 교통사고 비용이 증가하는 등 역기능도 만만찮다.

한국의 자동차 1만 대당 사고 건수는 137건으로, 경제협력개발기구(OECD) 회원국 중 최고 수준이다. 한국은 전체 사고 사망자의 40.2%가 보행 중 사고를 당한 것으로 집계됐다. 이처럼 높은 사고율은 교통여건 및 시민의 안전의식이 차량 증가 속도를 따라잡지 못하는 탓으로 판단된다. 결국 양적인 성장에 맞춰 자동차 이용자들의 의식수준, 즉 자동차와 관련된 각종 법규의 준수 등 자동차문화가 정착되지 못했다는 것이다.

특히 서울 도심의 교통 혼잡 문제는 어제오늘의 일이 아니다. 자가용 승용차가 증가하면서 도심을 중심으로 상습 교통체증 지역이 늘어나고 대중교통수단이 제 역할을 하지 못하는 등 국제도시로서 서울의 위상도 추락하고 있다. 그래서 나온 것이 도심 교통억제 정책이다. 도심

백화점과 대형 전문상가 주변을 자가용 승용차 진입을 막는 '대중교통
전용지구'로 설정한다든가 혼잡통행료를 징수하는 것 등이 대표적 사
례다.

　서울 도심의 교통 혼잡을 덜려면 도심 진입 차량을 줄이는 수밖에 없
다. 서울시는 우선 경기도와 인천의 버스들의 진입을 제한할 것이라 한
다. 서울시 경계로부터 그동안 30㎞까지 진입하던 것을 5～10㎞까지
만 운행할 수 있도록 하겠다는 방침이다. 물론 경기도와 인천은 '여객
자동차운수사업법' 위반이라면서 강력 반발하고 있다. 당장 경기·인
천 버스를 이용해 서울로 진입하는 120만명과 서울 버스를 통해 외곽
으로 빠져나가는 110만명의 서민이 버스를 갈아타야 하는 불편을 겪게
된다. 서울시는 근래 들어 경기도의 광역버스 노선 증차 요구를 거의
들어주지 않고 있다.

　도심의 교통수요를 체계적으로 관리하기 위해서는 지하철 이용률을
높이고 시내버스 운행을 획기적으로 개선해 자가용 이용을 최대한 줄
여야 한다. 물론 자동차 함께 타기 등 선진 교통문화 정착도 시급하다.
경량전철이나 모노레일, GRT(자기유도버스) 등 신교통수단을 도입하
는 것도 대안으로 떠오르고 있다.

　서울시는 그동안 버스노선 개편과 환승제 도입, 중앙버스전용차로
설치 등 대중교통 개편작업을 성공적으로 추진했다. 그러나 서울시의
경기·인천 버스 진입 제한 조치도 국민의 편의를 우선 고려하되, 노
선 중복이나 운수업체 지원 등 전반적인 수도권 교통체제 개편은 건설
교통부와 각 지자체들이 만나 묘안을 짜내는 것이 바람직하다고 본다.
(2006. 3. 17)

새만금, 그 교훈

1987년 12월 10일 노태우 민정당 대통령 후보는 호남의 성난 민심을 달래기 위해 "전북도민의 염원인 새만금 축조 사업을 임기 내에 완공해 호남 발전의 신기원을 이룩하겠다."는 공약을 발표한다. 전두환 대통령 시절 '식량 안보'를 내걸고 대규모 농지확보 차원에서 검토됐다가 경제성 문제로 서랍 속에 들어갔던 새만금 계획서가 다시 세상에 나온 것이다. 결국 김영삼·김대중·노무현 정권이 정략적으로 접근하면서 새만금 사업은 우여곡절을 겪기도 했다.

1991년 11월 방조제공사를 시작한 새만금사업은 전북 군산에서 부안까지 33㎞ 바닷길을 이어 여의도 면적의 140배에 이르는 1억2000만평의 새 국토가 생겨나는, 그야말로 대한민국의 지도를 바꾸는 대역사다.

그러나 2000년 전후로 '갯벌 환경'에 대한 중요성이 대두되면서 이 사업은 심각한 도전을 받게 된다. 환경단체 등이 2001년 8월 새만금 간척사업의 공사 중지 가처분 신청을 제기했고, 2003년 문규현 신부 등이 삼보일배 시위를 벌이는 등 논란이 계속됐다.

결국 대법원 최종판결이 내려지기까지 두 차례에 걸쳐 2년간이나 공사가 중단되면서 당초 1조3000억원의 사업비가 4조원에 육박하는 등 경제적 손실도 눈덩이처럼 불어났다.

개발이냐 환경보호냐를 두고 벌어진 15년간의 갈등은 법원의 판결에 맡겨졌지만, 법원도 마지막 2.7㎞의 물막이 공사만 남아있는 상황에서 중단조치를 내리기에는 이미 시기가 지났다는 판단에 이른 것으로 보인다. 재판부는 판결문에서 "사업을 중단시킬 경우 우량 농지 확보 등 국가적·사회적 이익을 달성할 수 없게 되고 지금까지 막대한 비용을 투입한 데 따른 손해가 발생한다. 이를 감수하고 사업을 중단시킬 정도로 환경 피해가 클 것으로 판단되지 않는다."고 밝혔다.

물론 공사를 중단함으로써 얻을 환경적 이익보다는 공익을 위한 개발 가치를 더 높게 평가한 것이지만, 새만금 사업으로 인한 환경파괴는 불을 보듯 뻔하다. 일부 대법관이 보충 의견에서 "새만금 사업의 정당성이 확보됐다고 만족할 게 아니라 어떻게 하는 것이 진정으로 국가경제 발전에 도움이 되며 환경친화적인 것인지를 꾸준히 검토해 반영하는 지혜와 노력이 필요하다."고 한 지적을 깊이 새겨들을 필요가 있다.

사실상 새만금 사업도 정치인들의 무책임한 선거공약 남발 등 정치논리가 개입되면서 많은 부작용을 낳게 된 것이다. 신행정도시 건설도 2002년 노무현 대통령후보가 충청표를 겨냥해 급조한 선거공약이라는 점에서 우려가 클 수밖에 없다.

새만금을 놓고 벌어진 소모적 논쟁도 마무리할 때가 됐다. 이번 판결은 '환경이 지고 개발이 이겼다.'는 논리는 성립되지 않는다. 그래서 정부와 지방자치단체, 환경단체 등이 머리를 맞대 환경 파괴를 최소화하는 선에서 합리적 개발 방안을 찾아야 한다. 환경단체도 패소는 했지만, 앞으로 이 사업이 담수호 수질 개선 등 환경보전에 최대한 근접할 수 있도록 감시하는데 힘써야 할 것이다. 그동안의 혼란을 교훈삼아 사회적 합의를 이끌어내 새만금 개발에 따른 부작용을 최소화하는 것이 무엇보다 중요하다.(2000. 3. 18)

'명품 정자'

임신은 정자와 난자가 결합하는 수정에서 시작된다. 남자가 한 번 사정할 때 보통 2억~3억 마리의 정자가 배출되지만, 이 중에서 억세게 운이 좋은 하나만이 수정의 기회를 갖는다. 정자가 난자와 만나는 나팔관까지 18cm 거리를 70분 동안 달려 도달하는데, 이 길이는 자기 몸길이의 3000배나 된다고 한다. 마지막까지 살아남는 정자는 100여 마리에 불과하다. 난자를 향한 정자의 질주는 그야말로 '생존투쟁'이다.

영국의 동물학자 로빈 베이커는 <정자 전쟁>이란 책에서 정자는 난자와의 '만남'을 통해 새 생명을 잉태하는 것이 주목적이지만, 그에 못지않게 4~5일 정도 생존하면서 다른 남성의 정자를 물리치는 역할을 한다고 주장한다. 즉 동료 정자가 난자에 골인하는 것을 돕기 위해 자신을 희생하는 역할도 담당한다는 것이다. 그는 많아야 10명도 안 되는 자식을 보게 되는 남성이 일생에 2000~3000번의 관계를 갖게 되는 이유는 늘 '싱싱한' 정자를 아내 몸에 남겨둬 다른 정자의 접근을 막기 위한 고도의 전략 때문이라는 것이다.

미국 정자은행에 독신여성들의 발걸음이 잦아졌다. '완벽한 남자'를 찾느라 임신 기회를 놓치기보다는 엄마가 된 뒤 남자를 나중에 찾겠다는 것이다. 35세 이후 가임 능력이 현저히 감소하기 때문이다. 뉴욕타임스에 따르면 이들 독신여성들은 피부색과 교육 수준, 직업, 가정환경, 건강 등을 따져 '명품 정자'를 찾고 있다. 그 결과 1999년에서 2003년 사이에 15~24세 미혼 여성이 낳은 아이는 6% 감소한 반면 30~44세 미혼 여성이 낳은 자녀는 17%나 증가했다. 실제로 미국 최대 정자은행 '캘리포니아 크리요뱅크'의 2005년 고객 중 3분의 1이 독신여성이었다고 한다.

미국에서는 매년 3만명의 어린이가 정자은행에서 구입한 정자를 통해 태어난다. 현재 총 숫자는 100만명에 이른다는 것이다. 정자 기증자 대부분은 익명이지만 일부는 신원을 밝히고 '2세가 어른이 되면 자신을 접촉할 수 있다.'는 보증을 해준다고 한다.

이런 만남을 주선하는 한 인터넷 사이트를 통해 보디빌더 1명이 무려 21명의 '생물학적 아버지'였다는 사실이 밝혀졌다. 그의 '2세' 가족들은 현재 인터넷 등을 통해 교류하고 있으며, 2007년에는 함께 휴가를 즐기는 방안도 추진되고 있다. 이렇게 미혼모가 늘어나다 보니 익명의 정자 기증자를 통해 낳은 아이들에게 '같은 핏줄'을 찾아 주려는 움직임도 활발하다.

가정해체는 가족 개념에도 상당한 변화를 가져오고 있다. 전통적으로 볼 때 부부를 기초로 하는 가정이 주류를 이뤘지만 지금은 편부모 가족과 미혼모 가족, 동성애 가족, 사이버 가족 등 다양한 형태의 가족이 등장하고 있다. 그러나 가족의 붕괴는 사회와 국가, 세계의 위기로 직결된다는 점에서 예사로이 넘길 수 없는 문제다. 특히 최근 정자은행을 이용하는 맞춤식 인공수정이 과연 부부관계를 통한 자연 임신의 장점을 뛰어넘을 수 있을까 하는 것이다. 지금은 부모와 부부, 자녀 중심의 전통적 가족의 소중함을 되새겨봐야 할 때다.(2006. 3. 22)

취업 예약

노동자가 일을 한다는 것은 스스로 생계를 해결할 수 있다는 뜻이다. 반면에 실업은 개인이 소득 기회를 잃게 되면서 가족 해체나 사회 불안으로 연결된다. 절대빈곤층이 늘어날 경우 정부의 사회보장 부담 역시 가중될 수밖에 없다. 프랑스의 학생·노동자의 시위에서 보듯이 고용 문제는 사회 안정과 직결돼 있다.

우리는 외환위기로 수많은 기업이 몰락하고, 살아남은 기업들도 대규모 구조조정을 단행하면서 실업자 문제로 골머리를 앓은 적이 있다. 그러나 2005년 1~11월 사이의 실업급여 신청자(52만명)가 1998년 외환위기 때(43만명)보다 늘어나는 등 우리나라 고용사정은 여전히 개선되지 않고 있다. 2006년 2월에 졸업한 취업준비생을 대상으로 실시한 여론 조사에서도 28.5%, 10명 중 3명만이 최근 기업으로부터 합격 통보를 받을 정도로 특히 청년실업은 심각하다.

경기가 활황일 때 일자리 걱정은 줄어든다. 일본은 경기가 호전되면서 대부분의 기업이 인재 선점을 위해 졸업예정자까지 사실상 채용을 약속하는 '내정' 통보를 한다는 소식이다. 그리고 2006년 4월 부터 65세까지 일자리가 보장되는 '고령자 고용안정법'이 시행되면서 기업체는 정년을 연장하고 지방정부는 고향에 돌아와 일해 달라고 요청하는 등 '고령자 모시기' 경쟁이 불붙고 있다는 것이다.

취업과 기업의 투자, 경기 활성화는 서로 맞물려 있다. 정부가 아무리 일자리 창출을 외친다고 해도 경기가 좋아져 기업이 투자를 하지 않고서는 취업은 어려워지게 된다. 실제로 청년실업이 날로 악화되고 있는 것은 국내 경기의 부진을 그대로 반영하고 있는 것이다.

참여정부에 들어와 반기업 정서가 날로 확산되고, 노동자들의 비위를 맞추는 데만 급급하자 기업은 점점 몸을 사리면서 국내 투자는 외면한 채 해외로 눈을 돌리고 있는 것이다. 그 결과 비정규직 노동자가 급격히 늘어나는 등 노동 환경 역시 더욱 열악해지는 악순환을 보이고 있다.

일본 취업 시장의 따뜻한 '봄바람'은 '취업과외'를 해야 할 정도로 딱한 사정에 놓여 있는 대학 졸업생이나, 50세만 넘으면 '찬밥' 신세로 전락하는 우리의 현실과 너무 대조적이다. 경기가 활성화하고 기업의 투자환경이 개선되지 않고서는 직장 잡기는 물론, 정부가 밤낮없이 목소리를 높이는 '양극화 해소'도 공염불이라는 점에서 요즘 일본 노동 시장이 우리에게 주는 교훈은 크다. (2006. 3. 29)

살아있는 비너스

"아무도 밀로의 '비너스'에게 새 팔을 만들어서 붙이려고 하지 않는다. 조각상 그 자체로 완벽하다고 여긴다. 하지만 장애는 예술적으로나 학문적으로 기괴하고 흉하고 결함이 있는 것으로 인식된다."

양 팔이 없고 다리가 짧은 선천적 장애를 극복하고 세계적 구족화가이자 사진작가로 이름을 떨치고 있는 영국의 앨리슨 래퍼(41)가 자신의 저서 <앨리슨 래퍼 이야기>에서 한 얘기다. 1820년 밀로스 섬에 있는 아프로디테신전 근방에서 밭을 갈던 한 농부에 의해 발견된 '밀로의 비너스'는 양 팔이 없다. 그래서 고고학자나 미술사가들이 복원을 놓고 논란을 벌이기도 했지만, 온전한 상태로 양 팔을 만들어 붙일 경우 오히려 예술성을 훼손할 것이란 결론이 내려진 바 있다.

정상과 비정상의 차이는 기존 관념의 산물이며 상대적이다. 그리고 누구에게나 부족한 점이 있다. 그러나 비정상적인 것을 극복하고 부족한 것을 채워나갈 때 아름답고 발전이 뒤따른다.

'살아 있는 비너스' 래퍼는 바다표범처럼 사지가 없거나 일부분만 몸에 붙어있다고 해서 이름이 붙여진 '해표지증'이란 선천적 장애를 갖고 태어났으며, 생후 6주 만에 어머니에게 버림받고 장애인 보호시설을 전전하다가 미술 공부를 시작해 세계적 화가가 됐다.

래퍼는 22세에 결혼했으나 남편이 폭력을 휘두르는 바람에 9개월 만에 헤어지는 등 가정생활도 순탄치 않았다. 그는 1999년 "장애아를 낳을 수도 있다."는 의사 등 주변에서 출산을 말렸지만 미혼모로 아이를 낳아 보란듯이 길렀다. 래퍼는 여느 엄마와 마찬가지로 아이를 키웠다. 젖병을 물리고 기저귀를 갈고 이유식 만들어 먹이기까지 보통 엄마들이 손으로 할 일을 입과 발로 모두 해냈다. 이제 여섯 살이 된 아들 패리스 군은 래퍼의 수족이 되고 있다. 그는 "지금의 가장 큰 과제이자 인생에서 가장 큰 목표는 아들 패리스를 잘 키우는 것"이라고 말했다.

래퍼는 "장애인의 몸도 비장애인의 몸처럼 아름다울 수 있다."고 강조하면서 자신의 벗은 몸을 대상으로 영상을 만들어내는 작품을 선보여 미술계의 관심을 모았다. 영국 런던 중심 트래펄가 광장에 세워진, 임신한 래퍼의 대리석 조각상은 장애를 극복한 끈질긴 삶과 불굴의 의지를 웅변한다. 2005년 세계여성 성취상을 수상하고 대영제국 국민훈장까지 받았다.

래퍼는 '인간 승리'의 표본이다. 그의 메시지는 너무 감동적이고 강렬하다. 그는 기자회견에서 "장애가 있는 지금이 행복하다."면서 "장애는 마음에 있는 것이고 새로운 것에 도전한다면 뭐든지 이룰 수 있을 것"이라고 말했다. 인생에서 도전할 대상이 없다면 다음에 무엇을 할지 고민할 터인데 자신에게는 항상 넘어야 할 대상이 있어 즐겁다는 것이다.

물론 래퍼는 정상인의 삐딱한 시선은 따가웠다. 그는 "나를 예술가보다 장애인으로 보는 시선이 많다."며 "비장애인들이 장애인에 대한 편견을 접어준다면 현실이 덜 힘들 것"이라고 말했다. 하인스 워드가 혼혈인에 대한 인식을 바꾸었듯이, 래퍼의 방한이 장애인에 대한 편견과 차별을 씻어내는 계기가 됐으면 한다. (2006. 4. 25)

병역 기피와 특례 남발

이치범 환경부 장관은 2006년 4월 초 국회 인사청문회에서 체중 미달을 이유로 병역을 면제받은 것을 놓고 '고의 감량' 의혹을 제기하는 야당 의원과 설전을 벌였다. 김진표 교육부총리도 과도한 학업 스트레스로 인한 정신과적 질병을 이유로 병역을 면제받은 장남 때문에 수차례 곤욕을 치렀다. 현 국회의원은 100명 중 24명꼴, 의원 2세들은 100명 중 12명꼴로 병역을 면제받았다. 이는 최근 10년간 평균 병역 면제율(4.08%)보다 각각 5배, 2배 이상 높은 수치다.

그동안 겉보기에는 아무 이상 없이 활동하는 인기 스타 가운데도 '건강 이상'으로 군대에 가지 않은 이들이 많다. 차태현과 김원준은 '견관절 재발성 탈구', 주영훈은 '조기흥분증후군', 장동건은 '기흉' 등 이름도 낯선 질환을 이유로 군 면제를 받았다. '몸짱' 김종국과 조성모의 공익근무 판정도 마찬가지다.

병무청은 "질병 또는 심신 장애로 모든 병역의무를 감당할 수 없는 사람"에 대해 6급으로 판정해 병역을 면제하고 있다. 그러나 고위 공직자나 인기스타는 물론 계층을 가리지 않고 신체검사에서 갖가지 수법을 동원해 질병이나 심신장애를 앓고 있는 것처럼 속여 병역을 기피하는 사례가 급증하고 있다.

국방부 조사본부는 의무사관후보생 신검 과정에서 공중보건의 9명과 군의관 4명 등 13명이 고의로 혈압을 높인 사실을 적발했다. 이들은 하루 종일 생활혈압계를 착용한 상태로 밤을 새워 생체 리듬을 떨어뜨리고 혈압을 측정할 때 배와 팔에 힘을 줘 혈압을 끌어올린 것이다.

2005년 징병 신체검사에서 고혈압에 따른 4~5급 판정자는 770여명으로 2003년 575명에 비해 무려 33.9%나 증가했다. 이들 가운데 상당수가 신체검사 전에나 그 후에도 치료한 적이 없어 약물 복용 등으로 혈압을 조작한 의혹이 짙다는 것이다.

정부가 병역특례를 무분별하게 남발하는 것도 문제다. 2006년 3월 월드베이스볼클래식(WBC)에서 4강에 진출한 국가 대표 선수에게 정부·여당이 병역면제 혜택을 주기로 한 것을 놓고 상당한 논란이 제기됐다. 이번의 논란은 현행 병역법으로는 특례 대상이 되지 않음에도 WBC에서 예상 외의 성적을 거두자, 정치권이 선심 쓰듯 병역면제 혜택을 부여한 데서 증폭됐다.

국민 개병제는 국민은 누구나 병역 의무를 수행할 때 유지될 수 있다. 예외와 특례가 많아질 경우 그 원칙이 흔들릴 수밖에 없다. 그래서 예외는 최대한 줄이고, 병역 특례도 원칙과 기준이 지켜져야 하는 것이다. 그것도 충분한 공론화를 거쳐 사회적 합의가 우선돼야 한다. 정부가 먼저 원칙과 절차를 지켜야 한다.

국민이면 누구나 병역의 의무를 갖고 있다. 그래서 국민의 신성한 의무를 기피하는 것에 대해서는 법으로 적절한 조치를 취해 왔다. 특히 국민의 주목을 받고 있는 고위층이나 인기 스타들의 병역 기피 의혹은 병역 비리 엄단 차원에서 병력 점검 등 더욱 철저히 조사해 처리하고 유사한 사례가 재발되지 않도록 제도적 보완책도 마련해야 할 것이다. (2006. 4. 28)

부도경제학

건국 이래 최대 규모의 권력형 금융 비리사건인 한보그룹 부도사태가 연이어 터진 북한 노동당 황장엽 비서의 망명과 이한영씨 피격사건, 덩샤오핑 사망 등에 휩쓸려 숱한 의혹만 남긴 채 미궁으로 빠져들고 있다. 우리는 이 사건으로 나라경제가 휘청거리고 기업들이 부도증후군에 빠져든 것을 보았다.

우리에게 큰 아픔은 부도의 원인을 제대로 규명하기도 전에 정치적 사건으로 비화돼 진정 무엇보다 중요한 이번 한보사태의 교훈을 놓치고 있다는 것이다. 국민경제가 깊은 수렁 속에 빠져 허우적거리고 있는데도 정부·여당은 물론, 야당까지도 정파적 이익에 눈이 어두워 상대방을 제압하려는 기회로 악용, 사태의 본질을 호도하려는 술책을 여기저기서 드러냈다.

김영삼 정부가 이 사건을 단순히 개인비리사건으로 마무리짓고만다면, 그리고 우리 경제가 이렇게 엄청난 대가를 지불하고서도 그 교훈을 제대로 얻어내지 못한다면 국민이 입은 상처는 결코 치유할 수 없을 것이며 또다시 이 보다 더 큰 사태가 우리를 덮치고 말 것이라는 지적을 그냥 넘겨서는 안 될 것이다.

1996년 우리는 우성·건영그룹의 좌초 등 수많은 기업의 도산을 보았다. 우리 기업은 지금도 경제협력개발기구(ＯＥＣＤ) 가입과 세계무

역기구(ＷＴＯ) 출범에 따른 경영 환경 변화, 정부의 과보호 속에 길들여진 허약한 기업체질 등으로 부도의 공포 속에 휩싸여 있다. 부도에 대한 근본적인 원인규명과 대책마련이 없다면 국민경제에 주름살을 가중시키는 우리 기업의 도산행진은 끝나지 않을 것이다.

일본은 1990년대 초반 경제 전반에 걸쳐 있던 거품이 걷히면서 우리와 같은 부도사태를 경험했다. 중소기업정보지 <닛케이(일경)벤처>는 일본 기업의 부도 이유로 △관리능력이 없는 아이디어산업 △1인 경 영자의 독선경영 △성장에 집착한 확대경영 △환경변화의 대응전략부재 △무리한 차입금의존 △2세경영자의 탁상경영 △금융기관의 유혹과 갈등 등 일곱 가지를 들고 있다.

물론 최근 우리 기업이 연쇄 도산하는 것은 장기적 경기침체에 따른 수출 및 내수판매 부진, 재고 증가, 그리고 문어발식 기업 확장, 과잉 설비 투자, 관리 능력 부재 등에서 그 원인을 찾을 수 있을 것이다. 기업에 이상징후가 보이면 눈치 빠른 금융권은 여신운용에 몸을 사리게 되고, 재무구조가 취약하고 자금조달능력이 떨어지는 기업은 더 어려움을 겪게 되는 것이다. 한보철강의 부도는 이러한 일반적인 원인 외에 관치·정치금융이 판치는 부실경제정책과 부도덕한 기업가의 탐욕, 그리고 정치권력의 야합의 결과란 점에서 일본기업의 부도원인과는 큰 차이가 있다.

이와 같은 부도사태가 재발되지 않도록 하기 위해서는 경제정책이 바로 서고 부도덕한 기업이 더 이상 발붙이지 못하도록 제도적인 장치가 마련돼야 한다. 특히 우리 경제의 심장부를 옭아매왔던 정경유착의 고리를 완전히 끊을 수 있어야 한다.

정부는 차제에 이번 한보사태를 타산지석으로 삼아 기업의 부도사례를 구체적으로 연구, 쓰러져 가는 기업까지 일으킬 수 있는 '부도대책반'을 가동해야 할 것이다. 정부가 중소기업을 지원하기 위해 중소기업청까지 만든 이후에도 기업도산은 오히려 늘어나고 기업이 더 많은 어려움에 직면하고 있다는 것은 경제정책이 겉만 돌고 있다는 것을 의미한다. 특히 우리 경제가 정치논리에 휘둘리고 재벌 등 이해집단의 눈치 보기에 급급, 이 지경까지 왔다는 것을 생각할 때 정부는 한보사태를 정치적인 눈이 아닌, 경제적 차원에서 해결하려는 노력을 기울이지 않으면 안 될 것이다.

이번 사태의 뒤쪽에 웅크리고 있는 정치권력의 실상은 파헤치지 못한 채 이른바 '짜맞추기식' 곁가지 치기로 일관하면서 계속 정치적 사건으로 접근, 급전직하 상태의 경제 살리기에 소홀히 한다면 제2, 제3의 한보사태가 또다시 올 수밖에 없다는 점을 명심해야 할 것이다.

최근 잇따른 경제·북한관련 충격적 사건을 처리하는 과정에서 정부가 보여준 행태, 특히 책임회피와 일관성 없는 정책, 핵심 비껴가기 수사 등으로 허탈과 무력감, 불신, 원망 속에 빠져든 국민과 기업들이 정부 정책에 등을 돌리면서 수렁에 빠진 경제 살리기까지 실기하지 않을까 두렵다. (1997. 2. 25)

3.

살맛나는
세상을 위해

영화 '집으로'와 노풍

첩첩산중 외딴집에 홀로 살아가는 77살 외할머니와 7살 서울 외손자의 따뜻한 사랑을 그린 영화 '집으로'가 연일 최대관객을 동원하면서 화젯거리로 등장했다. 이 영화가 극장가에 '돌풍'을 몰고 온 것은 우리의 가슴 속 깊이 묻어둔 가족의 따뜻한 정을 끄집어냈기 때문이다. 외할머니는 전자오락기와 롤러 블레이드에 심취한 아이들에겐 아득히 먼거리에 있는 존재이지만 성년에겐 아련한 과거의 추억이다. 부모가 자식에게 위안과 기쁨을 주기보다는 남보다 앞서야 한다는 강박관념 속에 스트레스만 강요하는 현실에서 이 영화는 가족의 기능을 새삼 확인시켜주고 있다.

12월 대선주자의 경선 과정에서도 비슷한 현상을 보게 된다. 노무현(盧武鉉) 바람, 이른바 '노풍(盧風)'이다. 말하자면 '노풍'은 지역감정 탓에 냉대받던 정치인이 일약 전국무대에서 스타로 등장한 것을 빗대어 한 말이다. 이회창 후보가 "변화를 요구하는 정서와 맞물려 일어난 것"이라고 평가하는 등 노풍을 현실로 받아들이고 있다.

노 후보를 두고 민주당에서조차 '개성이 강한 배우' '다듬어지지 않은 원석'으로 표현한다. 그러나 투박하고, 어쩌면 덜 정제된 말이 오히려 밑바닥 정서를 파고들고, 상대후보가 약점을 물고 늘어질 땐 국민에게 감성으로 다가간다. 물론 노풍의 배경에는 그를 조직적으로 후원하는 네티즌 중심의 자원봉사단체 '노사모'(노무현을 사랑하는 사람들의 모임)가 있다. 밑바닥 정서를 훑고 있는 조직이다.

'집으로'가 인기를 끄는 이유 가운데 하나가 쟁쟁한 배우와 첨단 장비를 동원해 제작비 경쟁을 벌이는 할리우드영화와는 달리 극장 문턱에도 가보지 못한 할머니가 주연배우로 등장, 무공해 연기를 보여주고 있기 때문이다.

우리는 정치라는 무대에서 수많은 배우를 만난다. 노 후보는 정치신인은 아니지만 기존 정치인과의 차별성 때문에 인기를 끈다. 그런 면에서 서민층을 파고드는 노 후보의 전략이나 촌 할머니를 내세운 '집으로'의 연출 배경은 일맥상통한다. 둘 다 오늘 밑바닥 정서가 어디로 가고 있는가를 읽고 있다는 이야기다.

물론 '집으로'처럼 직업배우를 등장시키지 않는 영화가 또다시 성공할 수 있다는 보장은 없다. 마찬가지로 노풍이 언제까지 불 것인지에 대해선 누구도 장담하지 못한다. 바람은 역시 바람일 수밖에 없고, 역풍도 예상해야 한다. 권력 핵심부나 친인척 비리 등 현정부의 치부가 속속 드러날 경우 정권교체에 대한 여망은 높아질 것이고 그런 상황이 계속된다면 노풍도 일과성으로 그칠 공산이 크기 때문이다.

결국 누가 대권을 잡을 것인가 하는 문제는 국민의 여망과 민심을 누가 정확하게 파고드느냐에 달려 있다. 우리 정치권도 '집으로'를 본 관객들이 흐르는 눈물이 그칠 때를 기다리며 자리에서 일어나지 못하는 것처럼 이제 민심을 제대로 읽어 '고객감동'의 정치를 펼쳐야 할 것이다. (2002. 4. 23)

철거된 동상

동상(銅像)은 사람이나 동물의 형상을 구리로 부어 만들거나 구릿빛을 입혀 제작한 기념물이다. 요즘 시위명소로 등장한 서울 광화문에는 조선의 명장인 충무공 이순신 장군의 동상이 있다. 임진왜란 때 큰 공을 세운 거북선의 축소 모형과 충무공의 동상이 이곳에 세워진 것은 그의 호국정신을 기리기 위해서이다.

한국에서 동상이 처음 세워진 것은 서양식 조각기법이 전해진 한말 이후부터이다. 북한의 경우 1948년 우상화 일환으로 최초의 김일성 주석의 동상이 만경대 혁명학원에 건립됐다. 1960년대에 들어 1인 지배체제와 자주 노선을 강화하면서 집중적으로 세워진다. 현재 북한 전역에 70여개의 동상이 세워졌고, 석고 흉상은 3만여개에 달한다. 대표적인 것으로는 김 주석의 60회 생일을 기념해 1972년 평양 만수대 언덕에 세워진 동상이다. 기단 3m를 포함해 높이가 23m에 달한다.

세계는 1991년 옛 소련에서 레닌 동상이 철거되는 광경을 지켜보았다. 군중은 동상의 목에 쇠사슬이 감긴 채로 광장에 끌어내려져 해체되는 것을 보면서 환호성을 올렸다. 사회주의체제가 붕괴하는 순간이었다.

우리는 이라크 바그다드시 알피르두스광장의 사담 후세인 대통령 동상이 무너지는 것을 보았다. 동상이 땅바닥에 떨어지자 군중은 환호하며 우르르 몰려가 동상을 짓밟았다. 후세인은 1979년 정권을 잡은 뒤 이란과의 8년 전쟁과 두 차례의 미국 공격에 맞서 전쟁을 치렀다. 24년간 국민 위에 군림해온 후세인. 그러나 철권통치의 상징이 무너지는 데는 채 1분도 걸리지 않았다.

세계는 또 한 사람의 독재자의 쓸쓸한 퇴장을 지켜보았다. '발칸의 도살자' 슬로보단 밀로세비치 전 유고슬라비아 대통령이 2006년 3월 18일 지지자 8만명의 애도 속에 고향인 세르비아 포자레바치의 자택 뒤뜰에 묻혔다.

대량 학살 혐의로 유고국제전범재판소(ICTY)에 기소돼 재판을 받고 있던 그는 네덜란드 헤이그 외곽에 있는 ICTY의 감옥에서 숨졌다. 그가 갑작스럽게 사망함으로써 인종 학살 주범으로 지탄을 받아온 독재자에 대한 법 심판도 중단될 수밖에 없게 됐다.

1989년 세르비아 대통령에 당선된 그는 '대(大)세르비아주의'를 제창하면서 코소보전쟁에 개입하는 등 유고 전역에서 유혈사태를 야기했다. 그가 주도한 종족 간 내전에서 무고한 양민 25만명이 집단학살당하고, 난민은 300만명에 달한다. 그는 재판과정에서도 조금의 뉘우침도 없이 "조국과 국민을 보호하기 위해 내가 한 모든 것들이 자랑스럽다."는 입장을 굽히지 않았다고 한다.

유고 사태는 잘못된 통치자 한명의 그릇된 인식과 판단이 얼마나 많은 무고한 인명을 죽음으로 몰아갈 수 있는지를 보여주는 사례다. 독재는 국민을 위한다는 명분을 내세우지만 권력의 집중화로 반드시 부패하고, 남의 의견에 귀 기울지 않으면서 마지막에는 철권통치를 휘두르게 된다. 그것 때문에 결국 그의 정치조직은 무너지게 되고, 말로는 비참해진다. 우리는 다음에는 어떤 독재자가 후세인이나 밀로세비치처럼 재판을 받고, 그의 동상이 무너지는 광경을 또 지켜보게 될까. (2003. 4. 10~2006. 4. 1)

벼랑 끝 전술

벼랑은 험하고 가파른 비탈을 일컫는다. 벼랑은 확 트인 전경 때문에 옛날 권력자들은 정자를 세워 회포를 풀기도 했지만, 그곳에서 뛰어내려 삶을 포기하거나 적들을 낭떠러지로 밀어내려는 계략도 존재하는 곳이다. 벼랑은 그래서 희망과 절망이 교차하는 곳이다.

미국과 북한이 요즘 핵문제를 둘러싸고 벼랑 끝 전술을 구사하고 있다. 북한은 중국 베이징(北京) 3자회담에서 미국에 '핵보유'란 극단적인 카드를 던졌다. 북한은 2002년 10월 켈리 특사의 방북을 계기로 불거진 핵 개발 시인 논란 이후 핵동결 해제 선언→국제원자력기구(IAEA) 사찰단 추방→핵확산금지조약(NPT) 탈퇴 선언→5MWe급 원자로 재가동 발표 등 수위를 높여 왔다. 북한의 이러한 곡예 속에는 김정일 체제를 어떻게든 유지하겠다는 절박한 전략적 목표가 엿보인다.

미국 역시 중국과 연대해 북한 지도체제의 퇴진을 외교적으로 압박한다는 이른바 '국방부 메모'를 통해 북한을 벼랑 끝으로 내몰았다. 럼즈펠드 국방장관 휘하의 강경파들이 만들어 돌린 이 메모는 북한의 향후 태도 여하에 따라서는 현재와 같은 미국의 온건론적 분위기가 언제라도 뒤바뀔 가능성을 열어둔 것이다.

2006년에 들어와서도 미국은 더 이상 북한의 핵문제 해결이 어려워지자 핵 문제 뿐만 아니라 미사일, 위폐, 인권 등 전방위 압박을 가하고 있다. 3월 30일에는 미 재무부가 스위스 기업체인 코하스AG사의 미국 내 자산을 동결했다. 대량살상무기와 관련된 북한의 조선련봉총회사와 거래하고 있다는 것 때문이다. 2005년 북한의 자금세탁 창구로 알려진 마카오 방코델타아시아은행에 대해 금융제재를 가한 데 이은 추가조치다. 앞으로도 제3, 제4의 추가제재가 예상된다. 결국 미국이 이제 핵 문제는 제쳐두고 범죄, 인권 문제를 앞세워 북한 숨통을 죄어 가고 있다. 미국이 북한 체제의 변형 내지 교체에 본격적으로 나선 것이 아니냐 하는 우려까지 제기되고 있다.

북한과 미국이 벌이는 '위험한 게임'에 가장 당혹스러운 것은 우리나라이다. 1992년 남북한은 한반도 비핵화 공동선언을 체결했음에도 북한은 이를 지키지 않았고, 김대중 정부 시절의 '햇볕정책'과 참여정부의 대북 저자세 전략 때문에 우리는 목소리 한번 제대로 내지 못하고 쌀과 비료 등을 제공했다. 그리고 2005년 9월 우리 주도로 6자회담 합의를 이뤘다며 자랑했지만, 그로부터 불과 6개월 만에 한국 정부는 주도권은커녕 북한의 운명을 결정하는 경기장의 관중석으로 밀려난 처지다. 대북문제를 놓고 사사건건 대립해온 그간의 사정을 볼 때 미국은 더 이상 한국정부도 믿지 못하겠다는 것이다.

미국의 대북 압박이 강화될 경우 북한이 예의 벼랑 끝 전술을 꺼내들 가능성도 높다. 다시 말하면 미국이 북한을 내치면 중국과 밀착할 수밖에 없을 테고, 그렇게 될 경우 한반도의 안보시계를 뒤로 돌릴 수 있다는 것이다. 정부는 이제 더 이상 예측 불허의 벼랑 끝 전술에 끌려다닐 것이 아니라 훤하게 앞을 내다볼 수 있는 정자에 서서 장래의 여러 시나리오를 예상, 총체적으로 한반도 문제에 접근해야 할 것이다. (2003. 4. 27~2006. 4. 1)

신(新)색깔논쟁

한국사회 만큼 이념갈등이 첨예한 곳도 없다. 그것은 남북이 대치하고 있기 때문이다. 그래서 친북·반북이 대립하고, 진보와 보수가 날카롭게 대립해왔다. 그러나 지금은 내놓고 북한을 옹호하는 세상이 됐고, 수년째 '간첩 색출' 이야기도 들리지 않고 있다. 그만큼 이념의 스펙트럼이 넓어졌다는 이야기도 된다.

그런데 요즘 진보·보수를 대표하는 지식인들이 만나 대화를 시도하고 있다. 2006년 3월 29일 한국선진화포럼 주최로 뉴라이트를 표방하는 '교과서포럼'과 뉴레프트를 대표하는 '좋은정책포럼'의 학자들이 '한국사회, 어디로 가야 하나'를 주제로 공개토론을 가졌다. 그것은 요즘 참여정부 성향이 '좌쪽'으로 편향되면서 갈등을 겪고 있는 국가 어젠다의 방향타를 바로 잡으려는 지식층의 첫 시도라는 점에서 주목을 끌었다.

과거 권위주의 체제와 성장 논란에 대해 '교과서포럼'은 국가주도형 개발 전략에서 권위주의 정부가 불가피했다고 주장한 반면 '좋은정책포럼'은 국가주도형 개발 전략을 추진하면서도 얼마든지 민주주의 정부가 가능했다고 반박하는 등 양 진영이 과거를 바라보는 시각은 크게 달랐다. '교과서포럼'의 박효종 서울대 교수는 "박정희 정권의 산업화는 좋고 싫음의 가치판단을 떠난 하나의 시대정신이었다."고 주장한 반면, '좋은정책포럼'의 임혁백 고려대 교수는 "박 대통령은 산업화를 위해 독재를 한 게 아니라 독재를 위해 산업화를 했다."고 반박했다.

2003년 4월에는 고영구 국정원장과 정연주 KBS 사장 후보의 등장을 계기로 색깔논쟁이 달아오른 적이 있다. 국회 정보위는 '이념적 편향성'을 들어 고 후보자에 대해 '부적절' 의견을 제시했고, 야당은 정 후보에 대해 '친북 이념적 편향성'을 들면서 노무현 대통령의 재고를 촉구했다. 그러나 청와대에서는 구시대의 냉전적 잣대를 버리라면서 임명을 강행했다.

최근 우리사회의 큰 이념적 물줄기인 보수와 진보의 이분화는 2002년 대통령선거 운동기간을 거치면서 뚜렷한 흐름으로 감지되기 시작했다. 특히 진보성향의 50대, 고졸 출신, 재야 경력의 노 대통령이 정권을 인수한 이후 청와대 비서관에 운동권 출신 386세대가 포진하는 등 진보적 성향의 인사들이 현정부의 '파워엘리트'로 등장했다. 그 결과 대북·대미 관계는 물론 노사·교단 갈등이나 한총련 수배자 문제 등에 대한 처리 방식도 이전과는 딴판이며, 그 과정에서 보수세력과 마찰이 일상화하면서 국민은 불안하게 하는 측면이 없지 않다.

이제 우리사회가 이념적 갈등을 극복하고, 변화를 요구하는 시대흐름에 부응하면서 가치 지향적이고 합리적 대안을 제시하기 위해서는 보수와 진보 모두 과도한 이념의 거품을 걷어내고 열린 보수, 합리적 진보로 거듭 태어나야 한다. 특히 진보측은 1인 세습독재체제 아래서 수많은 동포가 굶어죽는데도 이들의 인권을 외면, 스스로 '친북'의 족쇄에서 탈출하지 못한다거나, 변화보다는 체제에 안주해온 보수주의들은 온갖 부정부패를 양산하는 모순구조와 왜곡된 관행을 그대로 답습한 채 '수구'의 그늘에 머문다면 진정한 보수와 진보를 말할 자격이 없다는 점을 명심해야 할 것이다. (2003. 4. 25~2006. 4. 1)

문화 충돌

　줄곧 파격 행보를 보여온 '위기의 남자' 노무현 대통령이 새뮤얼 헌팅턴의 '문명의 충돌'을 연상시키는 '문화충돌'이란 말로 또 자신의 속내를 드러냈다.

　노 대통령은 재외공관장들에게 "올로프 팔메 스웨덴 총리가 경호를 받지 않고 몰래 극장에 갔다가 정신장애인에게 저격을 받아 사망했지만 계엄령 같은 것도 선포하지 않았다. 나는 그런 탈권위가 좋다."고 말했다. 그러면서 "문 실장이 대통령은 권위가 있어야 한다고 자주 얘기하는데, 나는 그렇게 생각하지 않아 문화충돌을 느낀다."면서 그와는 주파수가 맞지 않는다고 했다. 노 대통령은 5.18기념식의 한총련 시위와 관련해 "나는 뒷문으로 들어가는 게 별 문제가 없다고 당시에는 생각했다."며 "그러나 문 실장을 비롯한 청와대 참모들이 계속 이를 문제 삼더라."고 말하기도 했다.

　그러나 우리나라는 대통령 유고시 계엄령을 선포하지 않아도 되는 스웨덴이 아니다. 군사분계선을 사이에 두고 중무장한 1백만 병력이 대치하고 있다. 또 요즘 광주에서 보듯 국가기강을 무너뜨리는 '난동자'가 곳곳에서 경쟁적으로 목소리를 내고 있다. 국정운영의 원칙이 없고, 대통령의 '권위'가 여지없이 추락하는데도 '두렵게 느껴지지 않는 지도자상'만을 찾는다면 나라꼴은 어떻게 될 것인가. 노 대통령은 '충돌'이 아니라 이제 '통합'에 눈을 돌려 국민이 안심하고 살 수 있는 나라를 만드는 데 힘을 쏟아야 한다. 그렇게 된다면 나라는 시스템과 매뉴얼대로 돌아가고, 국민은 자연스럽게 이웃집 아저씨처럼 친근하게 느낄 것이다.

"대통령이 너무 말이 많다."
"정부가 사회적 갈등을 놓고 한쪽 편을 들어주면 상대편을 자극하게 돼 상황이 어렵게 된다."

각계 원로들은 고건 총리가 마련한 참여정부 '백일잔치'에 초대받아 덕담보다는 이같은 우려의 목소리를 전달했다. 원로들은 하나같이 참여정부 출범 이후 동시다발적인 사회갈등이나 집단이기주의 표출현상에 대해 걱정하면서 반미시위에 대해 걱정도 쏟아냈다.

서영훈 적십자사 총재는 "추모집회를 주도하는 사람들이 반전평화 민족주의 등 감성에 호소하는 경향이 있어 반미로 흐를 소지가 많다."고 말했고, 이세중 변호사는 "극단적 행동을 보일 때는 정부가 법과 원칙에 따라 강력 대처해야 한다."고 주문했다.

특히 강원룡 목사는 한 언론과의 인터뷰에서 "현 상황은 4.19혁명 직후 민주당이 국민 기대 속에 집권한 뒤 구파·신파로 갈라져 대립하면서 국민의 실망과 분노가 쌓여 5.16이 일어났던 상황과 비슷하다."면서 여론을 겸손하게 받아들여야 한다고 지적했다.

참여정부의 지지도 하락과 낮은 성적표는 노 대통령 등 권력층이 자초했다. 정부는 '신발끈을 고쳐매고 동여매는 워밍업' 기간인 100일 동안의 국정 실책에 대한 국민의 실망감을 씻기 위해서라도 원로들의 고언을 가슴에 되새겨야 한다. (2003. 6. 8)

열 받는 대통령

요즘 청와대의 언론에 대한 불만은 도를 넘은 느낌이다. 문희상 비서실장은 노무현 대통령 취임 100일 기자 회견에서 "(언론이) 대통령을 이렇게 비판하고 초기부터 짓밟아도 되느냐."고 불만을 털어놓았고, 최근 한 세미나에서 "대통령이 언론을 죽이자고 하면 방법은 얼마든지 있고 발톱도 있다."고 협박했다.

노 대통령도 여기에 가세하고 나섰다. 그는 "참모들은 나보고 신문을 보지 말라고 한다. 신문을 보면 대통령이 열 받치고, 분위기도 나빠지고, 혹시 감정적인 결정을 내릴까봐 보지 말라고 한다."고 말했다. 노 대통령은 "언론이 한 번도 잘했다고 칭찬하지 않았다."면서 언론의 비판에 개의치 않겠다는 태도를 보였다.

정부와 청와대는 거의 하루도 거르지 않고 모든 잘못을 언론 탓으로 돌리며 강한 불만을 드러냈다. 여기에 지상파 방송과 진보 언론 등 일부 친노 매체까지 보수 언론의 논조를 비판하는데 가세했다.

결국 참여정부는 2005년 7월 언론 개혁의 이름 아래 신문법·언론중재법을 '4대 개혁입법'의 하나로 시행하면서 비판 언론을 압박하기 시작한 것이다. 그러나 신문법에서 "3개 신문사의 시장점유율이 60%를 넘으면 공정거래법의 규제를 받아야 한다."거나 언론중재법에서 "언론사가 고의·과실이나 위법성이 없어도 정정보도를 해야 한다."

는 등의 조항을 비롯해 상당수가 위헌 논란에 휩싸였다.

특히 서울중앙지법은 2006년 1월 "언론사가 고의·과실이나 위법성이 없어도 정정 보도를 해야 한다."는 조항이 위헌이라는 주장을 받아들여 헌법재판소에 위헌법률심판을 제청했다. 따라서 신문법·언론중재법에 대해 위헌여부에 따라 참여정부의 대 언론 관계는 상당한 변화가 예상된다.

국정홍보처가 2005년 8월 정부 각 부처에 시달한 12개항의 '정책홍보에 관한 업무처리 기준'에서 "정부 정책을 악의적으로 왜곡하거나 현저하게 사실과 다른 보도를 지속하는 매체에 대해서는 특별회견·기고·협찬 등 의 요청에 응하지 않는다."고 밝히는 등 비판 언론 옥죄기는 그후에도 계속됐다.

물론 노대통령은 "정권과 언론 관계는 파괴적·분열적 비판이 아니라, 공동체 사회의 공동 목표를 향해 함께 가기 위해 비판과 견제 수단을 갖고 협력해 나가는 과정으로 인식하고 있다."며 언론과의 '창조적 경쟁·협력관계'를 제안하기도 했다. 그러나 정부나 노 대통령은 언론은 지식 정보의 전달과 같은 일차원적인 보도기능을 넘어서 국민을 대신해 권력에 대한 비판과 견제 역할을 담당하고 있음을 인식하는 것이 무엇보다 중요하다. (2003. 6. 15~2006. 4. 3)

사부곡

<논어> 이인편에 "부모의 나이를 늘 기억하는 것이 효도이다. 한편으로는 부모님이 살아 계시는 것을 기뻐하고, 다른 한편으로는 부모님이 연로해 가는 것을 두려워해야 한다(父母之年 不可不知也 一則以喜 一則以懼)."는 구절이 나온다.

바쁘다는 핑계로 가까이 계시는 부모의 연세는 물론 생신조차 기억하지 못하고 살아가는 현대인이 새겨야 할 경구이다. 공자는 부모님이 돌아가신 뒤에 철없는 행동을 후회해 본들 아무런 소용이 없다고 한 것이다.

1987년 북한 경비정에 납치된 동진호 어로장 최종석씨의 딸 최우영(납북자가족협의회장)씨가 아버지의 회갑(10월 26일)을 앞두고 북한 김정일 국방위원장에게 부친의 송환을 호소하는 장문의 편지를 신문지상을 통해 보냈다.

18년간 가슴에 묻고 살았던 아버지에 대한 절절한 그리움이 배어 있는 이 편지에서 최씨는 "위원장께서는 부친인 고 김일성 주석을 위해 지금도 엄청난 규모의 기념사업을 하실 만큼 효자로 알고 있다."며 "같은 자식의 입장에서 아버지를 생각하는 제 심정을 이해할 수 있으리라 믿는다."고 김 위원장의 감성에 호소했다. 그러고는 "꿈에서조차 한번도 잊은 적 없는 사랑하는 아버지의 환갑을 앞두고 정성껏 차린 밥상 한 번 올리지 못하는 불효된 마음을 이 세상 아버지들, 아버지가 존재하기에 행복한 가족들과 함께 나누고 싶다.”며 끝을 맺었다.

일본인 납북자 요코타 메구미(사망)씨의 남편이 1978년 8월 한국에서 납치된 김영남씨라는 사실을 일본 정부가 발표했다. 일본은 메구미씨의 딸을 면담하면서 유전자 검사에 대비해 머리카락을 확보했고, ‘김철준’이라는 북한인이 메구미씨의 남편이라고 통보받자 그를 만나 관련 자료를 얻었다. 그가 1978년께 한국에서 납치된 다섯 명 중 한 명이라는 정보를 입수한 뒤 이들 부모의 체세포를 제공받았다. 이렇게 집요하고 치밀하게 대응한 끝에 그의 신원을 정확히 밝혀낸 것이다.

그러나 우리 정부는 ‘납북자가족모임’이 김철준은 한국인이라는 정보를 주었는데도 확인하기는커녕 눈을 감았다. 일본 정부로부터 정식 통보를 받고서도 “사실 확인 후 대책을 마련하겠다.”고 따전을 피웠다. 일본은 4년에 걸쳐 남과 북을 오가며 자국민 신원 확인과 송환을 위해 백방으로 뛰고 있는 동안 우리 정부는 ‘남북관계 개선 장애가 된다.’면서 쉬쉬해오고 있다.

김영남씨의 어머니는 28년만에 막내아들 소식을 듣고 “죽기 전에 아들과 손녀를 보고 싶다.”고 절규했다. 전북 선유도에서 납치된 김(당시 16세·고교생)씨는 남파 간첩을 길러내는 교관이 됐으며, 1986년 일본인 납북자 메구미와 결혼해 김혜경(18)이라는 딸까지 낳았다.

6·25전쟁 이후 납북자는 485명에 달한다. 이들의 40% 이상이 선원이다. 예전에는 납북자 문제를 꺼낼 수 없었다. 납북자 가족이라는 이유만으로 고문을 받은 시절도 있었다. 그리고 지금도 생사조차 확인되지 않고 있다. 납북자 가족들은 최씨와 같은 애절한 사연을 안고 살아가고 있다. 정부는 이제 미전향 장기수의 북송에만 매달릴 게 아니라 납북자 가족의 애끓는 호소도 들어줘야 할 때가 됐다. (2005. 10. 19~2006. 5. 8)

막말 정치

"정치는 정(正)이니 그대가 솔선하여 바르게 행하면 누가 감히 행하지 않으리요(政子正也 子帥以正 孰敢不正)."

공자는 계강자가 정사에 대해 묻자 이같이 대답했다. 물론 공자의 이야기는 현실에 맞지 않은 부분이 있을 수 있다. 그러나 "덕으로써 정치를 함은 마치 북극성이 북극에 자리잡고 있어서 여러 별들이 사면으로 돌아 이를 보좌함과 같다(爲政以德 譬如北辰 居其所而衆星共之)."는 덕치사상은 오늘의 정치에도 적용돼야 한다.

그러나 우리 정치인들은 정치를 상대방을 흠집 내고, 자신의 목적 달성을 위해 위신이나 체면까지 내팽개치는 투쟁의 과정으로 보고 있다. 영국의 정치가 윈스턴 처칠이 "정치란 승부를 정하는 것이 아니고 진실한 일이다."라고 한 말은 그들에게는 전혀 어울리지 않는다.

한나라당 전여옥 의원이 당원 행사에서 6·15 남북공동선언과 관련해 "돈으로 산 것"이라면서 "5000억원을 김정일 개인계좌로 주면서, 공항에서 껴안아주니까 치매 든 노인처럼 얼어서 서 있다가 합의한 것 아니냐."는 발언을 했다고 인터넷 매체 '브레이크뉴스'가 보도했다. 전 의원은 이에 대해 "공항에서 열렬히 환영하는 것에 김 전 대통령이 흥분해 (6·15선언의) 자구를 제대로 보지 못한 것 같다는 말 정도를 했을 뿐 '치매'라는 표현은 하지 않았다."고 해명했다.

전 의원은 2005년에도 노무현 대통령을 겨냥해 "차기 대통령은 학력 콤플렉스가 없는 대졸자였으면 좋겠다."고 말하는 등 독설가로 널리 알려져 있다. 방송인·대변인 출신인 그가 '말'의 중요성은 누구보다도 잘 알고 있을 것이다. 말은 한번 내뱉고 나면 주워 담을 수도 없고, 그것이 비수가 돼 걷잡을 수 없는 상황까지 이를 수 있다. 그가 이번에 특정인을 폄훼하고 상처를 준 데 대해서는 분명히 짚고 가는 게 도리다.

당장 열린우리당이 "전여옥이야말로 '조로 치매환자'로 판정받을 것"이라고 맞대응했다. 김 전 대통령의 방북계획을 비판한 한나라당 이회창 전 총재에 대해서도 "정작 치매에 걸린 분은 이 전 총재"라는 논평을 냈다.

그 동안 우리 정치는 소위 '색깔론'에 매몰됐다. 그러나 그것이 통하지 않자 요즘에서 상대방에 대한 인신공격성 발언이나 약점 잡기에 혈안이 돼 있다. 정치지도자들의 행동은 그대로 어린아이들에게도 영향을 끼치게 된다는 사실을 알아야 한다. 남을 위해 자신을 희생할 줄 아는 사람이 존경받듯이 정치도 상대방을 배려할 줄 알아야 한다. 그것이 국민을 감동시키는 길이기 때문이다.

정치의 후진성을 적나라하게 보여주는 것이 '막말 정치'다. 정치는 다른 정치집단과의 이견을 조율하고 국민통합을 유도해 나가는 데 목표를 둬야 한다. 상대방에 대한 인신공격과 비방, 폭로 정치는 갈등만을 조장할 뿐이다. 그리고 정책 대결은 간곳없고 천박한 말싸움만 무성한 정치는 국민에게 혐오증만 안길 뿐이다. 정치인들은 국민들이 천격의 험구정치에 넌더리를 내고 있다는 사실을 잊지 말기 바란다. (2006. 2. 27)

'피플 파워' 20년

필리핀 마닐라시 남쪽의 반원형의 도로 에드사(EDSA)에는 비상사태가 선포됐지만 수백명이 모여 '비리와 무능정권 퇴진'을 요구하며 시위를 벌였다. 그러나 필리핀 민주화의 상징인 이곳에는 100여명의 경찰 병력이 소방차와 차량 등을 배치한 채 만일의 사태에 대비해 현장을 통제하면서 더 이상 집회가 열리지 못하고 있다.

1986년 2월 22일 에드사도로 중심부 아귀날도 병영에서 국방장관 엔릴레와 라모스 중장이 독재자 페르디난드 마르코스 대통령의 선거 부정을 비난하고 국민들에게 반마르코스 집회 개최를 호소했다. 결국 4일 동안 계속된 '피플파워(민중의 힘)'는 마르코스가 2월 26일 하와이로 망명하면서 21년의 장기집권을 끝내게 했다. 필리핀의 '피플파워'는 1987년 국민의 힘으로 민주화를 이루었던 한국의 6월 혁명 등 아시아 각국 민주화 운동에 불씨를 댕겼다.

그후 '피플파워'는 2차로 영화배우 출신으로 국정을 농단한 조지프 에스트라다를 몰아낸데 이어, 꼭 20년만에 2001년 '피플파워'로 권좌에 오른 글로리아 마카파갈 아로요 대통령을 향하고 있다. 아로요는 정부 전복을 노리는 군부 쿠데타 음모를 적발한 뒤 국가 비상사태를 선포했다. 시위 금지는 물론 반정부 인사 연행, 언론사 수색 등의 조치를 취했다.

아로요 정권이 위기를 맞게 된 것은 부정선거와 가족들의 뇌물 비리에다 최근 1800여명이 희생된 산사태에 대한 무능한 대처 등으로 민심이 돌아섰기 때문이다. 특히 필리핀은 그 동안 군부에 대한 장악력 부족으로 2003년 젊은 장교에 의한 쿠데타 기도 사건 이후 크고 작은 쿠데타설에 시달리는 등 정정이 불안했고, 극소수 유력가문의 권력 독점도 이번 사태의 배경으로 꼽히고 있다. 결국 전 세계의 이목이 집중된 가운데 민주화를 이루고도 국민에게 희망을 주지 못한 아로요의 리더십 부재가 이번 사태를 몰고 왔다.

필리핀은 1970년대 아시아에서 상위권이었던 나라 경제가 하루 1달러 미만으로 연명하는 절대빈곤층이 40%에 이르는 등 최하위권으로 떨어졌지만 '피플파워' 20년 동안 정쟁과 경제난으로 정치 불신은 최고조에 이른 상황이다. 아로요는 국민에게 경제 회복을 약속했으나, 외채가 국내총생산(GDP)의 80%에 이르고 2005년 정부 예산의 33%를 외채 이자 상환금에 쓸 정도로 최악의 상황이다.

필리핀의 '피플파워'도 사실상 딜레마에 빠지면서 국민들의 참여도 예전 같지 않다. '피플 파워 피로증'이란 말이 나올 정도다. 1차 '피플 파워'로 인해 집권했던 코라손 아키노 전 대통령도 "'피플파워'의 진정한 목표는 민주와 평화, 경제 발전이다. 그러나 아쉽게도 우리는 아직 아무것도 성취하지 못했다."고 아쉬워했다. 빈부 격차와 부정부패 등은 개선되지 않고, 개혁은 여전히 실패하고 있기 때문이다.

필리핀 사태는 아로요 외에 특별한 대안이 없다는 점에서 유동적이다. 그러나 국민은 이 시대 정치인에게 많은 것을 요구하는 것이 아니라 경제적 풍요와 사회 통합이 전제되는 강한 리더십을 요구하고 있음을 우리에게도 큰 교훈으로 받아들여지게 된다. (2006. 2. 28)

한 · 미 딴 살림

갑신정변은 1884년 10월 17일 김옥균 등 급진개화파가 조선의 자주독립과 근대화를 목표로 일으킨 사건이다. '3일천하'로 끝났지만 조선은 500년 동안 지속돼온 봉건체제에서 벗어나려는 변화바람과 무력을 앞세워 통상을 요구하는 구미 열강의 침략 위협이 맞물려 있었다. 지금 참여정부는 역사의 무대만 다를 뿐 갑신정변 당시와 비교될 만큼 '지배세력 교체'와 국제관계 다변화 등 급진 개혁 작업에 나섰다.

한 · 미관계의 새로운 설정도 그 중의 하나다. 노무현 대통령은 2004년 9월 한 방송 프로에 출연해 "한국정부가 미국에 할 말을 좀 하는 편이다. 이대로 5~10년이 지나가면 한국은 완전히 미국과 적어도 국제사회에서 대등한 자주 국가로서의 역량을 갖출 수 있을 것으로 생각한다."며 '자주국가론'을 강조했다. 또 2004년 11월 미국 로스앤젤레스에서도 "북한이 핵과 미사일을 외부위협으로부터 자신을 지키기 위한 억제 수단이라고 주장하는 것은 일리가 있다."고 말하는 등 양국은 대북 현안을 놓고도 대립했다. 그 뒤 노 대통령은 '자주국방'을 외쳤고, 미국은 미군 철수 계획을 내놓았다.

노 대통령은 2006년 1월 25일 신년기자회견에서 "북한의 체제에 대해 문제를 제기하고 압박을 가하고 때로는 붕괴를 바라는 듯한 미국 내의 일부 의견에 동의하지 않는다."며 '한미 마찰 불사론'까지 거론했

고, 조지 W. 부시 미국 대통령은 1월 31일 새해 국정연설에서 북한을
비롯해 시리아 버마 짐바브웨 이란 등 5개국을 적시하면서 "자유와 민
주화라는 역사적 소명을 전달하고 세계를 평화로 전진시킬 것"이라며
'북한 민주화론'을 들고 나왔다.

한미 양국은 김정일 체제에 대한 시각부터 서로 다르기 때문에 핵 문
제, 인권 문제, 미 달러화 위조 및 유통의혹 등 북한 문제 전반에 걸쳐
마찰음을 내고 있다. 또 이 같은 분위기는 보수·진보측의 갈등을 몰
고 왔다. 진보측 인사들은 인천상륙작전의 주역인 맥아더 장군을 '우리
민족에게 큰 피해를 준 전쟁광'이라며 동상 철거운동을 벌이면서 미국
측의 반발을 사기도 했다. 여기다가 '만경대 정신'의 주창자 강정구 동
국대 교수는 미국의 개입이 없었다면 6·25 전쟁이 "한달 안에 끝났을
것"이라며 '6·25는 북한 지도부에 의한 통일전쟁'이라는 발언으로
물의를 빚기도 했다.

미국 국제전략문제연구소(CSIS) 커트 캠벨 부소장이 워싱턴 DC에
소재한 한미경제연구소(KEI) 주최로 열린 '참여정부 3주년 기념 국제
학술회의'에서 "한국과 미국은 실제론 딴살림을 하면서 왕궁 발코니에
서는 잘 지내는 것처럼 군중에게 손을 흔들면서 명맥을 유지하는 왕·
왕비와 비슷한 상황에 처해 있다."고 말했다. 그러면서 그는 "이혼이
너무 고통스런 일이기 때문에 이혼의 파장을 감당하길 원치 않는 것과
마찬가지의 상황이 현재의 한미 관계"라면서 양국은 "좀더 솔직해질
필요가 있다."고 주문했다. 참여정부 들어 확 달라진 한·미관계의 현
주소를 말해주고 있다.

노 대통령이 남은 임기동안 중점 추진하겠다고 밝힌 미국과의 자유
무역협정(FTA) 체결 등 현안을 마무리 짓기 위해서도 대미 관계를 더 이
상 이중적 태도가 아니라 국익 차원에서 접근할 때가 됐다. (2006. 3. 2)

상화하택

<주역(周易)>은 기원전 11세기에 만들어졌지만 아직도 수많은 사람이 그 책에서 삶의 지혜를 얻고 있다. 주역에는 우주의 원리가 들어 있어 그것을 제대로 해독하면 인간의 미래와 사물의 변화를 예견할 수 있다는 것이다. 공자는 주역을 너무 좋아한 나머지 "하늘이 내게 몇년의 수명을 더 빌려주어 주역을 다 마칠 수 있다면 큰 허물을 면할 텐데…."라고 아쉬워했을 정도다. 요즘 생명공학에서 DNA 염기 배열을 사상(四象)에 접목시키는 등 주역을 과학의 보고로 생각하는 학자들까지 있다.

주역의 64괘는 두 종류의 부호로 이루어졌다. 한자의 한일(一) 자처럼 죽 그은 선이 양효이고, 양효에서 가운데가 끊어진 모양을 한 것이 음효이다. 주역 부호의 기본 단위인 효가 6개씩 모여서 만들어지는 것이 64괘이다. 주역의 64괘 중 제38번 괘인 '화택규(火澤目癸)'에 '상화하택(上火下澤)'이라는 말이 나온다. 불은 위로 타오르고 연못의 물은 아래로 흘러내리기 때문에 서로 등지려 한다는 뜻이다.

교수신문은 2005년 사회상을 한마디로 압축하는 사자성어로 '상화하택'을 선정했다. 온 나라가 갈등과 반목으로 점철된 한 해의 시대상을 짚어내고 있다. 강정구 교수 사건으로 대표되는 이념논쟁, 행정중심복합도시 건설을 둘러싼 수도권 분할 시비에 이어 쌀 협상 국회 비준에 따른 농민 시위와 사립학교법 논란, 황우석 줄기세포 진위 파동 등으로 '물과 불의 상극' 현상은 세밑까지 지속되고 있다.

물론 이 갈등의 중심에는 노무현 대통령을 비롯한 정부·여당이 있다. 그들이 노린 주류세력의 재편 과정에서 이해집단 간의 갈등이 심화된 측면이 강하기 때문이다. 그러나 달이 차면 기울고, 여름이 가면 가을 겨울이 오는 것이 역의 원리이다. 내년에는 타협과 상생 문화가 정착돼 국민이 마음놓고 살아갈 수 있는 사회가 되기를 기대해본다. (2005. 12. 20)

국운

2006년 병술년 첫날을 여는 전국의 해돋이 명소에는 새해 소망을 비는 인파로 붐볐다. 운 좋은 한 해가 되기를 염원하는 것은 인지상정이다. 국운에 관심을 갖는 것도 마찬가지다. 나라가 잘 돌아가면 국민 모두가 편안할 수 있기 때문이다. 언론도 역술인들을 동원해 새해의 국운을 점쳤다. 2006년은 대체로 에너지가 충만해 국운 융성의 한 해가 될 것으로 내다봤다. 어떤 역술인은 2005년까지 국운은 최악이었지만 이제 바닥을 찍었으며, 2006년 재기의 기회를 놓치면 우리 민족은 앞으로 상당히 힘들어진다고 주장했다.

선거철만 되면 점집은 문전성시다. 특히 대선 주자들은 역술인의 도움을 받으면서, 여론 조작에 이들을 이용하기도 한다. 역술인의 말 한 마디가 서민의 마음을 움직일 수도 있기 때문이다. 2006년에도 대선 주자들의 운세가 언론에 많이 소개됐다. 어떤 대선 주자는 운세가 좋아 대통령이 될 가능성이 있고, 어떤 이는 지금 앞서 나가지만 별 가능성이 없다는 등의 이야기를 쏟아내고 있다.

그러나 역술인들의 예언이 옳다고 믿는 이들은 거의 없다. 북한 김일성 주석의 사망을 알아맞혔다는 손모씨와 심모씨는 김정일 국방위원장이 오래가지 못할 것이라고 예언했지만 아직 건재하고 있다.

우리 속담에 "홍두깨에 꽃이 핀다."는 말이 있다. 가난하고 궁하던 사람이 좋은 운을 만나면 부자가 될 수도 있다는 것이다. 그래서 요즘 젊은이들까지 역술에 빠져들면서 사주카페, 사이버철학관 등이 급속히 확산되고 있다.

그러나 문제는 액운을 만났을 때 어떻게 그것을 헤쳐 나가느냐 하는 것이다. 용기를 잃지 않고 오뚝이처럼 다시 일어서는 것이다. 그래서 제정로마 철학자 세네카는 "운은 우리들로부터 부를 빼앗을 수는 있지만, 용기는 빼앗을 수 없다."고 했던가.

지금 우리 사회는 양극화로 고통당하는 이웃이 많아졌다. 우리 모두 소박한 꿈을 일궈가면서, 어려움에 처한 이웃이 용기를 갖고 새 출발할 수 있도록 힘을 보태는 한 해로 삼으면 어떨까. (2006. 1. 1)

남순강화

톈안먼사태(1989)로 중국이 방황하고 있을 때인 1992년 덩샤오핑(鄧小平)은 우창, 선전, 상하이 등 남부지방을 시찰하면서 중국 사회에 전면적인 각성을 촉구한다. 개혁·개방 정책의 이론적 기초를 제공하고, 확고한 시장경제 도입 의지를 밝힌 것이 바로 이 남순강화(南巡講話)이다.

당시 중국이 처한 상황에서 사회주의의 길이냐, 자본주의의 길이냐는 '성사성자(性社性資)' 논쟁이 중요한 것이 아니라 '삼개유리우(三個有利于)', 즉 사회주의 생산력 발전과 사회주의 국가의 종합국력 강화, 그리고 인민 생활수준 제고의 세 가지 측면에서 유리한 것이 곧 중국에 유리한 것이고, 중국이 가야 할 길이라는 것이 그의 주장이었다.

덩샤오핑의 남순강화는 당시 지식인 사이에서 만연한 이데올로기 논쟁에 종지부를 찍음과 동시에 계획경제 숭배자들에게도 일침을 가하는 이중 효과를 거두면서 개혁·개방 정책에 날개를 달아줬다. 결국 덩샤오핑의 '사회주의 시장경제'라는 새로운 실험은 성공을 거두게 되고, 그로 인해 연평균 9.5%에 달하는 놀라운 고도성장을 이룩하면서 세계 제6위의 경제대국으로 부상했다.

김정일 북한 국방위원장은 덩샤오핑의 남순 코스를 따라 여행 중인 것으로 알려지면서 세계의 이목이 쏠리고 있다. 김 위원장이 기업인과

당·정 경제 책임자를 대동하고 중국 경제개혁의 상징인 선전 일원에서 현장학습에 나선 것이다.

그의 순방이 덩샤오핑처럼 이데올로기 논쟁을 뛰어넘어 개방·개혁 정책의 본격 신호탄이라면 천만다행이다. 그래서 그가 2000년 상하이 방문에 이어 또다시 '천지개벽'의 현장을 직접 살펴봄으로써 경제개혁의 고삐를 당길 수 있을지 관심이 집중되고 있다. 그것이 북한이 세계 일원으로 다시 태어나고, 가난에 허덕이는 인민을 살리는 길이기 때문이다. (2006. 1. 15)

중남미의 반란

1970년대 초 제1차 세계 석유위기 이후 장기불황을 돌파하기 위해 영국의 대처 총리와 미국의 레이건 대통령은 신자유주의를 채택한다. 세계화와 개방화, 노동시장 유연화, 탈규제 등을 골자로 한 신자유주의는 미국 중심의 거대자본이 세계시장을 지배할 수 있도록 이론적으로 뒷받침했다. 그러나 애덤 스미스의 자유주의가 1930년대 대공황과 함께 비극적으로 종결된 것처럼, 신자유주의라는 거대한 물결이 휩쓸고 간 자리는 대부분 황무지로 바뀌고 말았다.

세계화의 가장 큰 피해국은 미국의 뒤뜰인 중남미 국가들이다. 멕시코는 1994년 국제통화기금(IMF) 구제금융 대가로 공기업의 민영화를 허용하면서 통신 철도 공항 전력 석유산업 등 국가자산의 70%를 외국자본이 장악했다. 결국 나라살림은 거덜 나고 양극화로 많은 국민이 절대빈곤층으로 전락했다. 니카라과는 노동인구의 70%가 일자리를 찾아 이곳저곳을 떠돌고, 산디니스타 혁명 이후 한때 12%까지 떨어졌던 문맹률이 다시 40%까지 치솟는 등 세계화 실험의 혹독한 대가를 치렀다.

칠레 대선에서 중도좌파연합의 미첼레 바첼레트 여성 후보의 대통령 당선이 확정됐다. 중남미에 불어닥친 반미·좌파 도미노 현상으로 앞으로도 대선이 예정된 9개국 가운데 7개국에서 좌파 승리가 점쳐지고 있다. 바첼레트는 "나는 칠레 보수 사회가 증오하는 모든 '죄악'을 대표한다. 사회주의자이고 사회주의자의 딸이며, 이혼했고, 종교가 없기 때문이다.”라고 말해 왔다.

결국 그의 당선은 미국 중심의 세계화와 대안 없는 보수주의에 대한 반발로 볼 수 있지만, 좌파 이념이 대안이 될 수 없음은 이미 1970~80년대 입증됐다.

그리스 역사가인 투키디데스가 <펠로폰네소스전쟁사>에서 “역사는 영원히 되풀이된다.”고 했다. 각종 선거를 앞두고 반미·친북 세력 중심의 한국 정치지형도에는 어떤 변화가 올까. 중남미의 ‘반란’이 우리에게 던져주는 교훈은 크다. (2006. 1. 17)

유시민 패러디

플라톤은 <국가론>에서 철인이 왕이 되는 것이 최선이고, 그렇지 못하면 왕이 철학을 공부하라고 권고했다. 그리고 위대한 정치가는 '고상한 거짓말'을 할 수 있다고 주장했다. 거짓말을 적절히 활용하는 것이 주권자의 고귀한 특권이라는 것이다. 그러나 '고상한 거짓말'은 지배계급의 정치이념을 조작하는 기술이다. '국가 이익이 곧 도덕'이라는 그의 전체주의적 도덕관이 논란을 빚는 이유도 여기에 있다.

정치인의 말과 행동은 언제나 여론의 도마에 오른다. 그 둘이 늘 겉돌기 때문이다. 플라톤이 구상하는 이상국가가 그때나 지금이나 불가능한 것은 철인 정치인을 기대할 수 없기 때문이다. 여기서 정치와 윤리 문제가 제기된다. 정치와 윤리는 배타적인 선택 관계가 아니다. 정치인이 국민의 신뢰를 받는 것도 도덕성이 뒷받침될 때 가능하다. 그럴 듯한 거짓말로 국민을 속일 경우 금방 탄로나게 마련이다. 정치인이 자신의 소신을 함부로 바꿔서는 안 되는 이유도 그 때문이다.

유시민 보건복지부 장관 내정자가 김대중 정부 시절, '측근인사 기용'을 비판하며 썼던 칼럼이 또다시 논란을 빚고 있다. 유 내정자는 1999년 12월 '김대중 대통령님께'라는 제목으로 "싫은 소리를 하는 사람을 가까이 두십시오. 대통령님의 독선을 지적하는 지식인들의 목소리에 귀 기울이십시오. 저는 대통령님에 대한 기대를 접었습니다. 2년

이면 실망하기에 충분히 긴 세월입니다."라는 요지의 칼럼을 썼다.

그의 글이 '노무현 대통령께'라는 제목으로 바뀌고 내용도 패러디돼 인터넷에 올라 있다. 많은 국민은 그가 가시돋친 독설을 쏟아내며 기성 정치행태를 비판하던 것을 기억한다. 그러나 현 정권의 측근 정치는 DJ 시절보다 더 혹독한 비판을 받고 있다. 유 내정자는 노 대통령의 측근 기용 논란의 중심에 서 있지만 여전히 입을 다물고 있다. 우리 정치인에게 플라톤이 이야기한 '정의'를 말하는 것은 성급한 요구일까. (2006. 1. 20)

백범과 세계중심국가

서울 용산의 효창공원에는 2002년 건립한 '백범기념관'이 있다. '네 소원이 무엇이냐?'고 하나님이 물으신다면 그 첫 번째, 두 번째, 세 번째 대답도 모두 조국의 완전독립이라고 말하겠다던 백범 김구 선생은 27년 동안 중국에서 임시정부를 이끌면서 조국의 독립을 위해 대일항전을 멈추지 않았고, 환국 후에는 통일조국을 위해 헌신한 우리 민족의 가장 존경받는 스승이다.

국민이 가장 존경해야 할 인물이 대통령이다. 그러나 우리 대통령의 말로는 대부분 비참했다. 부정부패와 무질서를 바로잡겠다는 명분 아래 새 권력자들은 '개혁' 작업에 착수하지만 그것도 잠시, 권력의 맛을 들이기 시작할 즈음엔 그 순수한 동기는 온 데 간 데 없고 친인척을 비롯한 측근 중심의 권력형 '바벨탑'을 쌓는 데 활용된다. 그래서 '권력이 있는 곳에 비리가 있다.'는 사실이 현실로 드러난다.

김대중 전 대통령의 노벨상 수상 소식이 알려진 뒤 한 유력 인사가 "김구 선생 이후로 국민의 존경을 받는 지도자가 없었는데 이번 수상을 계기로 김 대통령이 근·현대사에 우러러볼 만한 지도자가 됐으면 좋겠다."고 주문하는 등 국민은 그에게 박수를 보냈다. 그러나 재임기간에 두 아들이 비리에 연루돼 구속되고 퇴임 후에도 측근들이 잇따라 소환되는 등 그의 뒷모습은 초라하기 짝이 없다. 결국 노벨상 수상의

배경이 된 남북정상회담의 뒷거래 의혹이 불거지면서 그 명예도 퇴색
됐고, 아태재단에 기부했던 상금을 돌려받는 등 당초 기대가 반감되면
서 그 역시 우리 국민의 존경받는 인물의 반열에서 벗어나고 말았다.

또 광복 이후 지속돼온 권모술수와 갈등, '나 아니면 안 된다.'는 오
만과 불손이 절름발이 정치문화를 낳았고, 이 나라에 존경할 만한 인물
의 등장을 가로막았다. 존경할 만한 인물이 없는 사회를 살아가는 국민
의 마음은 더욱 황폐해지고 사회체제는 허물어질 수밖에 없다. 더구나
우리 사회는 우익과 좌익, 수구와 반동, 민주와 독재, 보수와 진보 등 적
대적 이분법과 학연·지연·혈연 중심의 집단 이기주의로 인해 가치
관 왜곡현상이 심화되면서 새로운 사상과 비전은 발붙일 수가 없었다.

진보성향의 노무현 정권이 들어선 이후 또다시 우리사회는 '주류층'
이 바뀌고 편가르기식 '끼리문화'가 기승을 부리면서 곳곳에서 심각한
갈등현상을 보이고 있다. 보수적 기득권층은 자신이 가진 것을 하나도
내놓지 않겠다고 발버둥치고, 정치나 행정경험이 부족한 진보적 신권
력층은 국정이 실험무대인양 시행착오를 거듭할 뿐 어느 누구 하나 새
로운 비전을 제시하지 못하고 있다. 특히 정당·교단·기업체·관청
등 곳곳에 제 몫 챙기기가 기승, 국가 기강이 무너지면서 국민에겐 안
심하고 기댈 언덕도, 실낱같은 꿈도 사라지고 있다.

노 대통령이 2002년 11월 대통령 후보시절에 이어 4월에도 백범기
념관을 찾았다. 그는 임시정부 수립 제84주년 기념식에서 "참여정부는
임시정부의 자랑스러운 법통 위에 서 있으며, 그 빛나는 역사의 한가운
데 백범 김구 선생이 계신다."며 '가장 존경하는' 백범의 정신을 이어
갈 것을 다짐했다.

백범이 "(우리나라가) 높고 새로운 문화의 근원이 되고 모범이 되기
를 원한다. 그래서 진정한 세계의 평화가 우리나라에서, 우리나라로 말

미암아서 세계에 실현되기를 원한다.”고 말했듯이 우리 민족은 지정학적으로나 정신문화사적으로 일등국민으로 태어날 수 있는 무한한 잠재력을 갖고 있고, 또 그것을 실현할 절체절명의 기회를 맞이하고 있다. 그것도 백범의 주장처럼 ‘우리 자신을 행복되게 하고, 나아가서 남에게 행복을 줄 수 있는 문화의 힘’으로 말이다.

지금은 국민 모두가 잇속 챙기기와 정파·이념의 굴레에서 벗어나 동북아를 뛰어넘고 세계 중심국가로 다가서기 위한 그랜드 디자인, 민족의 백년대계를 세우는데 힘을 쏟아야 할 때다. 노 대통령이 국민통합을 이끌면서 국가비전창출에 성공한다면 국민은 그에게 존경의 큰 박수를 보낼 것이다. (2003. 5. 21)

희망과 비전 주는 정치를

동서 냉전이 치열하게 전개되던 1960년대. 미국은 35대 대통령 존 F. 케네디(JFK · 1917~1963)에게서 모처럼 희망과 비전을 보았다.

자살테러로 연일 미군 사상자가 늘어나는 등 이라크전 후유증에다 경기 침체와 실직자 급증으로 우울한 연말을 맞고 있는 미국은 요즘 JFK 회고 열기에 휩싸여 있다. 2003년 11월 22일, 오스왈드의 총탄에 쓰러진 JFK의 40주기를 맞아 각 방송은 저녁 황금시간대에 JFK 관련 다큐를 방영하면서 그에게서 난국 타개의 지혜를 찾았다.

‘뉴프런티어, 새로운 젊은 미국’이라는 기치를 내걸고 43세의 최연소 대통령으로 당선된 JFK가 미국인의 마음을 사로잡을 수 있었던 것은 TV 덕택이다. TV 시대의 첫 지도자인 JFK는 취임 초 한때 “신문은 볼 가치가 없고, 더 이상 읽지 않겠다.”고 언론과 맞서기도 했지만, 1961년 쿠바 카스트로 정권에 대한 피그만 침공작전이 실패로 끝나자 다음날 TV에 출연해 “신문을 읽고 비판의 목소리에 귀 기울였어야 했다.”고 털어놨다. 여론에 귀 기울일 줄 아는 JFK의 열린 자세는 미국의 사랑받는 대통령이 되는 데 한몫했다.

그러나 더 중요한 것은 JFK가 미국인에게 희망을 심어준 데 있다. 미국인들은 JFK의 젊음과 지성, 이상을 높이 산 것이다. 그는 대통령 취임 직후부터 본격화한 미 · 소 체제경쟁과 쿠바 미사일 위기, 흑백갈등을 거치며 미국이 지향해야 할 이상과 방향을 제시했다. 특히 1961년 6월 오스트리아에서 흐루시초프 소련 서기장과 마라톤 정상회담을 갖는 등 핵전쟁 방지를 위해 노력하면서 그가 보인 협상력과 평화주의는 지금도 높이 평가받고 있다. 미국 방송국의 여론조사에서 응답자의 74%가 오늘날 JFK가 다시 출마한다면 대통령이 될 수 있을 것이라고 답하는 등 그에 대한 향수와 믿음은 여전히 높다.

지금 한국 상황은 어떤가. 우리 국민은 IMF 환란 이후 최악의 우울한 연말을 맞고 있다. 국민의 여망을 한 몸에 안고 출범한 참여정부는 국민에게 희망보다는 실망을 안겨줬다. 노무현 대통령이 연일 야당과 벼랑 끝 전술을 펼치는 것을 보면서 불안하기보다는 이제 식상해졌다는 말이 나올 정도다. 벌써부터 측근문제가 불거져 특검법안이 국회를 통과했고, 노 대통령은 법리상 명분을 내걸어 거부권을 행사하면서 야당과 전면전에 나서고 있다.

대통령직은 국가의 백년대계, 즉 국가의 그랜드디자인을 통해 국민에게 희망을 안겨줘야 하는 자리다. 유례없는 실업난으로 서민경제가 벼랑 끝으로 내몰리는 등 요즘 많은 국민은 기댈 언덕조차 잃어버린 채 방황하고 있다. 노 대통령은 새만금 간척사업·부안 핵 폐기장 건설 논란 등 환경문제로 불거진 지역갈등, 교육행정정보 시스템(NEIS) 도입 등으로 빚어진 교단갈등 등 국가현안이 산더미처럼 쌓였는데도 어느 하나 속 시원히 풀어내지 못하고 있다.

역사적 격변기를 맞아 그동안 축적된 비리와 부실덩어리를 털어내기 위해서는 집권 초기 이상의 국민 성원과 지지를 이끌어 내야하며, 그것을 위해서는 초심으로 돌아가 정치력을 발휘해야 한다. 그래야만 깨끗한 정치의 실현이 가능하고, 사분오열된 국력을 결집해 난국을 헤쳐 나갈 수 있다. 국민에게 희망을 주는 정치, 큰 정치를 펼쳐야 하는 것은 JFK 당시나 지금이나 마찬가지다. 한국은 역사적으로 볼 때 세계를 향해 웅지를 펼칠 수 있는 절호의 기회를 맞고 있다. 노 대통령은 한반도를 중심으로 모처럼 불고 있는 국운 융성의 훈풍을 걷어차서는 안 될 것이다. (2003. 11. 25)

새 정치문화 정립할 때

요즘처럼 온 나라가 갈등과 분열 속으로 빠져들고, 자유민주체제의 근간인 의회주의와 법치주의가 흔들린 적은 없다. 국가의 최고 통치자는 국회에 의해 탄핵을 당하면서 날개를 잃어버렸고, 국민은 이념과 세대, 지역, 당파성에 매몰돼 갈라질 대로 갈라졌다. 선거가 정책과 인물을 통해 정정당당하게 겨루는 민주주의의 축제가 아니라 근거 없는 폭로와 비방의 장이 되면서 나라는 전쟁터나 다름없다. 그야말로 국론은 분열되고 국력은 분산되고 있다.

현 정부 들어 친노·반노세력의 재편 과정에서 보수기득권층과 진보세력은 물고 물리는 접전을 벌였고, 그 결과 탄핵파동까지 몰고 왔다. 민주당의 분당과정에서 보듯이 한쪽은 수구반동, 다른 한쪽은 급진개혁세력이라고 몰아치는 등 선명성 경쟁이 분당의 명분을 제공했고, 탄핵파동은 마지막 순간에 한나라당과 자민련이 가세했지만 민주당의 파벌경쟁이 확대 재생산된 측면이 강하다. 이처럼 한솥밥을 먹던 형제가 '내 탓이 아니라' 서로를 이분법으로 재단할 경우 철천지원수가 될 수 있다는 점에서 국난 타개의 교훈으로 삼아야 한다.

우리 사회가 사회주의와 중남미 좌파정권의 붕괴 등 국내외적 추이로 볼 때 보수·진보로 갈라져 이념갈등을 벌이고 '혁명' 운운하는 것은 가히 시대착오적 행태다. 사실상 정치인들은 각자 정치생명을 걸고 사투를 벌이고 있기 때문에 나라의 운명은 안중에도 없다.

헌법재판소의 탄핵심판 결과에 따라, 혹은 총선에서 상대 진영이 다수당이 될 경우 나라가 망할 것이라는 등 극단적으로 몰아가고 있지만 실은 그렇지 않다.

그동안 온갖 추잡한 정쟁을 목도한 국민이 그것을 용납하지 않기 때문이다. 정치인들이 선거와 탄핵심판의 결과에 승복하고 민의에 순응하는 것이 그 무엇보다 중요하다.

참여정부가 들어선 이후 대선자금이 도마에 오르면서 부패구조 청산이 최대의 화두였다. 그 학습효과에 따라 더 탄핵의 대상이 돼야 할 정치집단이 그보다 덜한 대통령을 탄핵해 나라를 수렁으로 몰고 갔다는 데 대해 국민의 분노가 폭발했다. 그러나 부패청산 작업을 주도하고 있는 노무현 대통령이나 여당은 부패 정도나 탄핵 정국의 책임을 두고 볼 때 야당과 오십보백보로 국민이 생각하고 있다는 점에서 자성하지 않으면 안 된다.

특히 야당은 탄핵정국에서 나타난 민의와 민심이반 현상을 놓고 더 많은 고민을 해야 한다. 부동층이나 정치 혐오층은 정치이념이나 정책, 심지어 인물보다도 여론의 향배에 따라 쏠림현상이 나타난다. 야당은 민의와 여론을 제대로 읽지 못할 경우 돌아선 민심을 되돌리기 어렵다는 것을 탄핵정국의 반면교사로 삼아야 할 것이다.

요즘 일부 과격세력들은 자유민주체제와 헌법까지 부정하면서 몰가치성과 무정부적 실체를 드러내고 있지만, 최근의 정당 부침과정에서 보듯이 각 당의 정치이념이나 성향이 대동소이하다는 점에서 국민은 결국 비전을 주는 정치, 나라의 장래를 맡길 만한 정치집단에 박수를 보낸다는 사실도 잊지 말아야 한다.

그동안 정치인들은 국민의 혈세를 탕진하면서도 검은돈을 엄청나게 챙겼다. 노 대통령의 측근 비리에서 보듯이 권력 핵심부는 말할 것도 없고 정치권, 대기업 등 어느 집단도 검은돈에서 자유로울 수는 없다. 이러한 상황에서 자신이 보다 더 깨끗하다고 선명성 경쟁을 벌이는 것은 볼썽사납다. 국민 편에 서서 잘못된 정치구조를 개혁하고, 정말 돈 안 쓰는 깨끗한 정치인만이 살아남을 수 있다는 것을 최근의 정국에서 드러난 셈이다.

정치권은 이제 국민 갈등을 부추기는 소모적 정쟁과 부정부패의 고리를 절단하고 정치인 개개인과 정치집단의 이해보다는 나라와 민족의 장래를 위해 헌신하는 새 정치문화를 정립할 될 때임을 심각하게 인식하여 총선 이후 정치개혁의 첫 과제로 삼아야 할 것이다. (2004. 4. 13)

거대담론에 갇힌 집단 착각증

20세기 지식사회에서는 거대담론이 유행했다. 자본주의나 사회주의, 근대화 민주화 등 특정 중심 개념으로 세계 모든 현상을 해석하고자 했기 때문이다. 그러나 21세기에 들어와 거대담론만으로 달라지는 세계의 모습을 담아내는 데 한계가 드러나면서 지식체계에도 큰 변화가 나타나고 있다. 그리고 세계화의 진척과 정보통신의 발달로 자본·노동·상품의 이동과 교환을 가로막는 모든 장벽이 무너지면서 국민국가의 경계를 넘어 전 지구적 '네트워크 권력'이 형성되고 있다. 우리를 둘러싼 이 같은 거대한 흐름은 단순히 외적 변화에 그치지 않고 새로운 담론을 요구하고 있다는 점에서 주목된다.

옛 소련과 동구권이 붕괴한 것은 사회주의라는 거대담론만으로 공산권 블록을 이끌어 가기에는 한계가 드러났기 때문이다. 그리고 '공동 생산·공동 분배'를 통해 다함께 배불리 먹는다는 이상을 실천에 옮기기 위해서는 인간 심성이 그만한 수준에 도달해야 하는데, 그것은 애초부터 불가능한 일이었다. 그래서 마르크스의 이론 자체가 모순을 안게 됐고, 그것을 감추기 위해 정치지도자들이 권력을 동원하면서 공산국가 체제는 돌이킬 수 없는 상황으로 내몰렸다. 현재 지구상에서 거의 유일하게 후진적 정치행태를 보이고 있는 북한도 지금까지 내세워온 거대 담론으로는 체제 유지조차 불가능해지자 김정일 위원장이 최근 중국 경제개혁의 심장부 시찰에 나서는 등 돌파구를 찾고 있지만 앞날은 여전히 불투명하다.

오늘 우리 사회도 거대담론의 함정에 빠져 있다. 그것도 한물간 담론이 현 집권층의 지배논리가 되고 있다. 1980년대 운동권의 최대 담론이었던 민주화와 평등주의 등의 변혁 논리와 반미·자주·친북 논리에서 한치도 벗어나지 못하고 있다. 그리고 서울과 지방, 부자와 빈자, 배운 자와 못 배운 자 등 이분법적 사고가 그들을 지배하고 있다.

현 집권층이 국토 균형발전을 명분으로 행정복합도시와 혁신·기업도시 건설, 공공기관의 지방 이전 등을 밀어붙이면서 전국은 투기장화됐다. 결국 서울과 지방의 특색을 고려하지 않은 이분법적 평등주의 정책으로 장기적인 국토 계획과 관리는 뒷전으로 밀려났다. 야당에서 오죽 했으면 행정도시 건설에 대해 "지배세력 교체 위한 천도"라고 했을까. 국가인권위원회가 성전환 수술비의 국민건강보험 적용을 권고한 것이나, 사학법 개정을 통해 반미·친북 이념에 바탕을 둔 편향 교육에 앞장서온 전교조의 사학 장악의 길을 터준 것 역시 현 정권이 퇴행적 담론에 매몰돼 있음을 보여주는 사례다.

노무현 정부가 지역이나 계층 간의 분열을 조장할 수 있는 정책을 남발하면서 기득권층의 반감은 더욱 커졌고, 가진 자와 못 가진 자의 갈등도 심화됐다. 노 대통령이 신년 연설에서 양극화 해소라는 정치적 승부수를 던진 이후 대기업에 대한 대대적인 세무조사에 나서고 가진 자의 호주머니를 더 털 수밖에 없다는 논의가 여권에서 제기되고 있지만, 양극화 해소는 현 정부 들어 급격히 줄어든 중산층 대책 등 근본적 처방 없이는 불가능하다는 점을 간과해서는 안 된다.

그리고 현 정부의 좌편향 정책이나 진보 세력의 반미나 자주, 친북이라는 거대담론으로는 요즘처럼 복잡한 국제정세에서 민첩하고 미세한 대응이 불가능하다. 더욱 활짝 열린 국제적 시각으로 한반도의 장래를 조망하고, 한국이 세계의 중심국가로 설 수 있는 비전이 무엇인가를 찾아야 할 시점이다. 우리가 과거 담론에 매달려 자중지란을 일으킬 때 세계는 저 멀리 내달릴 수 있다는 점을 명심해야 한다.

오늘 '한국호'는 또다시 위기에 내몰리고 있다. 노 정권이 거대담론의 함정에 빠져 그동안 벌여 놓은 온갖 정치실험의 성공 여부는 여전히 안갯속이다. 국민은 한 정권이 임기 동안 많은 일을 할 수 있다고 기대하지 않는다. 더구나 수십년 동안 고민해서 결정해야 할 일을 일개 정권이 정치적 고려에 따라 얼렁뚱땅 해치우는 것을 달갑게 생각하지 않는다. 정치인들은 이제 자신들이 세상을 바꿀 수 있다는 거대담론의 환상에서 빠져 나와야 한다. 그것 때문에 오늘도 잠 못 자는 국민이 있다는 것을 잊지 말아야 할 것이다. (2006. 2. 2)

진정 국민의 행복을 바란다면

요즘 살아가는 게 각박해진 세태 탓인지 국내외를 가릴 것 없이 '행복'에 무척 관심이 많아졌다. 미국 하버드대에는 행복론을 가르치는 탈벤샤하르 심리학 강사의 '긍정심리학' 강좌가 최고 인기를 누리고 있다는 소식이고, 미국 기업 사이에서는 행복에 대한 심리학적 연구 결과를 상품 판매에 접목시키는 '행복 마케팅'이 각광받고 있다고 한다. 국내에서도 행복 관련 책들이 쏟아져 나오고, 방송에도 '행복주식회사' 'TV 동화 행복한 세상' '해피투게더' 등 행복 관련 프로그램이 인기를 끌고 있다.

그러나 우리 국민은 여전히 행복한 것 같지 않다. 계층을 가릴 것 없이 만나는 이들마다 불만이다. 정부와 여당이 '행복'을 유난히 강조하는데, 국민은 그 반대다. 열린우리당은 '246개 행복주식회사 추진위원회'란 이름의 5.31 지방선거 대책기구를 출범시키고 전국적으로 낮은 지지율의 반전을 노리고 있지만 국민의 반응은 시큰둥했다.

국민의 행복지수가 가장 높은 나라가 1인당 GNP 1400달러(2005년 기준)의 히말라야산맥 소왕국 부탄이다. 1972년 16세로 왕좌에 오른 지그메 싱예 왕추크 국왕까지 숲의 나무집에서 살 정도로 계급이나 빈부 차가 없다. 그래서 정부에 대해 불평할 것이 없고, 국민간의 갈등도 없다. 국왕은 국민의 행복이 왕의 자리보다 중요하다면서 헌법에 기초한 의회 민주주의 도입을 위해 왕권을 내놓기로 약속하는 등 철저히 국민을 먼저 생각했다.

영국의 시장조사기관 GfK NOP가 최근 30개국을 대상으로 행복도에 대한 설문을 실시한 결과 아시아 10개국 가운데 한국 국민은 필리핀 일본 대만 등과 함께 가장 불행한 삶을 살고 있다고 느끼는 것으로 나타났다. 우리 국민이 불행한 것은 경제적 풍요가 다른 나라보다 못하거나 참여정부 들어 더욱 심화된 양극화와 그에 따른 상대적 박탈감 때문만도 아니다.

참여정부는 그동안 국민 다수의 마음을 얻는데 실패했다. 국민을 편안하게 하기 보다는 정략적 차원에서 과거 권력으로부터 탄압을 받은 진보세력이나 좌편향 인사들을 권력 핵심에 내세워 '지배세력'을 교체하는 과정에서 국민의 갈등이 상당 증폭되기도 했다.

특히 행정수도 건설이나 교육 · 과거사 청산 · 언론 · 부동산 정책 등에서 보듯이 다수 국민의 여론보다는 자신들의 입맛에 맞는 소수의 입장을 대변했고, 주요 정책 결정에서 국민 편익보다는 이념적 잣대가 우선됐다. 결국 상당수의 국민이 퇴행적 정치행태에 등을 돌렸고, 지지도도 바닥을 헤매고 있다.

지금이라도 늦지 않다. 떠나간 민심을 다시 끌어안기 위해 가정 친화적 국가 경영에 나서는 것이다. 미국 기업들이 직원들의 가정이 행복할 때 직장에서도 더욱 헌신적으로 일할 수 있다는 점을 고려해 가정 친화적 경영에 나서는 것과 마찬가지로 국민 각자의 가정에 행복의 웃음꽃이 피어나게 함으로써 국민의 만족도를 높이고 국가 경쟁력을 향상시키는 것이다.

가정은 행복의 보금자리다. 거기엔 서로에 대한 배려와 허물까지도 감싸줄 수 있는 사랑이 있기 때문이다. 그래서 국가 경영에도 이같은 가정의 장점을 접목시키는 것이다. 대통령은 형제의 분란을 수습하고 온 가족을 사랑으로 보듬는 아버지가 되는 것이다. 그렇게 될 경우 '탄핵'이란 말도, 아버지 노릇 못해먹겠다는 이야기도 나올 수 없다.

우리는 그동안 먹고 사는데 급급한 나머지 삶의 질이나 국민의 행복에 별다른 관심을 갖지 못했다. 정치권도 이제 국민의 행복지수를 높이기 위해서는 상대방의 약점을 들춰내 헐뜯는 이전투구보다는 웃음과 감동이 넘쳐나는 정치, 가정 친화적 사회를 만드는데 솔선수범해야 한다. 국민 개개인이 행복해질 경우 가정이 행복해지고, 가정이 행복해질 경우 사회와 국가도 행복해질 수 있기 때문이다. 이제 가정 친화적 행복 경영은 모든 분야에서 절실한 화두다.

지은이 **권오문**

세계일보 문화부장 · 여론독자부장 · 편집부국장 · 논설위원 · 기획실장, 스포츠월드 총괄본부장과 편집국장 역임. 저서로는 〈한순간을 영원처럼〉〈종교는 없다〉〈말 말 말〉〈산다는 게 뭐고 하니〉〈디지털문화 읽기〉〈신가족시대 행복 만들기〉〈예수와 무함마드의 통곡〉〈전환기의 문화 인식〉〈바다경영, 우리의 미래가 보인다〉〈섭리사의 무거운 짐을 지고〉〈논술 심층면접 한 방에 해결한다〉〈분노하는 신〉〈글쓰기~ 한방에 끝내기!〉 등이 있다.

생각 나눔
공감 그리고 행복

초판 1쇄 인쇄일	2009년 10월 26일
초판 1쇄 발행일	2009년 10월 30일

지은이	권오문
펴낸이	정진이
총괄	박지연
편집 · 디자인	김숙희 이솔잎
마케팅	정찬용
관리	한미애 강정수 채지선
펴낸곳	**북치는 마을**

등록일 2005 13 14 제17-423호
서울시 강동구 성내동 447-11 현영빌딩 2층
Tel 442-4623 Fax 442-4625
www.kookhak.co.kr
kookhak2001@hanmail.net

ISBN	978-89-5628-523-8 *03800
가격	14,000원

* 저자와의 협의하에 인지는 생략합니다.
북치는 마을는 **국학자료원, 새미**의 자회사입니다.
잘못된 책은 구입하신 곳에서 교환하여 드립니다.